1
Author 미치조
Illustrator 메론22
폴리도로 령 봉건영주기사
파우스트
정조역전세계의 동정 변경영주기사
Virgin Knight
who is the Frontier Lord in the Gender Switched World

안할트 왕국 여왕
리젠로테
아무래도 폴리도로 경에게는
불만이 있는 모양이군.
기탄없이 말하거라. 발언을 허락한다.
안할트 왕국 제1왕녀
아나스타시아

안할트 왕국 제2왕녀
발리에르
파우스트?

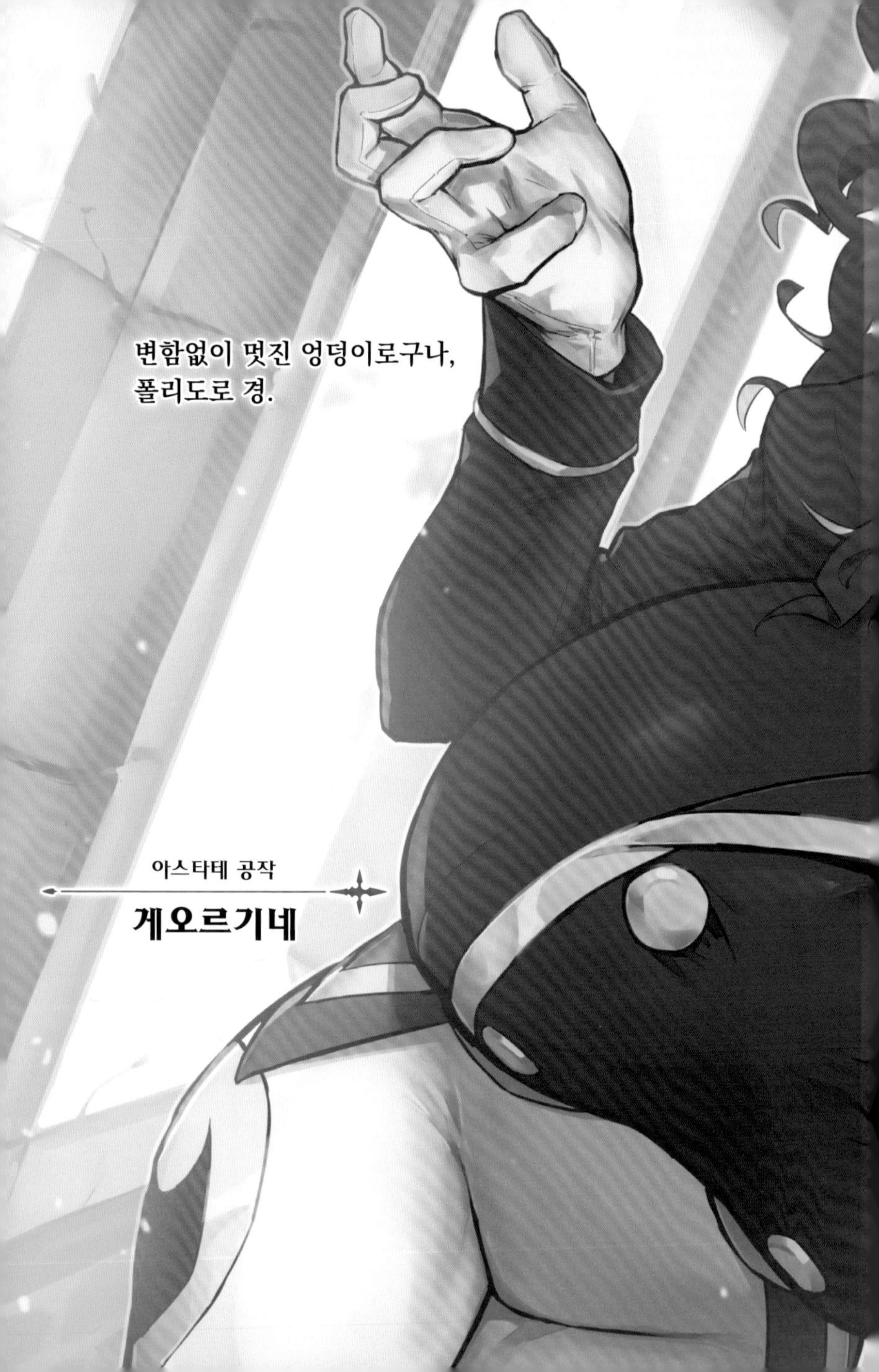
변함없이 멋진 엉덩이로구나,
폴리도로 경.
아스타테 공작
게오르기네

그건…… 뭐지?

하지만 나에게도 딱 하나,
양보할 수 없는 게 있었어.

Virgin Knight who is the Frontier Lord in the Gender Switched World

1

Author 미치조

Illustrator 메론22

정조 역전세계의 동정 변경영주 기사

Virgin Knight who is the Frontier Lord in the Gender Switched World

일러스트 — 메론22

제0화 안할트 왕국에서 보낸 감사장

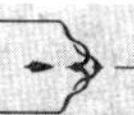

지난 전쟁에서는 참으로 훌륭했다. 먼저 그것을 칭찬하지.

이 편지는 지금부터 줄 물건의 서두 같은 것이니 끝까지 똑바로 읽도록.

자, 그럼——귀공도 '빌렌도르프 전쟁'이라는 이름이 세간에 퍼지고 있다는 건 들었을 테지.

이 나와 사촌인 아스타테 공작이 방위를 위해.

그리고 우연히 요새에 머물러있었던 것뿐인 귀공이 군역을 수행하기 위해 참전한 전쟁이라는 건 쉽게 눈치챘을 것이다.

야만족 빌렌도르프와 우리 안할트 왕국의 국경선을 둘러싼 전투.

야만족 측에서 공격해온 그 전쟁을 두고 세간의 음유시인들이 이야기하는 바에 따르면 그런 이름이 붙었다더군.

그건 참으로 처참한 전쟁이었다.

기사든 병사든 구별 없이 사신이 목에 낫을 들이밀고 있다시피 했지.

나는 물론 왕족으로서 교육을 받았으나 아무래도 첫 출진이었기에 전장의 요령을 알지 못하여 폐를 끼치고 말았다.

아스타테 공작가의 상비군을 동원할 수 있었기에 500명의 병사를 마련했지만, 충분하지 않았지.

역시 전쟁의 조건이 너무 나빴다.

지금 생각해 봐도 애초에 급조한 병사 500명으로 야만족의 1천이 넘는 군대를 이기는 건 무리가 있었다.

이것이 성채를 이용한 농성전이라면 모를까 벌판이었고, 첫 출진이니 어떻게 할 수 없었지.

돌이켜 보면 처참하구나.

나는 국경선이 야만족에게 유리한 형태로 바뀐다고 해도 전쟁 자체를 피해야 한다고 생각했고, 나의 어머니인 리젠로테 여왕 폐하께서도 그 의견이 옳다고 인정하셨다.

문제는 그 야만족의 총사령관이자 빌렌도르프 사상 최강의 영웅이라 떠받들어지는 레켄베르 경이 일절 교섭의 여지를 보이지 않았다는 점이다.

국경선을 절충하기는커녕 상대방이 내거는 조건을 받아들이기 위한 대화조차 할 수 없어서는 방도가 없지.

알다시피 한번 우습게 보이면 모든 체면을 잃어버리는 게 귀족이다.

이쪽에서 양보하면 상대도 양보해준다는, 세상을 모르는 멍청이가 상상하는 서로 양보하는 마음 같은 건 이 세상 어디에도 존재하지 않지.

양보한 만큼 빼앗기는 게 이 세상이다.

이쯤 되니 승리든 패배든 도외시하고 이쪽으로 쳐들어온 레켄베르 경의 면상을 한 대 갈겨주지 않으면 대화조차 성립되지 않는 셈이지.

귀공도 잘 알고 있기에 본심을 털어놓지만, 그 시점에서는 우리 군대의 패배를 적잖이 각오하고 있었지. 어쨌거나 안할트 왕국의 체면만 세울 수 있다면 괜찮았다.

당장에라도 전쟁을 끝내버릴 생각이었다.

——하지만 뒷일은 알다시피.

안할트 왕국은 빌렌도르프 전쟁에서 승리했다.

귀공 덕분이다.

몇 번을 칭찬한들 겸손해하겠지만, 귀공이 없다면 시작조차 할 수 없다.

그 레켄베르크 경의 목을 벤 사람은 바로 귀공이니까.

나는 전장에서 떨어진 본진에서 지휘를——주군으로서는 참으로 부끄러운 일이다만.

레켄베르크 경의 침투 전술을 허락하는 바람에 본진이 한창 공격받고 있는 도중이었기에 귀공의 눈부신 활약을 직접 보지는 못했지만.

아스타테 공작에게서 귀에 딱지가 생길 정도로 많이 들었다.

적을 쓸어버린 후 본진에 울려 퍼진 그 첫마디도 잘 기억하고 있다.

『파우스트 폰 폴리도로 경이 단신으로 빌렌도르프 본진에 돌입. 레켄베르크 경에게 일대일 승부를 제안, 수백 합의 접전 끝에 가까스로 승리.』

이것이었지.

그 후의 판단도 뛰어났다.

귀공은 레켄베르크 경의 명예를 더럽히지 않고, 베어낸 목을 잘 수습하여 야만족들에게 그대로 돌려주었다고 하지 않던가.

그게 맞았다.

목을 강탈해 명예를 더럽혀 그대로 우리 군대로 돌아오려고 했다면 빌렌도르프 녀석들은 그야말로 눈이 뒤집혀서── 자신들의 목숨은커녕 기사도 정신조차 도외시했겠지.

분노로 미쳐 날뛰면서 귀공의 살점 하나 세상에 남기지 않으려 했을 게 틀림없다.

힘 좋기로 유명한 그 야만족들이 일제히 달려들었다면 아무래도 승산이 희박했겠지.

귀공이 쓰러트린 레켄베르 경은 빌렌도르프에게 그만큼 위대한 영웅이었다.

실제로 대치한 귀공이라면 충고할 필요도 없는 일이었을 테지만.

여하간, 잘 기억해두어라.

나는 귀공의 모든 긍지 높은 행위가, 고도의 계산이 아니라 순수히 파우스트 폰 폴리도로라는 인물의 본성에서 나온 것임을 알지만 만인이 단순히 그렇게 받아들인다는 보장은 없다.

슬슬 본론으로 들어갈까.

내 편지는 순수한 호의에서 기반한, 전우에게 주는 충고라는 건 틀림없다.

하지만 처음에 적은 대로 편지와 함께 보낸, 어머니의 감사장을 설명하기 위함이기도 하지.

레켄베르 경을 쓰러트리고 우리 안할트 왕국을 훌륭히 승리로 이끈 대신 귀공이 바란 건 소소한 공로금이었다.
나는 더 많이 내어주고 싶었지만, 전장에서 군자금으로 충당해야 했기에 금액이 적었다.
이 아나스타시아가 전공을 세운 자에게 포상을 아쉬워한 구두쇠라는 오명을 피하고자 얼마 전 여왕 폐하이신 어머니에게 추가 포상을 내려주십사 요구했다.
패배가 확정적이던 전쟁을 승리로 이끈 공적에 돈만으로는 포상이 부족하다고.
그 부족한 포상을 메꾸는 것이 이번에 안할트 왕가에서 보내는 감사장이다.
빌렌도르프 전쟁에서 귀공이 남긴 공적을 기록한 것뿐인 서류가 아니라, 안할트 왕가에서 주종계약을 맺은 폴리도로 경에게 진 빚이라고 받아들여도 상관없다.
만약 귀공이나 그 자손이 왕가와의 관계로 곤경에 처했을 때는 이 감사장을 꺼내거라.
왕가는 귀공이 안할트에 세운 공적을 두고, 딱 한 번만이라면 주군의 머리를 짓밟는 무례조차 용서하겠다.

추신
귀공은 나의 전우이지만 나의 혈연 상 동생이기도 한 발리에르의 상담역이기도 하지.
올해의 군역으로는 그 아이의 첫 출진 보좌를 맡게 될 것이다.
빌렌도르프 전쟁과 비교하면 별다른 일은 아닐 테지만, 기사로서 적절히 대처하도록.

파우스트 폰 폴리도로 경에게

빌렌도르프 전쟁을 귀공과 함께한 전우로서
안할트 왕국 제1왕위계승자
아나스타시아 폰 안할트로부터

제1화 프롤로그

고추 아파라.

중세——는 아니다.

중세와 비슷한 무언가.

기적도 마법도 있는 거야.

실제로 기적이라고 해야 하나, 나는 지구에서 이 이세계로 전생(轉生)했으니까.

그런 세상에서 다시 태어난 나, 파우스트 폰 폴리도로는 생각했다.

지금의 생각은 이렇다.

——고추 아파라.

아주 꽉꽉 조여놨다.

나는 금속제 정조대를 장착하고 있었다.

결코 누군가가 강요한 건 아니다.

내 의사로 장착했다.

그렇지 않으면——못 견디니까.

견딜 수가 없다.

"파우스트?"

옆자리에 앉은 발리에르가 의아한 목소리로 불렀다.

그녀의 키는 140cm도 안 되지만 나이는 14살, 귀족으로서 기사 교육도 받고 있다는 내력을 보유했다.

하지만 그 몸에는 근육보다 소녀답게 말랑말랑한 살이 붙어있고, 지휘관은 몰라도 병사로서는 썩 써먹기 어려울 것 같다는 게 전쟁을 경험해본 기사로서의 관점이었다.

부드럽게 구불거리는 빨간 머리카락이 등까지 내려가는데, 영앳된 인상을 숨기지 못하고 있다.

즉 나는 보호해야 하는 어린아이로밖에 대할 수가 없다.

지금은 이 나라의 제2왕녀로서 부끄럽지 않은 정도의 실크 드레스를 입고 있다.

뭐, 역시 어린이가 최선을 다해 어른스럽게 꾸며봤습니다 하는 수준으로밖에 안 보이지만.

얘는 그래도 괜찮다.

제2왕녀 발리에르는 그래도 괜찮다.

"아무래도 상담역인 폴리도로 경에게는 불만이 있는 모양이군. 기탄없이 말하거라. 발언을 허락한다."

이 나라의 여왕 리젠로테 님.

170cm 정도의 키에 왕족의 증명이기도 한 붉은 머리카락을 허리까지 길렀다.

머리카락 길이만 비슷하지 이 여성이 발리에르의 어머니라기엔 별로 안 닮았다.

여왕으로서 위엄이 넘치고 냉철하며, 미모를 돋보여주는 요소라고 할 수 있는 무표정한 얼굴을 유지하고 있다.

냉정한 표정조차 고간에 아주 나빴다.

그 무표정한 여왕은 어째서인지 실크로 된 아주 얇은 베일 한 장만 걸친 알몸이기 때문이다.
나이도 아직 32살이던가.
아무리 이 세계에서는 여자가 육체미를 드러내는 게 부끄럽지 않은 일이라고 해도 신체 건강한 22살 남자에게는 너무 자극적이었다.
그야 고추가 발딱 서려고 하지 않겠냐.
금속 정조대도 극복하고서.
결론.
고추 아파라.
이 세계는 미쳤다.
또다시 나── 파우스트 폰 폴리도로는 생각했다.
정조 가치관 역전 세계.
남자가 10명 중 1명밖에 태어나지 않는다.
그런 세계.
따라서 여자가 대외적인 활동을 하고 남자는 뒷방으로 쫓겨난다.
아니, 단단히 보호받는다.
왜냐하면 매춘숙에 팔아치우기 위한 성노예로서 전장에서 잡히는 일이 비일비재하기 때문이다.
그런 세계.
아아, 그렇게 황당무계한 세계다. 이 세계는.
나는 여왕 폐하에게 물었다.
"발리에르 제2왕녀의 첫 출진인데 친위대와 제 사병뿐이라는 말씀은?"

"이미 말하지 않았더냐. 산적을 상대로 그리 큰 무력은 필요하지 않다."

나는 이쪽 세계에서는 비정상이다.

여자의 알몸 비슷한 걸 보고 발기하는 비정상이다.

기왕 전생한다면 상식도 이쪽 세계에 맞춰줬으면 좋았을 텐데.

신은 나에게 그런 배려는 해주지 않은 모양이다.

만난 적도 없는 신에게 푸념해봤자 무의미하지만.

"제1왕녀 전하, 아나스타시아 님께선 그 적국—— 빌렌도르프를 상대로 첫 출진에 침공해온 야만족 1천 명을 상대하여 그자들을 피바다에 가라앉히고 역침공을 해내셨는데."

고추 아파라.

고추가 진짜로 아파라.

거의 알몸인 여왕님에게서 시선을 돌려 제1왕녀 전하인 아나스타시아를 쳐다봤다.

리젠로테 여왕 폐하의 딸이자 발리에르 제2왕녀의 언니.

아나스타시아는 내 눈을 가만히 마주 바라보았다.

제1왕녀는 무섭다.

딱 봤을 때 삼백안이라고 해야 할까, 홍채 부분이 남들보다 작아서 흰자위가 많이 보인다.

동공도 파충류 같은 인상이라 이따금 세로로 길쭉한 게 아닌지 착각하게 된다.

요컨대 다른 사람에게 사악하다는 인상을 준다는 소리다.

나는 몰래 숨어서 인육을 먹을 것 같다는 느낌마저 받고 있다.
물론 그런 사실은 없고, 만나서 대화해 보면 지극히 공정하며 때때로 풍부한 인정마저 느끼게 되지만.
아쉽게도 그 성격은 외모에 반영되지 않아서 누가 봐도 '나 사실은 식인한다?'라고 하면 진실로서 쉽게 받아들여질 법한 외관이었다.
이대로 시선을 마주치고 있으면 해체돼서 잡아먹힌다는 두려움이 느껴지는 건 아무래도 어쩔 수 없다.
어쩔 수 없으니까 거의 전라인 여왕에게 시선을 되돌렸다.
여왕이 몸을 살짝 뒤척이자 그 거유도 함께 흔들렸다.
야하다.
"제2왕녀 전하, 발리에르 님의 첫 출진은 산적 퇴치입니까. 그건 제가 상담역을 맡은 발리에르 님께 너무 차별적이지 않습니까. 아나스타시아 님에 비해 이래서는 사람들에게 비웃음을 사는 원인이 될 겁니다."
얼굴이 붉어진다.
냉정할 수가 없다.
고추 아파라.
거의 알몸이나 마찬가지인 여왕을 언쟁으로 논파하는 것, 그것이 유일하게 이 자리를 극복할 수 있는 방법이다.
감정으로 통증을 억누른다.
"……상황이 너무 다르지. 산적을 토벌하는 것도 중요한 의무다."
"적국 빌렌도르프를 침공하는 건 어떻습니까?"

"농담도. 파우스트 폰 폴리도로. 그 야만족을 상대로 또 대전을 일으킬 생각이냐."

테이블을 강하게 때렸다.

그 소리가 크게 울려 퍼지면서 전원이 침묵했다.

여왕 폐하, 리젠로테도.

제1왕녀, 아나스타시아도.

그리고 내가 상담역을 맡은 제2왕녀 발리에르도.

"제 힘이 부족하단 말씀이십니까?"

얼굴이 점점 더 붉어진다.

피가 얼굴로 모여든다.

이건 고추가 아프기 때문이 아니다.

분노한 나머지 얼굴이 충혈된 거다.

그렇게 변명하기 위해서.

"그렇지는 않다. 폴리도로 경."

효과는 성공한 모양이다.

나를 달래는 리젠로테 여왕의 목소리가 실내에 조용히 울려 퍼졌다.

"그대의 힘을 무시한 건 아니다. '분노의 기사' 파우스트여. 빌렌도르프가 침공했던 긴급 사태에 그대가 나의 딸 아나스타시아 휘하에서 벤 야만족 기사의 목이 열 명을 넘기고, 기사단장과 일대일 승부를 펼친 끝에── 그 목을 베었지. 그대의 힘을 결코 우습게 보는 것이 아니야."

고추 아파라.

무심코 절규하고 싶어질 만큼.
무심코 일어나고 싶어질 만큼.
하지만 분위기를 파악했다.
이미 한계점에 도달할락 말락 하지만.
고추가 아프다고.
"그러니 진정해라."
덮쳐버린다.
너 때문에 고추가 아프다고.
왜 알몸에 베일 한 장만 두르고 있는 거냐. 변태냐.
그렇게 외치고 싶었지만.
"……알겠습니다."
나는 여왕에게서 시선을 돌렸다.
고추의 통증을 누그러트리기 위해.
그렇게—— 퇴실 허가를 요청하자.
"실례했습니다. 제가 드리고 싶은 말씀은 끝입니다. 이 이상은 무용하겠죠. 퇴실해도 되겠습니까?"
여왕님에게 허가를 청했다.
"허락한다. 퇴실하도록."
"감사합니다."
내 고추는 지켜졌다.
이 이상 계속 발기했다간 괴사했을지도 모르는 내 고추는 지켜졌다.
——이거면 됐다.

나는 그 자리를 떠났다.

※

나는 틀렸다.
이 리젠로테는 분명히 틀렸다.
"제2왕녀 전하, 발리에르 님의 첫 출진은 산적 퇴치입니까."
파우스트 폰 폴리도로는 아까웠다.
제2왕녀—— 안할트라는 국가에서는 스페어에 불과한 차녀 발리에르에게 붙이기에는.
파우스트 폰 폴리도로라는 기사는 너무나도 아까웠다.
"……상황이 너무 다르지. 산적을 토벌하는 것도 중요한 의무다."
나는 변명을 뱉었다.
아니, 산적 토벌을 위해 군대를 보내는 건 틀린 일이 아니다.
틀린 건 아니나——.
"적국 빌렌도르프를 침공하는 건 어떻습니까?"
"농담도. 파우스트 폰 폴리도로. 그 야만족을 상대로 또 대전을 일으킬 생각이냐."
'분노의 기사' 파우스트에게는 완전한 모욕이었을 것이다.
이미 적국—— 야만족 빌렌도르프를 상대로 획득한 야만기사의 수급이 10을 넘겼고, 기사단장과 일대일 승부 끝에.
영웅담으로 불릴 만한 전투의 결과로 그자의 목을 베었다.
그런 파우스트에게 산적과 싸우라고 요청하는 건 완전한 모욕이었다.
그가 상담역을 맡은 제2왕녀 발리에르의 첫 출진에는 산적 수준이 적당하다.
제2왕녀 발리에르는 나에게 제1왕녀 아나스타시아의 스페어에 불과하다.
즉, 어찌 되든 상관없다.
그는 그렇게 받아들였겠지.
곤란하다.
이건 곤란하다.
파우스트의 역량과 상담역이라는 지위, 제2왕녀 발리에르에 대한 비하.
그가 얼굴을 붉게 물들이며 분노하는 것도 이해한다.
이것이 연기인지 아닌지까지는 판단할 수 없지만.
그렇다. 나는 판단할 수 없다.
감정을 그대로 드러내며 분노하는 남성 기사.
전장에서도 그랬기에 음유시인에게 '분노의 기사'라고 불리는 남자.
변경지인 폴리도로령의 영주 기사가 낳은 외동아들.
파우스트 폰 폴리도로는 이젠 왕가에게는 골칫거리 중 하나였다.
우수하긴 하다.
이미 조금 전에 말했듯 실적도 거두었다.
누가 그의 실적을 놓고 경시할 수 있을까.

그렇기에 골치 아프다.

아나스타시아에게 붙여주었어야 했다.

이미 아나스타시아는 야만족 빌렌도르프를 상대로 제 역량을 보여주었고, 아나스타시아가 내 뒤를 이어받는 건 확정이다.

이제 와서 제2왕녀인 발리에르의 파벌이 힘을 얻는 건 국력 낭비다.

우리나라의 유일한 남자 영주 기사…… 얌전히 신부라도 찾았으면 좋았을 것을.

그는, 폴리도로 경은 이미 제2왕녀의 상담역으로 붙여주고 말았다.

나의 딸, 발리에르가 원하는 대로.

그게 실수였다.

파우스트는―― 아나스타시아의 휘하에 두었어야 했다.

그렇게 후회한다.

“제 힘이 부족하단 말씀이십니까?”

부족한 게 아니다.

그대의 역량은 조금도 의심하지 않는다, 파우스트.

그렇기에 곤란하다.

몇 번이고 말하지만, 그대를 아나스타시아의 휘하에 두었어야 했다.

무엇보다 아나스타시아도 그것을 바란다.

그래, 지금도 혼신의 힘으로 노려보고 있군.

아나스타시아가 내 눈을 일직선으로, 그 식인종 같은 눈으로 노려보고 있구나.

물론 얼굴 전체를 붉게 물들이며 분노에 찬 눈으로 나를 노려보는 그대는 눈치채지 못했겠지.

파우스트여.

나는 그대가 껄끄럽다.

빌렌도르프 전쟁에서 죽어주었다면 좋았을 것을.

아니.

절반은 아깝다는 마음도 있다.

그대가 잘생겼기에.

지금은 죽은── 나의 남편 대신으로 삼고 싶다는.

그런 마음도 있다.

그랬다면 나의 딸 아나스타시아가 내 목을 베어버릴 테지만.

아아.

어찌해야 하나.

어미와 딸은 남자 취향도 닮는 것이냐.

아니면 아나스타시아는 파우스트에게서 부성을 원하는 건지도 모른다.

아아, 파우스트여.

"실례했습니다. 제가 드리고 싶은 말씀은 끝입니다. 이 이상은 무용하겠죠. 퇴실해도 되겠습니까?"

네게서 나온 도움의 손길.

그 손을 잡으마.

"허락한다. 퇴실하도록."

나는 마음이 시키는 대로 명령했다.
그렇지 않으면 미쳐버릴 것이다.
파우스트는 나를 매료한다.
지금은 죽은 나의 남편과 마음이 너무도 닮았구나.
그렇기에 이따금 갖고 싶어진다.
하지만 지금은 그것을 잊자.
아나스타시아가 파우스트에게 바라는, 애욕의 마음.
그 욕망.
——나는 그것을 시인한다.
"발리에르."
"네, 어머니."
나의 둘째 아이, 스페어인 제2왕녀 발리에르는 대답했다.
"네가 이번 산적 퇴치에 실패한다면 파우스트를 네 상담역에서 해임한다. 그리고 아나스타시아 휘하로 넣겠다. 알겠지?"
"네?"
발리에르는 어안이 벙벙한 얼굴로 입이 동그래졌다.
그래.
파우스트를 발리에르에게서, 스페어에게서 빼앗는다.
그렇게 된다면 좋겠다.
물론 파우스트가 실패할 리는 없지만.
그래도 이 한마디로 아나스타시아가 나에게 보내는 신뢰는 얼마간 회복되겠지.
이것은 모든 것을 해결할 수 있는 묘안이었다.

"기다려주십시오! 파우스트는 제 상담역입니다!!"
"세상에. 제2왕녀씩이나 되는 사람이 산적 퇴치 정도로 겁먹을 줄이야. 내 동생, 발리에르."
아나스타시아가 도발했다.
만족스럽다.
현실은 아무것도 달라지지 않지만.
파우스트를 데려간다면 어떤 얼간이라고 해도 산적 퇴치에 실패할 리 없다.
발리에르의 상담역은 여전히 파우스트 폰 폴리도로.
아나스타시아의 상담역은 제후.
공작가 그대로.
그것이 옳다.
그렇게 나라는 돌아간다.
만약 가능하다면, 파우스트를 나의 죽은 남편 대신 맞이하고 싶지만.
그건 실무관료가 용서하지 않을 테고, 무엇보다 아나스타시아와 발리에르가 용서하지 않겠지.
지금이 좋다.
나라는 돌아간다.
미끄러지듯 입을 열었다.
"발리에르, 당신은 산적 퇴치도 제대로 못 한다는 말이냐고. 그렇게 물었습니다."
"저는 산적 퇴치가 첫 출진이라는 것 자체를 거절하고 싶습니다. 하지만 그조차 못 해낸다고 생각하시는 겁니까?"

"아뇨, 파우스트를 대동하면서 그런 일이 일어날 리 없습니다. 승리는 확실하죠. 하지만 첫 출진도 아직이어서야 제후는 그조차 의심할 텐데요?"

발리에르는 침묵했다.

산적으로 영지민이 힘들어하는 건 틀림없는 사실이다.

발리에르에게는 선택지가 없다.

경직된 입술을 벌리며 승낙을 돌려주었다.

"어머니, 발리에르는 첫 출진으로서 산적 퇴치 임무를 완수해 내겠습니다."

"그래야지."

드디어 해결의 길이 정해졌다.

리젠로테 여왕은 안도의 한숨을 쉬었고.

아나스타시아 제1왕녀는 크게 혀를 찼다.

제2화 제2왕녀의 상담역

애초에 2년 전 제2왕녀 발리에르의 상담역이 된 게 실수였다.

나는 과거를 회상했다.

——너, 내 상담역을 맡아.

어머니가 죽고 영주를 물려받아 인사하러 향한 왕도(王都)에서.

여왕 리젠로테를 알현하기 위한 순서가 돌아올 때까지 석 달이나 기다려야 하던 때였다.

한참을 기다려야 하는 건 변경 기사니까 어쩔 수 없다.

영지민이 300명 정도밖에 안 되고 적국과의 영토 분쟁 지역이기도 한 영지를 다스리는 영주의 심기를 건드리든 말든 안할트 왕국에겐 중요하지 않을 거다.

그렇게 받아들이고 체념하고선, 자금에 고민하면서도 왕도의 저렴한 여관에서 하루하루를 보내던 도중.

제2왕녀 발리에르와 그 친위대를 만났다.

"너, 내 상담역을 맡아."

"네?"

머리를 긁적였다.

굳이 변두리에 있는 싸구려 여관까지 친위대를 대동하고 찾아온 발리에르 폰 안할트 제2왕녀 전하, 당시 12살의 명령이었다.

"뭐야 그 태도는. 내가 상담역으로 삼아주겠다고."

"뭐냐고 말씀하셔도요."

나는 20살이었다.

어머니가 돌아가실 때까지 영주 자리에서 물러나지 않았기 때문에 인계가 늦어졌다.

제2왕녀의 명령.

입장상 거절하기 어렵다는 걸 알아도 반박은 하고 싶었다.

"그래서 제게 어떤 이득이 있죠?"

"……."

침묵하는 발리에르 제2왕녀 전하.

조금 전에는 거절하기 어렵다고 했지만.

거절하지 못하는 건 아니다.

우리 폴리도로 령은 어디까지나 벌레 한 마리 남김없이 내 영지 소유다.

선제후—— 여기는 지구가 아니니까 신성 로마 제국도 아니지만.

그것과 비슷한 선거 군주제도가 존재한다.

제국 군주의 선거권을 보유한 유력한 영주인 리젠로테 여왕.

그 영지에 충성을 맹세하는 형태로 변경에 덜렁 놓여 있는 폴리도로 령.

나, 즉 폴리도로 경은 계약을 이행함으로서 폴리도로 영지의 안전을 보장받고 있다.

즉 우리 영토를 보호하는 대신 리젠로테 여왕에게 충성을 맹세하고 군역의 의무를 다한다는 소리다.

——나 폴리도로 경은 올해에도 군역을 마쳤다.

고작 20명 정도밖에 안 되는 산적을 죽이는 일이었지만.

아아, 아까워라.

그렇게 생각하며 선조에게서 물려받은 마법의 그레이트 소드로 미녀들의 목을 쳐버렸지.

아니, 그런 것보다.

"이번 주 내로 어머니를 알현할 수 있게 해줄게."

"감사한 말씀입니다만── 이 정도의 전과로는 부족합니다. 게다가."

제 역량도 부족합니다.

그렇게 덧붙였다.

"왜 저를 상담역으로 지명하셨죠? 저는 고작 300명도 안 되는 영지민을 보유한 변경 영지의 영주 기사인데요."

"……."

공주님은 대답하지 않았다.

대신 방구석에 세워놓은 그레이트 소드를 가리켰다.

"너, 저 검으로 몇 명의 목을 쳤지?"

"글쎄요. 백이 넘은 뒤로는 안 셌습니다."

병에 걸린 어머니 대신 군역을 수행하게 된 지도 벌써 5년이 지났다.

전부 시시한 산적 퇴치이긴 했지만, 그중에는 전직 기사였던 강자도 있었다.

하지만 내 힘에는 못 당하지.

자화자찬이지만, 이래 봬도 검 실력은 제국에서도 상위에 들어갈 거다.

그리고 일대일 승부라면 나를 이길 상대는 손에 꼽을 것이다.

——추측인 이유는 왕도의 검술대회에 남자는 참가 자격이 없기 때문이다.

철저한 정조 역전 세계관이 나를 따라다닌다.

"쓸만한 카드에 먼저 침을 발라놓는 거야. 나쁜 일은 아니잖아?"

"영광입니다. 하지만 제게 이득이 없군요."

"앞으로 군역을 수행할 때 나—— 제2왕녀의 세비에서 군자금을 일부 보태줄게."

돈이라.

나쁘지 않은 제안이다.

병사, 즉 영지민을 움직이기 위해서도 돈은 필요하다.

영지민을 움직이면 그만큼 세수가 줄어든다.

산적을 퇴치하러 가는 동안 일손이 부족해진다는 의미에서도, 동원된 영지민에게 얼마간 보수를 주어야 한다는 의미에서도.

"덤으로 그 군역에 선택권도 생기지. 전장 정도는 고를 수 있게 해줄게."

"요컨대 앞으로는 산적 뒤꽁무니를 쫓아다니는 게 아니라 의욕 없는 적국과 대치하는 것으로 군역을 수행했다 칠 수 있다는 겁니까?"

나쁘지 않은 이야기다.

물론 긴급 시에는 반대로 제2왕녀 상담역 기사로서 최전선에 끌려가게 되겠지만.

그건 어쩔 수 없다.

급할 때는 어차피 최전선에 끌려간다.

하찮은 변경 영주의 입지는 약하니까.

흠.

그리 나쁘지 않은 이야기이긴 하다.

솔직히 왕궁에 관심은 없다.

내 영지 폴리도로만 안녕하다면 충분하다.

눈앞에 있는 제2왕녀 발리에르는 영명하다고 유명한 제1왕녀 아나스타시아와 경쟁하지도 못한다.

한 번 만나봤지만 그쪽은 말 그대로 격이 다른 생물이다.

아직 14살이었던가.

왕족의 아우라를 뿌리며 강력한 친위대를 이끌고 시가지를 걸어가던 아나스타시아 공주.

전쟁을 경험해보지 않았지만 이미 전장은 질리도록 봤다는 얼굴이었다.

그런데 14살.

도저히 믿어지지 않는다.

플루티드 아머를 입고, 애용 핼버드로 이미 죄인 참수도 하고 있다고 들었다.

이 세계의 여자는 외관과 다르게 여자라고 해도 태연하게 판타지 소설처럼 행동한다.

아무리 그래도 첫 출진은 아직이라는 모양이지만.

——샛길로 샜다.

지금은 눈앞의 제2왕녀 발리에르의 제안을 고려해 봐야지.

생긴 건 그냥 건방져 보이는 꼬맹이다.
12살치고는 두뇌 회전이 빠른 편이지만.
음.
이 여자가 왕궁 내 권력 싸움에 나를 끌어들일 일은 없다.
그럴 역량이 없으니까.
나는 승낙했다.
"좋습니다. 발리에르 공주님의 상담역이 되겠습니다."
"고마워. 그럼."
발리에르 공주가 손을 내밀었다.
나는 무릎을 꿇고 그 손에 키스했다.
이건 그녀와 맺은 계약이다.

※

"완전히 실수였어."
첫해부터 좋지 않았다.
군역이 산적 퇴치에서 적국 빌렌도르프와의 국경선 배치로 변경.
고작 20명 정도 되는 영지민을 끌고 요새를 지키면 되는 일이었다.
하지만 그해 전쟁이 일어났다.
지난 10년 동안 싸운 적이 없었는데, 갑자기 빌렌도르프가 침공했다.

당연히 나는 전쟁에 휘말리게 되었다.

아나스타시아 제1왕녀와 친위대, 그녀의 상담역인 아스타테 공작의 군대를 합쳐서 고작 550명 정도의 병사로 1천에 가까운 빌렌도르프 야만족들을 상대로 전쟁이 시작되었다.

나도 아나스타시아 제1왕녀의 지휘하에 들어가—— 그리고 최전선에 보내졌다.

필사적이었다.

동정인 채로 죽고 싶지 않았다.

신은 왜 이런 미친 세계에 나를 보낸 거냐.

남녀 성비 1:9라는 이상한 세계에 보낸 거냐.

밉고 또 미워서 견딜 수 없었다.

그리고—— 발기했다.

하지만 금속 정조대가 발기를 가로막았다.

"고추가 아파."

생존 본능이었다.

죽고 싶지 않아.

동정인 채로 죽고 싶지 않아.

나는 전생에도 동정이었단 말이다.

그뿐이었다.

동정인 채로 죽고 싶지 않다고.

나는 선조에게서 물려받은 마법의 그레이트 소드를 들고 애마 플뤼겔의 옆구리를 찼다.

"나의 이름은 파우스트 폰 폴리도로. 이름을 날리고 싶은 자는 덤벼라!! 싸워주마!!"

첫 상대의 목을 베는 건 쉬웠다.

설마 전장에 남자가—— 매춘부 말고 다른 남자가 있는 줄은 상상도 못 했던 모양이다.

내 목소리에 동요해서 생긴 그 찰나의 빈틈을 이용해 목을 쳤다.

다시 플뤼겔의 옆구리를 찼다.

나는 기사 십수 명의 보호를 받는 적국의 기사단장을 향해 인마일체(人馬一體)가 되어 달려갔다.

"발기!!"

나는 외설스러운 단어를 외쳤다.

전장에서 일어난 착란이다.

그리고 지금 상태이기도 하다.

고추가 아파.

두 명, 세 명, 말하면서 동시에 베어버린다.

"빌렌도르프의 기사단장, 나와 일대일로 승부해라!!"

상대는 응하지 않았고 네 명째 기사가 창을 날렸다.

그레이트 소드로 창 끝을 잘라버린 뒤 상대의 몸통을 후려쳤다.

체인 메일을 입었거나 말거나. 마법이 부여된 그레이트 소드 앞에서는 버터나 마찬가지지.

아아——.

고추가 아프다.

그런 생각과는 별개로 나에게 달려드는 다섯 명의 기사.

일대일로는 상대할 수 없다고 생각한 건지, 아니면 나를 성노예로 붙잡기 위해서인지.

——아마 후자겠지.

나는 성노예가 될 마음은 없다.

하렘은 환영하지만.

위생 관념도 제대로 박혀있지 않은 녀석들에게 따먹혔다가 병에 걸려서 죽는 건 사양이다.

나는 그레이트 소드를 든 오른손과는 다르게 비어있던 왼손을 휘둘러 신호를 보냈다.

——크로스보우.

크로스보우에서 날아간 화살이 체인 메일을 입은 다섯 명의 기사에게 박혔다.

우리 영지는 비싼 크로스보우를 다섯 개나 소유하고 있거든.

교회는 사용하지 말라고 매번 시끄럽지만, 알 바 아니다.

내 마음이지.

목숨보다 더 중요한 건 없다.

그렇게 나는 고간의 통증을 느끼면서 상대쪽 기사단장 앞에 도착했다.

나는 그레이트 소드를 들어 올리고 크게 외쳤다.

"빌렌도르프 기사단장, 일대일 승부를 신청한다!!"

"나에게는 레켄베르라는 이름이 있다! 남용사여!!"

빌렌도르프의 기사단장은 크게 소리쳐서 대답했다.

성공이다.

확신을 가진 나는 그레이트 소드를 대각선으로 조용히 내렸다.

"그럼 레켄베르 경! 단판 승부다!!"
"좋다. 하지만 한 가지 약속해라."
"말해라!"
레켄베르는 한 번 크게 숨을 들이마신 뒤 소리쳤다.
"내가 승리한다면 너는 내 둘째 부인이 된다!! 어떠냐!!"
빌렌도르프―― 야만족 특유의 가치관.
강한 남자에는 그만한 가치가 있다.
이게 우리나라, 안할트 왕국이라면 오히려 미움받지만.
기본적으로 우리나라는 소름이 쫙 돋을 만큼 나긋나긋한 남자가 선호된다.
빌렌도르프에 태어났다면 좋았을 텐데.
"알았다. 나에게 승리한다면 남편이든 무엇이든 되어주마!!"
확 져 버릴까.
대우도 나쁘지 않을 것 같은데.
저쪽이 투구를 안 써서 얼굴도 보이는데, 좀 나이가 들긴 했지만 미인이고.
갑옷을 입어서 알 수 없지만 가슴도 클 것 같고.
"하지만 질 수는 없단 말이지."
작게 중얼거린다.
책임이 있다.
나는 지구에서 전생한 이세계인이긴 하지만, 이 세계에 낳아준 내 어머니의 외동아들로서.
내 영지 폴리도로의 영주로서.

폴리도로 경으로서 책임이 있다.

고작 300명 정도밖에 안 되는 영지민이라도 길거리에 나앉게 만들 수는 없지.

그러니까—— 죽어줘야겠다. 레켄베르.

나는 그레이트 소드를 대각선으로 늘어트린 자세 그대로 레켄베르 기사단장을 향해 돌격했다.

승부 결과는, 말할 필요도 없겠지.

나는 지금도 살아있으니까.

※

"실수했어."

발리에르 제2왕녀의 상담역이 된 건 명백한 실수였다.

나는 그저 중얼거렸다.

지금은 왕궁—— 조금 전까지 리젠로테 여왕과 대화했던 장소에서 나와.

왕궁 안뜰에서 상의 후 결과—— 아니, 결과는 뻔히 보인다.

결국 올해의 군역은 산적 퇴치에 끌려가겠지.

나는 잘 다듬어진 정원의 은은한 꽃향기를 맡으면서——.

우선 자가발전이다.

즉, 조금 전까지 뇌리에 달라붙어 있던 리젠로테 여왕의 베일 너머로 비친 알몸을 반찬 삼아, 내 아들놈을 달래기 위해 여관에 돌아갈 생각만 하고 있었는데.

정원의 가든 테이블에서 차를 마시던 메이드——가 아니고.

시녀가 아니라 시동이라고 해야 하나. 그런, 나긋나긋한 남자의 모욕적인 말이 들렸다.

"저게 폴리도로 경? 우락부락해서 아주 끔찍하네."

"야만적이야. 선대 폴리도로 경은 아이를 낳을 수 없어서 빌렌도르프에서 고아를 주워온 거 아니야?"

아무래도 가만히 기다릴 수는 없게 된 모양이다.

모욕당하고 말았다.

나를.

즉 우리 폴리도로 령 전체를.

내 어머니를, 선조를, 영지민을, 땅을, 전부 무시하는 모욕이었다.

관자놀이에 날카롭게 깡! 두드리는 듯한 소리가 퍼졌다.

순식간에 머릿속 스위치가 '때려눕힌다' 쪽으로 전환되었다.

그런 멍청한—— 소름 끼치게 어리석은 남자들의 콧대를 뭉개주기 위해 복도에서 정원으로 발을 들여놓았다.

내 어머니는 괴짜였다.

이 정조 관념이 역전된 세계에서 남자인 나에게 검과 창을 주축으로 한 무술을 가르쳤다.

영지민 통치법과 경영을 가르친 것까지는 좋다.

그건 영주로서 이해해야만 하는 일이니까.

장래에 신부를── 나 대신 폴리도로 경이 되어줄 귀족과 결혼해서 내조하게 될 테니까.

하지만 무술이나 전술 같은 건 왜 배우는 건지.

15살 때 영지 밖에 있는 남기사는 한 명밖에 없다는 걸, 남자는 보통 전장에 나가지 않는다는 걸 알았을 때는 의문을 느꼈다.

나는 어느 정도 철이 든 소년 시절에 이미 전생의 기억을 떠올렸기 때문에── 귀족의 적남이 그런 능력을 배우는 건 당연하다고 생각해서 어머니에게 왜 가르치는 거냐고 물어보지 않았다.

폴리도로 령의 성비, 남자는 30명이고 여자는 270명이라는 그 이상함.

일부다처제가 당연한 상황과 '여기는 이상한 세계잖아'라는 편견, 전혀 그렇지 않았던 감상을 느끼면서도.

"지금 그대들은 뭐라고 말했지? 나에게만 하는 말이라면 상관없다. 하지만 내 어머니까지 모욕하다니."

가든 테이블을 향해 성큼성큼 걸어갔다.

두 명의 시동이 설마 내가 다가올 줄은 생각지도 못했다는 듯 차를 흘렸다.

마치 실금해서 가랑이를 적셔버린 듯한 모습으로 일어나 변명했다.

"따, 딱히 아무 말도 안 했습니다."

거듭 말하지만, 어머니는 괴짜였다.

아버지가 젊은 나이에 폐병으로 죽은 뒤 귀족 친척들에게서, 영지의 촌장에게서, 주변 모든 사람에게서 새 남자를 들이라는 말을 들으면서도 전부 거부했다.

태어나지 않은 장녀 대신이라는 듯 나에게 무술과 전술을 가르쳤다.

하지만 지금 생각해 보면 어머니는 어머니대로 필사적이었던 거겠지.

어머니 본인도 몸이 약해서 둘째를 낳는 건 어렵다고 생각한 건지.

아니면 죽은 아버지를 그만큼 사랑했던 건지.

자주 앓아눕는 몸을 억지로 일으키며 나에게 영주로서 모든 걸 가르쳤고, 그렇기에 나를 낳고 20년 뒤.

35살이라는 젊은 나이에 병사했다.

실처럼 가늘어지면서 죽어버렸다.

지금이라면 이해할 수 있다.

"내 어머니를 모욕했나?"

어머니는 자신이 아는 모든 것을 나에게 남기려고 했다.

자기는 오래 살 수 없다는 걸 알고 있었다.
그렇기에 짧은 시간—— 아이인 내가 어른이 될 때까지 모든 걸 남기려고 했다.
나는 어머니를 그냥 괴짜라고 생각했다.
15살부터는 병 때문에 완전히 침대에서 지내게 된 어머니 대신 군역을 수행하게 되었지만.
그 정도가 효도가 되었는지는 알 수 없다.
아니, 효도는 전혀 못 했다.
어머니가 죽은 뒤에 간신히 깨달았다.
설령—— 내가 지구에서 전생한 이세계인이라고 해도.
나에게는.
“내 어머니를, 선조를, 영지민을, 땅을, 폴리도로의 모든 것을 모욕했나?”
분별력이 생기기 시작한 5살 때부터 이 세상에서 살아가기 위한 모든 것을—— 자신의 목숨을 깎아가면서 안겨주었다.
“죽여버린다.”
더없이 소중한 어머니였다.
나를 모욕하는 건 딱히 상관없다.
이 왕국에서 나처럼 근육질에 체구가 큰 남자는 선호되지 않는다는 건 안다.
외모가 떨어지는 추남에게 모욕이 쏟아져도 그건 감수할 수 있었다.
하지만 어머니를 모욕하는 것만은 용서할 수 없다.

가까이 있던 남자의 나약한 멱살을 잡고 허공으로 들어 올렸다.

"우, 우리는 제1왕녀 상담역이신 아스타테 공작님의 혈연자라고! 그래도."

아, 그래?

그래서 제2왕녀 상담역인 내 험담을 해댄 건가.

자기에겐 빽이 있으니까 위해를 가하지 않을 거라고 생각한 건가.

――착각도 대단하시지.

"그게 뭐."

나는 남자의 콧구멍에 검지를 쑤셔 넣었다.

"하, 하지 마. 사과할――."

늦었어.

나는 검지를 그대로 깊이 밀어 넣어 손가락 뿌리 부근까지 콧구멍 속으로 집어넣고.

인격이 붕괴한 듯한 비명―― 아니, 포효가 남자의 목에서 튀어나오는 걸 들었다.

"뭐야, 비실비실 간드러지는 목소리가 아니라 굵직한 목소리도 잘만 내잖아."

나는 사악하게 웃었다.

코로 찔러넣은 손가락은 남자의 목구멍까지 도달했다.

새빨간 피로 뒤덮인 검지를 남자의 콧구멍에서 빼냈다.

남자는 바닥으로 풀썩 쓰러져선 입에서는 새빨간 거품 같은 걸 토하고 있다.

우선 한 명.

나는 손수건으로 검지에 묻은 피를 닦으며 다른 한 명의 남자에게 시선을 주었다.

"도망치지 마."

물론 도망칠 수 있을 것 같지도 않지만.

다른 한 남자는 엉덩방아를 찧고는 소변과 똥을 지리기 시작했다.

다리에서 힘이 빠진 모양이다.

"나 참, 한심한 남자들이군."

죽이지는 않는다.

하지만 그냥 넘어가지도 않는다.

감정적으로는 어머니의 문제이지만.

대외적으로는── 귀족의 체면도 달린 문제다.

영지의 모든 명예를 내가, 파우스트 폰 폴리도로가 짊어지고 있다.

모욕당했는데 그대로 넘어갈 수는 없다.

설령 그게.

"뭘 하는 거냐!"

영지 규모도 병력도 말 그대로 차원이 다른 공작님 상대라고 해도.

나는 전장에서 몇백 번이나 들어서 익숙한 목소리가 날아온 방향을 돌아보았다.

"아스타테 공작님이 아니십니까. 잘 지내셨는지요?"

"지금 잘 못 지내게 되었군."

아스타테 공작.

아나스타시아 제1왕녀의 상담역이다.

영지민 수는 수만을 넘겼고, 긴급 시에도 움직일 수 있는 상비병의 숫자가 500에 가깝다.

상비병만으로도 우리 영지민의 숫자를 넘어버린 상대다.

하지만——.

"단도직입적으로 묻겠다. 폴리도로 경. 그 남자들이—— 내가 왕궁에 시동으로서 일하게 한 두 사람이 무슨 짓을 했지?"

"제 어머니를, 선조를, 영지민을, 땅을, 폴리도로의 모든 것을 모욕했습니다. 저를 선대가 자식을 낳을 수 없으니까 빌렌도르프에서 고아를 주워 온 게 아니냐고 지껄이더군요."

입술이 파르르 떨리는 아스타테 공작.

아스타테 공작은 본인이 서 있던 복도에서 정원으로 내려와 오줌을 지리며 주저앉아 있는 남자에게 말을 걸었다.

"지금 폴리도로 경이 한 발언은 사실인가?"

"아, 아뇨, 저희는——."

"사실이로군."

아스타테 공작의 얼굴이 말 그대로 마귀처럼 변했다.

귀흉신(鬼凶神) 아스타테.

음유시인이 그렇게 부르기 때문이다.

"이 멍청한 놈들!!"

아스타테 공작은 부츠를 신은 채 다리가 풀린 남자의 코를 향해 발차기를 날렸다.

코의 연골이 부러지는 소리.

그 시원한 소리를 들으며 나는 아스타테 공작의 옆얼굴을 가만히 바라보았다.

여전히 마귀처럼 얼굴을 일그러트렸어도 미인이다.

게다가 가슴도 크다. 아주 어마어마하게 크다.

붉고 긴 머리카락을 뒤로 늘어트린 초절정 미인이다.

목 뒤를 덮는 땋은 머리를 빤히 바라봤다.

바라보기만 할 뿐, 발기는 안 하지만.

아스타테 공작의 반응에 맥이 풀린 나는 그런 외설적인 생각을 했다.

"실례가 많았다, 폴리도로 경. 지금 한 제재로 사과하고 싶군."

"아닙니다, 아스타테 공작님. 저희는 야만족── 빌렌도르프를 상대로 최전선에서 함께 싸운 사이가 아닙니까. 국력 차이는 있었지만요."

"국력 차이라니── 나와 그대는 전우가 아닌가. 신경 쓰지 않아도 돼."

그렇다. 나와 아스타테 공작의 관계는 결코 나쁘지 않다.

1년 전 빌렌도르프 침공 때 아스타테 공작의 상비병 500과 내 영지민 20.

여기에 아나스타시아 제1왕녀의 친위대 30, 총 550명.

긴급 사태였기 때문에 그만큼밖에 준비하지 못한 군대로 함께 빌렌도르프의 침공을 막아냈다.

게다가 아스타테 공작은 열세인 아군을 고무하기 위해 항상 나와 함께 최전선에 섰다.

이런데 사이가 나빠질 리 없다.

제1왕녀의 상담역, 제2왕녀의 상담역. 입장 상 알력은 있지만—— 제1왕녀파가 압도적으로 강해서 신경 쓸 정도는 아니다.

문제는——.

"그나저나 변함없이 멋진 엉덩이로구나, 폴리도로 경."

성희롱이다.

이 아스타테 공작님은.

나와 비교하면 다들 키가 작지만, 여자치고는 큰 키인 170cm의 몸을 옆으로 밀착해서 어깨동무를 걸었다.

이런 보디 터치조차 이 세계에서는 명확한 성희롱이다.

숙녀다운 행동이 아니다.

"농담도 재미있으시군요. 저처럼 투박하고 근육질인 남자가 인기가 없다는 건 압니다."

"문제없다!! 나는 엉덩이파니까!!"

자유분방한 사람이기도 하다.

공작이라는, 뭘 해도 대체로 용서받을 수 있는 지위가 그렇게 만드는 걸까.

"아아, 폴리도로 경. 언제쯤이면 그 몸을 허락해줄 생각이지? 이미 전장에서 피도 땀도 뒤엉킨 사이가 아닌가."

나도 할 수 있다면 그 가슴을 마음껏 만지고 싶거든요.

그 가슴 사이에 고추를 찔러넣고 싶거든요.

"아스타테 공작님, 몇 번이나 말씀드렸지만 제 정조는 장래의 신부에게 바칠 것입니다."

평생 한 사람만 상대하는 건 사실 싫지만.

솔직히 하렘을 차리고 싶다.

영지민 중 16살~32살 사이의 미녀를 모아 하렘을 차리는 게 내 꿈이었다.

하지만 적어도 이 나라에서는 동정은 신성시된다.

내가 문란하다는 소문이 퍼지면 폴리도로 경—— 나아가 영지의 명성이 추락한다.

결혼—— 신부의 조건도 나빠질 것이다.

그래서 불가능하다.

마음속으로 피눈물을 흘리며 아스타테 공작의 눈을 가만히 응시했다.

"내 신랑으로 오면 되지."

"또 농담도. 입장이—— 작위가 너무 차이납니다. 급이 안 맞는 걸요. 게다가 영지 문제도 있죠."

"정부로는 안 되는가? 네 아이를 몇 명이든 낳아서 한 명은 제대로 폴리도로 령을 물려받게 하마."

그건 매력적인 조건이다.

하지만 그 경우 아스타테 공작의 정부라는 포지션이 된다.

……아니, 그것도 나쁘지는 않은데.

"참고로 나는 아직 처녀다. 18살이니까. 20살이 되면 아무래도 자식을 낳아야만 하니 남자를 들일 필요가 있지만, 기왕이면 마음에 드는 남자가 좋지."

"저는 모르는 일입니다."

나는 섹스만 하게 해준다면 처녀든 처녀가 아니든 상관없다.

따지는 건 성병 유무뿐이다.

안 돼.

이런 초절정 미녀와 성희롱 대화를 이어가면 또 발기해서 고추가 아파질 것 같다.

아니, 이미 살짝 발기했다.

매춘숙이 있다면 좋겠단 생각도 문득 들었지만.

이 세계엔 남자 매춘부밖에 없다.

끝장이다.

왜 세상은 이렇게까지 나를 괴롭히는 거냐.

이해할 수 없다.

아스타테 공작은 내 눈을 가만히 응시하며 중얼거렸다.

"그냥 단도직입적으로 말하마. 나는 우회적인 게 싫다. 한 번만 떡 치자. 돈은 주마."

"……."

돈 같은 건 이쪽에서 내면서 부탁하고 싶거든요.

그 가슴을 자유롭게 주무르고 싶거든요.

하지만 안 된다고.

입장이 너무 차이 난다고.

섹스하고 싶다.

내 아들놈은 왜 이렇게까지 불쌍하게 태어난 거냐.

전생에도 동정, 현생에도 동정.

너무 비참하다.

나는 신이 밉다.

일요일에는 교회에 나가서 성가대의 백코러스를 들으며 나는 항상 신을 저주한다.

이만…… 골인하고 싶다. 성적인 의미로.

이대로 아스타테 공작의 유혹에 넘어가 버릴까.

아니── 그 소원은 아무래도 이뤄지지 않을 모양이다.

"뭘 하는 거냐! 아스타테!!"

아나스타시아 제1왕녀의 행차시다.

나는 살짝 발기했던 아들놈을 필사적으로 달래며 속으로 외쳤다.

언제쯤 여관으로 돌아갈 수 있을지.

언제쯤 자가발전할 수 있을지.

그런 생각을 하며, 제1왕녀를 상대로 무릎을 꿇고 예를 갖추면서도 크게 한숨을 쉬었다.

제4화 아나스타시아 제1왕녀

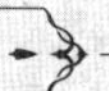

아버지는 태양 같은 사람이었다.

아버지의 투박한 손으로 머리를 거칠게 쓰다듬어주는 게 무엇보다 좋았다.

나, 아나스타시아의 아버지는 아스타테 공작가 출신이었다.

이 말만 들으면 유서 깊은 가문이라고 다들 생각할 테지.

그리고 가냘프고 키가 작은 미남을 머릿속에 떠올릴 것이다.

하지만 내 아버지는 못생긴 건 아니었어도, 이 안할트 왕국의 여자들이 선호하는 타입에 들어맞았냐면——.

다소 엇나간 타입이었다.

먼저 키가 크다.

그리고 근육질이었다.

저택 밖으로 나가지 못하게 했기에 취미는 원예—— 공작 저택의 넓은 정원에서 농업을 했기 때문일까.

물론 남귀족의 취미는 다양하다.

결코 원예가 나쁘다는 건 아니다.

나쁜 건 아니지만.

아버지의 손은 가위 굳은살로 가득했고, 그 손바닥이 내 두피에 닿으면 거칠거칠했다.

어머니의 남편 후보는 수십 명이나 있었고 그중 누구든 반려로 택할 수 있었다고 들었다.

왜 어머니는── 리젠로테 왕녀는 혼담 신상서에 올라가 있었을 뿐인, 공작가에서 겸사겸사 보여줬을 뿐인 아버지를 남편으로 맞은 걸까.

의문이다.

실제로 당시 법복 귀족도 난리였다고 들은 바 있다.

뭐, 그건 됐다.

지금은 눈앞에서 일어나는 일에 관심을 기울일 필요가 있다.

나는 복도에 서서 정원에 서 있는 파우스트와 아스타테에게 말을 걸었다.

"아스타테, 지금 폴리도로 경과 무슨 이야기를 했지?"

"정부 계약입니다."

"정부 계약?"

나는 분노한 표정을 지었다.

내 얼굴을 보고 있던 폴리도로 경이── 파우스트가 조용히 시선을 돌렸다.

너는 그렇게 내 얼굴이 무서운가.

나는 파우스트를 달래듯 눈을 감았다.

예전──.

예전의 나는 아버지가 투박한 손으로 머리를 쓰다듬어주는 게 좋았다.

아버지는 나를 딸로서 분명히 사랑해주었다.

법복 귀족들이 아무리 난리였든 어머니의 사람 보는 눈은 옳았다고 말할 수 있겠지.

유능하기도 했다.

성격은 급하지만 다정하다.

그리고 공사를 혼동하지 않는, 그런 사람이었다.

공작가의 인맥을 이용한 공작가의 어떤 요구도 아버지는 거부했다.

아버지를 통한 말단 관리들의 탄원은 그게 너무도 곤궁해 보였기에 직접 도와주었으나—— 어머니에게 직접 탄원하는 것만은 거부했다.

아버지는 어머니와 나를, 가족을 지키려고 했다.

가정적인 사람이었다.

날씨가 좋은 날이면 항상 가위를 들었고.

비가 오는 날이면 책을 읽고.

이따금 나와 함께 놀아주면서 머리를 거칠게 쓰다듬어주는, 굳은살투성이인 아버지의 손이 정말 좋았다.

농업을 좋아하는 아버지의 손에서는 태양의 냄새가 났다.

어머니도 아버지를 마찬가지로 사랑했을 것이다.

동생도 아버지를 마찬가지로 사랑했을 것이다.

그렇기에 나는 용서할 수 없었다.

아버지의 사랑을 독점하고 싶었다.

그 감정은 마치 세간에서 말하는, 첫사랑이었던 것도 같다.

생각을 끊는다.

다시 현실로 돌아온다.

나는 다시 입을 열었다.

"왕가는 공작가와 폴리도로 경이 관계를 맺는 걸 허용할 마음은 없다."

"이유를 여쭈어도 될까요?"

아스타테가 천연덕스러운 얼굴로 물었다.

징글징글한 얼굴.

"제1왕녀 상담역과 제2왕녀 상담역이 맺어지다니 농담거리도 안 되지."

"형식뿐인 지위 아닙니까. 제2왕녀 파벌 같은 건 있으나 마나 한 것을."

"그 형식을 신경 쓰는 거다. 하물며 그 말을 제2왕녀 상담역인 폴리도로 경 앞에서 발언하는 그 정신상태가 의심스럽군. 네게 폴리도로 경은 안 맞는다."

그 말을 끝으로 입을 다물었다.

다시 생각이 과거로 돌아간다.

아버지는―― 어느 날 갑자기 죽었다.

독살이었다.

어머니는 광분하였고, 그 탁월한 수완을 구사하여 범인을 찾아내려 했으나―― 판명되지 않았다.

아버지는 절대 미움받을 만한 사람이 아니었는데.

지금도 어머니는 범인을 찾고 있지만.

분명 찾을 수 없을 테지.

찾아낸다면 이 세상의 지옥을 보여줄 생각이지만.

분명 찾을 수 없을 것이다.

내 사랑은 갑자기 사라졌다.

어머니는 나를 사랑해주고는 있으나 공인으로서의 시선은 제1후계자에게 향하는 시선이었다.

나의 재능에 보이는 사랑.

가족으로서의 사랑이 아니었다.

어느새 나는 14살 나이에 시가지를 걸어 다니며 위엄을 보여야 하는, 그저 제1왕녀로 전락하고 말았다.

어머니도 친위대도 상담역인 아스타테 공작도 같은 눈을 하고 있다.

나를 제1왕녀 아나스타시아로밖에 보지 않는다.

오직 한 명── 아버지만이 나를 그저 딸 아나스타시아로 봐주었다.

그 사실을 깨달은 14살 때의 상실감은 어느 정도였는지── 충격이 너무 커서 지금은 기억나지 않는다.

기억하고 싶지 않다.

무언가의 그림자에, 유령에 두려워하듯── 몸을 웅크리고 침대에서 울었던 일 같은 건 기억하고 싶지 않다.

그런 나에게 드디어 첫 출진의 날이 찾아왔다.

빌렌도르프 침공이었다.

그곳에서 만났다.

머릿속이 파우스트와 처음 만난 날로 넘어간다.

"파우스트 폰 폴리도로. 제2왕녀 상담역입니다. 앞으로 잘 부탁드립니다."

그 남자는 아버지보다 더 건장한 몸을 지녔다.

검은 머리카락을 짧게 쳤고, 그 벽안은 투명하며 아름답다.

2m가 넘는 키에 근육이 왕성하고 그레이트 소드를 한 손으로 휘두르며.

검과 창을 휘두르며 생긴 굳은살이 좌우 열 손가락 모두를 뒤덮은 존재.

안할트의 남성 외모 기준으로는 얼굴은 괜찮아도 명확한 추남이었다.

그런 남자였다.

그런 남자가── 하필이면 동생, 발리에르의 상담역으로서 내 지휘하에 들어와 허리를 굽히고 있었다.

그래, 동생아.

너는 아버지를 대신할 이를 찾아냈구나.

웃을 수 없다.

전혀 웃을 수 없다.

웃을 수 없단 말이다, 발리에르.

나의, 우리의 아버지는 그렇게 쉽게 대신할 사람을 찾을 수 있는 분이었나?

아니지 않나, 발리에르.

"지금은 긴급 사태입니다. 제1왕녀 아나스타시아 님의 지휘를 따르겠습니다. 하명하십시오!"

나는 먼저── 그때는 분노도 섞여 있었다고 분명히 말할 수 있다.

참으로 어리석은 판단이었지만.

"아스타테 공과 함께 최전선에 가라."

'시험'했다.

차라리 죽어주길 바랐다.

"……명 받들겠습니다."

파우스트는 최전선으로 갔고, 공적을 세웠다.

야만족 내에서도 중핵인 레켄베르 기사단장을 일대일 승부 끝에 무찔렀다.

나는 조용히── 아버지를 잃고 몇 년 만에 미소 지었다.

아아, 너는 아버지를 대신할 수 있는가?

그런 착각이 문득 떠올랐다.

따라서 나는 빌렌도르프와 싸우던 전장에서 파우스트에게 자주 말을 걸게 되었다.

"왜 눈을 돌리지?"

"……아나스타시아 제1왕녀님을 상대로 시선을 마주치라니 황공합니다."

"눈을 돌리는 게 실례라는 생각은 안 하는가."

파우스트는 뺨을 긁적이며 난처하다는 표정으로 중얼거렸다.

물론 내 눈이 무섭게 생겼다는 건 안다.

충성심 강한 친위대에게는 조금 자중해달라는 말도 들은 바 있다.

자중이고 뭐고, 눈동자는 바꿀 수도 없거늘.

하지만 무인으로서 이름 높은 파우스트조차 무서워하는 건 조금 싫었다.

"음…… 네, 그렇죠. 넵."

파우스트는, 그야 하고 싶은 말은 이해하지만, 조금 난처한 듯 웃었다.

나를 싫어하는 건 아니나 그것과는 별개로 내 눈동자가 조금 무섭다며 웃었다.

솔직했다.

아버지를 닮았다.

전장에서는 '분노의 기사'라며 감정이 등을 떠미는 대로 날뛰는 폴리도로 경의 평소 얼굴은── 파우스트는.

평상시에는, 완전히 가정적인 사람이었다.

자기 머리를 누르면서 면목 없다는 듯 고개를 숙인다.

제멋대로 행동하다가 어머니가 화를 냈을 때 같은 아버지의 모습이 그곳에 있었다.

아니.

이 자는 아버지가 아니다.

아니란 말이다.

이건 착각에 불과하다.

머리로는 그렇게 생각해도 자꾸만 아버지의 모습과 파우스트가 겹쳐졌다.

어느새 파우스트의 모습을 눈으로 좇아가게 되었다.

자신의 영지민에게 다정한 남자였다.
동포 기사들에게 공평한 남자였다.
아스타테 공작이 전우라고 공언하게 만드는 남자였다.
너는── 내 아버지를 대신할 수 있는가.
너의 마음가짐이 너무나도 아버지를 닮았다.
그렇게 생각했다.
그리하여 이해했다.
내가 아버지에게 느꼈던 그 감정은 첫사랑이 아니었다.
지금 이것이, 자연스레 이 남자를 눈으로 좇아가게 되는 감정이 첫사랑이다.
그렇게 이해하고 말았다.
이해하고 말았기에 욕심이 난다.
그래, 욕심이 났다.
내 머리는 다시 현실로 돌아와 입을 열었다.
"폴리도로 경."
"네."
파우스트는 무릎을 꿇고 나에게 예를 차리는 자세를 유지한 채 입을 열었다.
그 얼굴은 내 시선과 결코 마주치지 않는다.
그래도 상관없다.
"제2왕녀 상담역 같은 건 사임하고 내게 와라."
마음속에서 자연스럽게 흘러나온 발언이었다.
내 것이 되어라.

그뿐이다.

"……사양하겠습니다."

반면 파우스트의 망설임은 거절하는 말까지 3초가 걸렸다.

그 망설임도 나를 배려해서 일부러 뜸을 들인 것이겠지.

나는 물었다.

"어째서 거절하지? 아스타테에게는 그리 말하였지만, 제2왕녀 파벌은 거의 없다시피 하지. 미래가 없지 않으냐."

"그건——."

파우스트는 망설이면서도.

이번에는 나에게 시선을 똑바로 맞추고는.

이렇게 말했다.

"제게도 정이라는 게 있습니다. 저는 발리에르 제2왕녀님의 상담역입니다."

만점의 대답이었다.

가랑이가 애액으로 자연스럽게 젖어 들 것 같다.

아아, 내 아버지와 같은 심성을 지닌 사람이라면 그리 대답할 줄 알았지.

파우스트여.

파우스트 폰 폴리도로여.

너야말로 내 남편에 적합하다.

이미 나는 너 아닌 다른 남자는 싫다.

어떻게 해서든.

어떤 수단을 쓰더라도 너를 남편—— 혹은 정부로 삼겠다.

괜찮다, 널 정부로 삼고 남편을 들이지 않으면 그만이니.
그리하면 너는 나만의 것이다.
아스타테가 방해하게 두진 않는다.
하물며 동생, 발리에르따위에게 주지도 않는다.
나의 어머니, 리젠로테에게도.
정했다.
너는 나만의 것이다.
"그런가. 그렇다면 '지금'은 괜찮다. 발리에르에게 헌신하며 첫 출진인 산적 퇴치를 완수하도록."
"알겠습니다."
무릎을 꿇고 머리를 숙인 채 파우스트가 대답했다.
지금은 그런 관계다.
하지만 언젠가 내 시선을 가만히 응시하며 사랑을 속삭이게 만들리라.
이 나, 아나스타시아의 정부로서 품에 들이마.
아아, 파우스트여.
나는 네가 사랑스럽다.
머리부터 발끝까지.
너의 모든 것이.
나는 아스타테에게 내 뒤를 따라오도록 명령한 뒤 그 자리를 떠났다.

※

나는 무릎을 꿇은 채 진지하게 생각했다.
왜 이렇게 무서운 얼굴인가요 아나스타시아 전하.
시선을 마주치고 싶지 않다.
귀흉신이라고 불리는 아스타테 공작도 이보다는 덜 무섭다.
뭐라고 해야 하지. 아우라가 이상하다.
딱 선제후의 제1후계자라고 해야 하나, 그런 아우라를 흩뿌리고 있다.
어마어마한 미소녀지만 눈매가 아무래도 파충류 타입이란 말이지.
범재라고 해도 되는 주인, 우리 발리에르 제2왕녀와는 천지 차이다.
나는 그런 생각을 하며 아나스타시아 전하의 말을 들었다.
"왕가는 공작가와 폴리도로 경이 관계를 맺는 걸 허용할 마음은 없다."
"이유를 여쭈어도 될까요?"
아스타테 공작이 놀리듯이 대답했다.
뭐, 대충 예상은 간다만.
"제1왕녀 상담역과 제2왕녀 상담역이 맺어지다니 농담거리도 안 되지."
"형식뿐인 지위 아닙니까. 제2왕녀 파벌 같은 건 있으나 마나 한 것을."
"그 형식을 신경 쓰는 거다. 하물며 그 말을 제2왕녀 상담역인 폴리도로 경 앞에서 발언하는 그 정신상태가 의심스럽군. 네게 폴리도로 경은 안 맞는다."

그야 그렇다.

아스타테 공작은 체면을 너무 안 챙긴다.

너무 자유분방하다.

애초에 그녀는 엉덩이파다. 거유면서.

나는 가슴파라 적대관계다.

그러니까 법복 귀족들에게 미움받는 거다.

법복 귀족들은 분명 가슴파일걸.

그 싫어하는 법복 귀족—— 관료 귀족들은 아스타테 공작의 남편으로 자기 아들을 들이밀려고 필사적이지만.

상대는 공작가니까.

권력에 눈이 멀어도 어쩔 수 없지.

나는 다시 한숨을 쉬며 폭풍이 지나가길 기다렸다.

그러는 사이에 아무래도 아나스타시아 전하가 무언가 생각에 잠긴 건지.

잠시 시간을 둔 후 입을 열었다.

"폴리도로 경."

"네."

나는 무릎을 땅에 붙이고 예를 차린 자세로 대답했다.

"제2왕녀 상담역 같은 건 사임하고 내게 와라."

싫거든요 멍청아.

너 무섭다고.

아스타테 공작이 왜 태연하게 네 밑에 붙은 건지 잘 이해할 수 없을 만큼 너는 무섭단 말이야.

좋은 사람이라는 건 알지만 그것과는 별개로 인육을 먹을 것 같고.

나는 두려워서 혀가 꼬이려는 걸 느끼면서도 필사적으로 대답했다.

"……사양하겠습니다."

아나스타시아는 재차 물었다.

"어째서 거절하지? 아스타테에게는 그리 말하였지만, 제2왕녀 파벌은 거의 없다시피 하지. 미래가 없지 않으냐."

"그건──."

뭔가 이유를 찾아라.

아무리 그래도 왕궁 내 권력 싸움에 관심 없다는 본심을 들려주는 건 곤란하다.

뭔가, 뭔가 이유가.

──그래.

"제게도 정이라는 게 있습니다. 저는 발리에르 제2왕녀님의 상담역입니다."

만점의 회피다.

완벽하다.

뒷말이 나오지 않겠지.

무엇보다 발리에르 님에게 정이 들었다는 게 완전한 거짓말이 아니라는 것도 다행이었다.

나는 자신만만하게 아나스타시아 제1왕녀의 시선을 가만히 바라보았다.

아나스타시아 제1왕녀는 그 기선을 마주 노려보더니 뱀처럼 씩 웃었다.

왜 그런 식으로 웃는데?

너무 무서워서 조금 발기했거든?

생존 본능이었다.

고추가 금속 정조대에 살짝 눌리는 걸 느끼면서도 나는 그 미소에 쓴웃음으로 돌려주었다.

달리 괜찮은 수단이 있다면 가르쳐줘.

"그런가. 그렇다면 '지금'은 괜찮다. 발리에르에게 헌신하며 첫 출진인 산적 퇴치를 완수하도록."

"알겠습니다."

'지금'은 이라는 걸 보면 장래적으로는 안 된다는 거잖아.

완전히 찍혔다.

뭐가 문제였지?

빌렌도르프를 상대로 공적을 세워서?

아까 왕실 회의에서 발리에르 제2왕녀의 첫 출진을 반대해서?

아니면 아스타테 공작과 친하게 지내서?

이유를 모르겠다.

이유를 모르니까 무섭다.

왜 나를 가만히 두지 않는 거냐고.

어째서.

아나스타시아 제1왕녀와 아스타테 공작이 떠나가는 가운데.
나는 무릎을 꿇고 예를 차린 자세 그대로 고뇌했다.

제5화 아스타테 공작과 아나스타시아 제1왕녀

어릴 때부터 부모님에게서 친척인 아나스타시아 제1왕녀와 비교당하며 자랐다.

제왕학을 가르치는 어머니는 머리가 나쁜 아이라고 했다.

전술 교사는 나만큼 똑똑한 학생을 만난 적이 없다고 했다.

검술과 창술 교사는 이 왕도에서 열 손가락 안에 꼽히는 수준은 될 거라고 했다.

그렇게 자랐다.

너는 제3왕위후계자니까 이 안할트 왕국에 만에 하나의 사태가 일어났을 때를 대비한 스페어의 스페어.

그리고 차기 공작가를 이어받을 몸이니까.

아나스타시아 제1왕녀 전하에게 지지 않는 사람으로 자라라고.

어머니와 아버지에게 그런 말을 들으며 자랐다.

그 아나스타시아 제1왕녀는 지금 내 눈앞에서 뚜벅뚜벅 구두소리를 내며 걷고 있다.

나는 여전히 무릎을 꿇은 채 이쪽에 예를 다하고 있는 파우스트의 모습을 마지막으로 돌아보고는.

바이바이, 손을 흔들고.

파우스트에게서 멀리 떨어진 복도 모퉁이까지 와서 입을 열었다.

"아나스타시아."

"왜, 아스타테."
"아까 그거 말인데."
아까 그거── 아나스타시아와 파우스트의 대화 내용.
그걸 떠올리며 말했다.
"제1왕녀 상담역과 제2왕녀 상담역이 맺어지는 건 농담거리도 안 된다고 했었잖아."
"그래. 내가 틀린 말 했어?"
거기까지는 뭐 좋다.
불만은 있지만.
"그 직후에 제2왕녀 상담역을 그만두고 자기에게 오라는 건 무슨 소리야?"
"말 그대로의 의미지."
한 대 패버린다.
아나스타시아는 강하지만, 일대일 싸움이라면 아무래도 내가 이긴다.
전략으로는 아나스타시아, 전술이라면 아스타테.
거리의 음유시인들은 그렇게 노래했고── 그리고 나보나 나이가 많은 기사단장들도 그렇게 판단하고 있다.
실제로 그 빌렌도르프 침공 이래 그렇게 역할이 분배되었다.
덤으로 현장지휘관으로는 분노의 기사이자 최강의 기사이기도 한 파우스트.
그 현장에서는 그랬다.
지금은 아니지만.

정말이지, 파우스트가 제2왕녀 상담역으로 사장되는 건 아깝다.
“네가 파우스트를 좋아하는 건 알아. 삼촌과 판박이니까.”
우뚝. 아나스타시아가 발을 멈췄다.
친척이다.
하물며 제1왕녀 상담역으로서 2년이나 함께했다.
설마 모를 줄 알았나.
삼촌은 태양 같은 사람이었다.
친척인 나에게도 다정했다.
그리고 멋진 엉덩이였다.
취미인 농업으로 단련된 멋진 엉덩이였다.
내가 난생처음으로 성적 흥분을 느낀 건 아마 그때일 것이다.
“너는 아버지를 음흉한 눈으로 봤었지, 기억해. 죽여버리고 싶단 생각을 여러 번 했었지.”
“사춘기였다고. 어쩔 수 없잖아.”
나는 본능에서 눈을 돌릴 수 없었다.
자주 지적당한다.
나는 귀족으로서, 숙녀로서 기품이 부족하다고.
그걸 좋게 표현하는 사람은 나더러 자유분방하다고 말하지만.
법복 귀족, 관료인 그들은 하나같이 눈살을 찌푸리며 나쁘게 말한다.
공작가면서 예법이 안 되어있다는 둥 어떻다는 둥 시끄럽다.
아들을 붙여주려고 혼담 신상서는 공작가에 산더미처럼 보내는 주제에.

상대하진 않는다.

나라는 밭에 뿌리는 씨앗은 그 녀석으로 정해놨다.

"대놓고 말할까? 파우스트를 양보해. 넌 입장상 힘들잖아."

"뭐? 이게 뒤지고 싶냐?"

아나스타시아가 말투를 바꿨다.

둘만 있을 때는 감정이 겉으로 드러나기 쉽다.

"파우스트의―― 폴리도로 령을 생각해줘야지. 너에게는 짐이 너무 무거워."

"어떻게 무겁다는 건데?"

다 알면서.

"설령 네가 파우스트를 어떻게 잘 정부로 삼았다고 하자. 그러면 폴리도로 령은 어떻게 되지? 설마 너와 파우스트의 딸 중 한 명에게 폴리도로 령을 이어받게 하겠다고?"

몇 명을 낳을 생각인지 모르지만.

상위 왕위계승권을 지닌 사람이 고작 300명 정도의 변경 영지의 영주님이 되어라?

헛소리다.

"폴리도로 령을 안할트 왕국의 직할령으로 삼으면 되잖아."

"멍청하긴."

아나스타시아는 자신의 욕망에 취해있다.

영주 기사의 성질을 잊고 있다.

"파우스트가 자기 영지민을, 자기들의 땅을 얼마나 소중히 여기는지 정도는 잘 알잖아. 영주 기사라는 건 다들 그래. 벌레 한 마리 남김없이 자기 것을 빼앗기는 걸 거부하지. 열심히 한다고 해야 하나. 그들의 생활 연고를 모조리 빼앗아놓고 행복해질 수 있겠어?"

"……."

아나스타시아가 침묵했다.

그리고 반론했다.

"……너도 마찬가지잖아, 제3왕위계승자. 아스타테의 딸도 왕위계승권은 발생해."

"확실히 그렇지만, 내 아이의 피는 네 아이보다 훨씬 멀지. 나는 아이를 많이 낳고―― 막내를 폴리도로 령의 영주로 키울 거야. 너보다 왕가의 피가 훨씬 흐릿한, 왕위를 바랄 수도 없을 만한 아이를 폴리도로 경으로 만들 거야. 막내에게도 이어받을 영지가 있다는 건 결코 나쁜 일이 아니지."

나와 파우스트의 아이다.

분명 파우스트는 막내라도 귀여워하겠지.

"파우스트는 나와 함께하는 게 더 행복해질 수 있어."

"……."

아나스타시아가 다시 침묵했다.

이런 설득이――.

"헛소리하지 마. 그자는 내 거다."

잘 먹힐 거라고는 처음부터 생각하지 않았다.

내가 하고 싶은 말은 즉, 이거지.

"그렇다면 승부해 보자고."

품에 넣어둔 단검은 빼 들지 않는다.

그런 승부가 아니라는 것쯤은 서로 알고 있다.

"파우스트가 먼저 사랑한다고 말하는 쪽이 승리야. 우리의 승부는 전부 파우스트에게 맡기는 거지."

"……상대할 가치도 없네. 내가 어머니에게서 왕위를 물려받은 뒤에는 내가 강제로 파우스트를 맞을 거다. 아무에게도 양보하지 않아."

"거기까지 몇 년이 걸리는데? 애초에 파우스트── 그 삼촌 같은 태양의 마음을 잃어버리게 하고 싶어? 선조 대대로 이어받은 영지를 빼앗기고 인형처럼 변해버린 파우스트를 원해? 파우스트가 영지를 버려서라도 너를 사랑하겠다고 결심한다면 아무 말도 안 하겠지만. 아마도 그렇게는 안 될걸."

아나스타시아는 입을 다물고 손톱을 깨물었다.

나 말고는 아마도 리젠로테 여왕과 발리에르 제2왕녀 정도만 알고 있을 그녀의 나쁜 습관이었다.

가까운 사람들 사이에서 대답하기 궁할 때는 이게 현저하게 드러난다.

설령 파우스트가 자신을 사랑해준다고 해도.

파우스트가 그 마음가짐 그대로 자신의 것이 될 가능성은 지극히 낮다.

그 사실을 간신히 깨달은 모양이다.

──그래, 이 타이밍이지.

나는 도움의 손길을 내밀었다.

"파우스트를 공유할 마음은 없어?"
"뭐라고?"
"뭘, 세간에는 일부다처제가 당연시되고 있잖아. 귀족이어도 남편을 공유하는 건 드문 일이 아니지."
나는 파우스트와의 아이를 원한다.
그 엉덩이를 더듬으면서 그 남자를 안아보고 싶다.
동정은 포기할 수 있다.
그건 배부른 소리인가?
"……나와, 네 정부로?"
"그래. 나와 너 두 사람을 상대하는 정부야."
제1왕녀 아나스타시아와 아스타테 공작의 정부.
나는 입꼬리를 뒤틀며 웃었다.
"내 아이가 폴리도로 령을 이어받을 거야. 그러면 파우스트도 수긍할 수 있지."
"……."
아나스타시아는 까득 이를 갈았다.
생각이 정리되지 않는 모양이다.
"파우스트는 나만의 남자로 삼고 싶어."
입으로는 막힘없이 말하지만 그 눈에는 분명한 망설임이 있었다.
꽉 막힌 아나스타시아의 마음에 금이 간 순간을 보았다.
"불가능해."
나는 웃으면서 악마처럼 속삭였다.

"그 남자를, 파우스트에게, 두 명의 여자에게 몸을 바치라고?"

아나스타시아의 말은 조각난 감정처럼 하나의 문장을 만들지 못하고 있었다.

그 태양 같은 남자에게 두 명의 여자에게 몸을 바치라고 말할 생각인가.

투박하고 근육질인 몸을 부끄러워하며 그럴싸한 소문 하나도 없는 남자에게, 제 영지를 위해 전장에 헌신하는 동정 파우스트에게.

그 정숙하고 무구하고 귀여운, 순박하고 고지식한 동정 파우스트에게 꺾여버린 꽃처럼 그 몸을.

"그래. 마치 매춘부처럼 우리 두 사람에게 다리를 벌리게 하라는 거야."

"……."

침묵하고 있지만 네 마음이 흔들리고 있다는 걸 안단다, 아나스타시아.

나와 마찬가지로, 적당한 시동 상대로 처녀를 버리지 않은 것은.

파우스트의 몸을 써서 처음의 아픔과 즐거움을 마음껏 유린하기 위해서잖아?

부끄러워할 필요는 없어.

우리 왕위계승자들이라고 해서 청순한 마음만으로 살아갈 수는 없으니.

성욕 정도는 있지.

"괜찮아, 동정은 네게 줄게. 나도 그다음에는 실컷 즐길 테지만."

"파우스트의…… 동정……."

"그래. 제 영지를 위해 소중히 간직하고 있는 그 녀석의 동정."

그 부분을 찌르면 된다.

파우스트의 약점 정도는 안다.

그 녀석은 철두철미한 영주기사다.

선조를, 영지민을, 땅을, 그 모든 것을 위해서라면 싫어하는 여자의 가랑이도 핥을 수 있다.

──그렇게 다리를 벌리겠지.

"나는 파우스트를 더럽히고 싶지 않아!!"

"거짓말은!! 파우스트를 마음껏 능욕하고 싶어 하는 주제에!"

음탕한 대화를 복도에서 실컷 주고받았다.

나도 다른 여자가 파우스트의 몸을 더럽히는 건 속이 뒤집히는 일이다.

하지만 아나스타시아라면 괜찮다.

친척이자 언젠가 여왕이 될 아나스타시아라면 괜찮다.

이건 이거대로 즐길 수 있지.

내가 홀로 쓸쓸히 침대에 누워 파우스트가 아나스타시아에게 안기고 있는 걸 상상하면 자연스럽게 가랑이가 애액으로 축축해질 것 같다.

공작가의 장녀로서 침실 매너는 배웠지만, 이렇게 즐기는 방법이 있다는 건 교사도 가르쳐주지 않았다.

"수줍어하는 파우스트가 직접 개처럼 허리를 흔들게 만드는 것도 좋지. 상상만으로도 미쳐버릴 것 같아!"

"이 자식—— 더없이 천박하구나!!"

아나스타시아가 얼굴이 새빨개져서 언성을 높였다.

하지만 그건 분노가 아니었다.

수치다.

마음속 깊은 곳에 있는 욕망을 들켜서 수치심으로 얼굴이 붉어졌다.

어때, 아나스타시아.

너도 파우스트가 침대 위에서 허리를 흔들게 만들고 싶지?

부끄러워하는 파우스트가 스스로 움직이게 하는 거야.

아아, 정말로 미쳐버릴 것 같다.

"상상만으로도 훌륭하지? 내 제안을 받아들이면 당장에라도 손에 넣을 수 있다고. 파우스트는 내가 설득할게. 네가 미움받을 만한 일은 전혀 없어."

아나스타시아는 입을 빼끔거렸지만 말은 하지 못하고 있다.

그저 얼굴을 새빨갛게 물들일 뿐이다.

"……알았어."

"뭐야, 안 들리는데? 더 큰 소리로 말해."

"알았다고! 파우스트는 나와 너 두 사람을 상대하는 정부로 하겠다!!"

역시 제1위 왕위계승자.

결단하는 속도가 다르다.

전략에서는 빼놓을 수 없는 요소다.

나는 킬킬 웃으면서 아나스타시아의 어깨를 툭툭 두드렸다.

"자, 그렇다고 권력으로—— 강제로 파우스트가 다리를 벌리게 하는 것도 재미없지. 아니, 그것도 흥분되긴 하지만."

"너는 정말로 악질적인 미친년이야."

그녀답지 않은 아나스타시아의 매도를 들으며 나는 '으음……' 하고 고민했다.

지금까지 2년 동안 그 순박하고 고지식한 파우스트에게 성적인 말을 늘어놓아 얼굴을 붉히는 걸 보는 건 즐거웠다.

하지만 그것도 이제 끝이다.

슬슬 아이를 낳을 나이기도 하다.

"뭐, 파우스트의 군역—— 발리에르 제2왕녀의 첫 출진이 끝난 뒤에 시작하면 되겠지."

군역을 앞둔 그 남자의 마음에 부담이 되는 일은 별로 하고 싶지 않다.

우선 아나스타시아 설득은 끝났다.

이걸로 됐다.

나는 등을 곧게 펴서 전장에서는 방해되는 가슴을 앞으로 쭈욱 내밀었다.

제6화 잉그리드 상회와 정조대

안할트 왕국, 왕도 거주지.

나는 영지에서 떠나있을 때면 영지민 20명을 병사로 동원하여 항상 데리고 다니는데, 예전에는 변두리 싸구려 여관을 거점으로 삼았었다.

자금 사정 때문이다.

우리 영지는 그리 부유하지 않다.

특산품도 마땅히 없다.

2년 전 새 영주로서 인사.

리젠로테 여왕을 알현하기 위해 석 달이라는 대기 시간을 받았을 때의 일은 별로 떠올리고 싶지 않다.

나를 포함해 21명이나 되는 여관비를 부담하며 체류 자금 운용에 상당히 고생했었다.

하지만 지금은 다르다.

제2왕녀 상담역으로서 20명의 영지민도 어려움 없이 수용할 수 있는 훌륭한 저택을 왕가에서 마련해주었기 때문이다.

상담역이 되어서 생긴 이득 중 하나였다.

현재 나는 이 저택을 왕도에서 지내는 거주지로 쓰고 있다.

"……슬슬 오겠군."

나는 저택에서 손님을 기다리고 있었다.

상대는 우리 폴리도로 령의 어용상인인 잉그리드 상회다.

어용상인이라고 해도 영지민 300명 정도인 우리 변경령에 와주는 상인은 잉그리드 상회 말고는 없지만.

잉그리드 상회와는 선대—— 어머니가 영주이던 시절부터 교류가 있었다.

상회에는 모든 중개를 맡기고 있다.

선조 대대로 이어받은 것.

변경 영지 귀족에게는 다소 과분한, 마법이 부여된 그레이트 소드 연마.

내 대가 되어서 새롭게 조달한 것.

2m가 넘는 내 거구를 감싸는 체인 메일 수리.

그리고 개인적인 용도지만 가장 중요한 것.

그건——.

"파우스트 님, 잉그리드 상회가 오셨습니다."

종사(從士)의 역할을 맡긴 영지민이 문을 두드린 뒤 말했다.

"들여보내."

"실례합니다. 제2왕녀 상담역 폴리도로 경."

잉그리드 상회의 주인인 잉그리드가 놀리듯이 인사했다.

내가 제2왕녀 상담역이 된 뒤로 그녀는 이 호칭을 즐겨 썼다.

"그러지 마, 잉그리드. 제2왕녀 상담역이라고 해도 파벌도 뭣도 없는 소소한 역할이다."

"이렇게 훌륭한 저택을 빌려주셨는데 무슨 말씀을 하십니까."

잉그리드는 흡족한 기색으로 객실을 둘러보았다.

확실히 저택은 훌륭하다.

우리 폴리도로 령의 저택이 초라해 보이는── 아니, 실제로 이 저택이 더 으리으리하다.

"이 기회에 저희 상회도 규모를 더 키우고 싶은데요."

"……제2왕녀님에게도 나에게도 그런 인맥은 없어, 포기해라."

잉그리드는 철저한 상인이다.

이익을 볼 수 있는 기회에는 민감하다.

하지만 어차피 아나스타시아 제1왕녀의 스페어인 발리에르 제2왕녀의 세비는 조촐하다.

잉그리드에게서 무언가 괜한 물건을 살 여유는 없을 것이다.

하물며 왕가에 납품하는 상인도 있다.

파고들 틈은 없다.

그 정도는 잉그리드도 알고 있을 텐데.

"저는 당신이 이 나라의 더 큰 부분에 관여하실 수 있는 분이라고 기대하고 있답니다. 폴리도로 경."

"……."

잉그리드의 눈은 욕망으로 이글이글 빛났다.

그녀는 나에게서 뭘 보는 걸까.

나는 그걸 이해할 수 없다.

잉그리드 상회는 작은 상회가 아니다.

물론 왕가 어용상인만큼은 아니지만 수많은 장인이나 대장장이와 인맥이 있고, 안할트 왕국 내에 대형 판로를 보유한 상회다.

그녀가 나 같은 녀석, 이런 가난한 영주 기사에게 그렇게까지 열중하는 이유는 뭘까.

——뭐, 그건 됐고.
열중한다고 해도 나에게 손해는 없다.
잉그리드가 손해 볼 뿐이다.
그보다.
개인적인 용도지만 가장 중요한 물건에 대해 할 이야기가 있다.
"잉그리드, 상담할 게 있다. 조금 가까이 와 줘."
"네."
잉그리드가 걸어오자 나는 문밖에서 대기하고 있을 종사에게도 들리지 않도록 작은 목소리로 말했다.
"정조대 말인데, 조금 더 어떻게 할 수 없는 건가? 발기하면 아프던데."
"……또 그 말씀이시군요."
잉그리드는 살짝 얼굴을 붉히며 내 목소리에 맞춰 작은 목소리로 대답했다.
"예전에도 말씀드렸잖아요. 그건 폴리도로 경의—— 그, 사이즈에 딱 맞도록 주문 제작한 작품입니다. 어떻게 할 수가 없어요."
"15살 때 보기 드문 남자 대장장이까지 몰래 찾아와 주었지. 그건 정신적으로 고통스러웠어."
정조대.
말할 필요도 없을, 성인용품이다.
그건 전생에 살았던 지구에서도, 지금 사는 이 황당한 세계에서도 변함이 없다.
남자의 정조를 관리하기 위해 판매되는 제품이다.

다만 나는 목적이 다르다.

발기하지 못하도록, 아니, 더 정확한 목적으로는 발기한 걸 숨기기 위해 장착하고 있다.

변경에 있는 우리 영지 안에서는 헐렁한 바지를 입어서 어떻게든 얼버무릴 수 있었지만.

영지를 나온 뒤로 왕궁에 입궁할 때 입는 예복, 혹은 전투복으로는 그렇게 할 수도 없다.

"발기하면 아프다고. 아주 아프다고."

"애초에 왜 그렇게 틈만 나면 발기하시는데요?"

"……."

어떻게 말해야 하지.

나는 고민하면서 대답했다.

"나는 감정이 고양되면 온갖 상황에서 발기해. 아무에게도 말하지 마라."

이것도 일종의 수치지만, 여성의 알몸을 보기만 했다고 발기한다는 건 이 세계에서는 비정상.

자칫 이 세계 기준 색정광으로 찍힐 수 있는 발언을 하는 것보다는 낫다.

"……음, 분노의 기사라는 이명을 지닌 분답다고 말씀드려야 할까요."

잉그리드는 얼굴을 붉히며 말을 흐렸다.

어떻게 해야 할지 고민하는 모양이다.

하지만 이 정조대는 아프다고——.

"잉그리드, 아무쪼록 내가 직접 정조대를 샀다는 이야기는 누설하지 말도록. 내가 일반적인 여성들의 취향에서 어긋난다는 건 나 자신이 가장 잘 안다. 그런데도 여자가 덮치는 게 무서워서 스스로 정조대를 사서 차고 다니는 왕자병 귀족이라는 잘못된 비난을 받고 싶진 않아."

"고객 정보, 심지어 귀족의 구매 내역을 누설하다니 그런 무시무시한 짓은 못합니다. 안심하세요. 그 정조대를 만들 때도 비밀리에 처리하지 않았습니까."

그렇긴 하지.

잉그리드를 믿기로 하자.

"아무튼 발기하면 아파."

"……정조대 자체를 딱 맞는 물건이 아니라 더 큰 사이즈로 변경할까요?"

"그것도 곤란해. 예복을 입으면 정조대를 차고 있다는 게 들킬 테니까."

이미 결혼한 사람이라면 그래도 괜찮다.

남편의 정조를 관리하는 건 이 세계에서는 그리 특이하지 않다.

하지만 아까도 말했듯이 독신인 내가 정조대를 찬다는 게 세간에 들통나는 건 곤란하다.

직접 산 정조대를 직접 착용하는 왕자병 귀족이라는 비난을 받는다.

하다못해 내가 안할트 왕국에서 선호하는 예쁘장한 미소년이었다면 자신의 정조를 지키기 위해 장착한다 해도 아무 소리도

안 들을 테지만.

아무튼 귀족은 체면으로 먹고산다.

망신을 당할 수는 없다.

"그렇다면 지금 사용하시는 정조대를 계속 사용하실 수밖에 없습니다."

"그럴 수밖에 없는 건가……."

나는 고개를 푹 숙였다.

이 세계에서는 하루에도 종종 여성의 알몸을 보게 된다.

물론 보통은 옷을 입지만, 알몸이 되는 건 결코 부끄러운 일이 아니다.

아무래도 높으신 신분이면 알몸이라고 해도 베일 한 장은 걸치지만.

어제 왕궁에 갔을 때 리젠로테 여왕이 실크 베일 하나만 둘렀던 것.

마치 머리 나쁜 세상── 아니, 여기는 진짜 뇌가 살살 녹는 세상이긴 하지만.

아무튼 어딘가의 에로소설 삽화로 나올 법한 그 모습도 여왕의 악의는 아니다.

자신의 육체미를 보여주고 있었던 것뿐이다.

내 고추는 큰 대미지를 받았지만.

그리고 스스로도 조금 반성할 만큼 막무가내로 분노했었다.

결론.

나에게 구원은 없다.

"제2왕녀 상담역 폴리도로 경, 아예 결혼하셔서 정조대를 차도 이상하지 않은 상태가 되는 게 최선이 아닐까요."

"그럴 수 있었다면 진작에 신부를 들였지."

나는 인기가 없다.

투박하고 근육질인 외모.

하물며 초라한 변경 영주 기사다.

꽃 같은 왕도에는 법복 귀족들의 자식이나 가문을 이어받을 수 없는 차녀나 삼녀도 많겠지만.

꽃 같은 도시에서 변경 영지로 이사해선, 자칫 군역을 제외하면 평생 그곳에서 지내게 된다면 난색을 보이는 사람이 많다.

그렇게까지 하지 않아도 왕도의 귀족쯤 되면 먹고 살 방법은 있다.

한 번은 제2왕녀 상담역으로서 발리에르 공주에게 괜찮은 귀족과 혼담을 주선해달라고 부탁한 적도 있었지만.

어째서인지 아주 못마땅한 표정으로 자기가 나에게 마련해줄 수 있는 혼담은 하나도 없다고 거절당했다.

쓸모가 없다.

"아스타테 공작님의 정부는 안 되나요?"

잉그리드가 갑자기 엉뚱한 소릴 했다.

"넌 무슨 말을 하는 거지?"

"아스타테 공작님께서 그 빌렌도르프 침공 이후 폴리도로 경을 전우라고 공언하셨고, 플러팅을 날린다고 음유시인들도 노래하던데요."

"그건 아스타테 공작님의 장난이지. 아니, 진심이라고 해도 제대로 공작가에 걸맞은 남편을 적당한 법복 귀족이나 제후에게서 물색할 거다. 작위나 권력 차이가 너무 나잖아. 나는 정부는 되고 싶지 않다."

아스타테 공작을 싫어하는 건 아니다.

오히려 마음에 든다. 가슴도 크고.

하지만 정부는 싫다.

따로 남편이 있는 여자의 정부는 싫다.

아스타테 공작의 막내가 폴리도로 령을 이어준다고 해도 내 피를 이어받지 않은 아이에게 내 영지이자 모든 것인 폴리도로 령을 빼앗길 가능성이 있다.

그런 건 사양이다.

선조에게, 어머니에게 면목이 없다.

"폴리도로 경은 무언가 착각하고 계시는군요."

"무슨 착각을 한다는 거지?"

잉그리드는 말할지 말지 고민한 모양이지만── 결국 아무런 말도 하지 않았다.

※

저택에서 나온 뒤.

잉그리드는 마차를 타자마자 무심코 혼잣말을 중얼거렸다.

"폴리도로 경은 착각하고 계셔. 아스타테 공은 폴리도로 경을

애인으로서 손에 넣는다면 남편을 들일 마음이 없으신데.”

내가 파악한 정보로는 그랬다.

아스타테 공작은 폴리도로 경을 진심으로 사랑하신다.

그걸 폴리도로 경에게 말하지 않은 건 정보가 정확하다는 보장이 없기 때문이다.

그리고——.

“그걸 흘린 사람이 나라는 게 들통나면 어떻게 될는지. 설령 그게 아스타테 공에게 이익이 되는 일이라고 해도 말하고 싶지 않아.”

귀흉신 아스타테.

그런 이명을 지닌 무인 공작의 성질은 자유분방하면서도 동시에 무척이나 거칠다.

적국 빌렌도르프에서 불리는 이명은 몰살의 아스타테.

빌렌도르프의 1천 병사의 침공을 물리치고, 북방의 적국과 대치하느라 초동이 늦어진 왕국군의 준비가 갖춰진 뒤 빌렌도르프로 역침공했을 때.

아스타테 공작은 그 마귀 같은 형상으로 산적처럼 빌렌도르프의 백성을 약탈했다.

여자는 모두 죽여서 시체를 매달았으며, 살아남은 소년들은 전부 노예로 안할트 왕국에 데려왔다.

아스타테 공이 약탈한 마을에는 풀 한 포기 남지 않았다고 한다.

그토록 성정이 거친 여자에게만큼은 좋은 의미로든 나쁜 의미로든 찍히고 싶지 않다.

그 여자가 친절하게 대하는 건 진정으로 아군이라 인식한 상대뿐이다.

어쩌면 아나스타시아 제1왕녀와 폴리도로 경 두 명뿐.

부르르. 살짝 몸이 떨렸다.

마치 제1왕녀 상담역이 뻗은 감시의 손길이 폴리도로 경의 저택까지 미치는 것 같은 느낌이다.

아니, 실제로 그랬을 것이다.

아스타테 공의 영향력은 크다.

반면 그 저택은 폴리도로 경을 붙잡기 위해 왕가가 설치한 감옥처럼 보이기도 했다.

"……아나스타시아 제1왕녀 전하."

그녀까지 폴리도로 경에게 관심을 보이고 있다.

법복 귀족── 상위 관료 귀족이 무심코 흘린 말.

그게 거짓이 아니라면.

"장래 여왕 폐하가 비호하는 정부의 어용상인이 될 막대한 비즈니스 찬스이긴 하단 말이지."

어째서 폴리도로 경이 결혼하지 못하는지.

여자가 넘쳐나는 이 세상에서, 무가에서는 결코 평가가 박하지 않은 폴리도로 경이 왜 정말로 그럴싸한 소문 하나 만들지 못하는지.

아스타테 공작과 아나스타시아 전하, 제1왕녀 파벌이 제2왕녀 상담역을 괴롭히기 때문에.

하급 법복 귀족의 견해는 그랬지만, 상급 법복 귀족과 내 견해로는 그렇지 않다.

그 모든 생각을 폴리도로 경에게는 밝히지 않은 채.

아스타테 공에게만은 찍히지 않기를 기도하며 잉그리드는 저택을 뒤로했다.

제7화 종사장 헬가의 회상

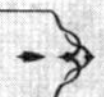

어린 시절 일이긴 하지만 그건 마을에서 제일가는 축제였다고 기억한다.

파우스트 님께서 태어나신 날에 열린 축제다.

폴리도로 령은 인구수 약 300명인, 다들 얼굴을 아는 작은 마을.

태어나신 파우스트 님을 뵙기 위해 영지민 전원이 영주 저택을 찾아갔다.

물론 대대로 폴리도로 령에서 종사장으로서 섬겨온 집안에서 태어난 나도 그중 한 사람이었다.

파우스트 님은 아기치고는 드물게도 울지 않는 아이였다.

선대 폴리도로 경── 마리안느 님의 초산이었던 파우스트 님은 남자아이였고, 내 어머니는 술에 취해서는 '장래에는 경국지색이 되겠구나!'라며 즐거워했다.

결코 유복하다고는 할 수 없는 우리 마을이지만 이 기회만큼은 넘길 수 없다는 듯 촌장이 기분 좋게 마을의 식량창고를 개방.

우리 아이들도 진수성찬을 마음껏 먹으며 배를 채웠다.

──그런 마을에 먹구름이 드리운 것은 얼마 지나지 않아 마리안느 님의 부군께서 폐병으로 돌아가신 뒤였다.

"영지민 전원의 탄원입니다. 마리안느 님, 새 부군을 들여주십시오."

종사장인 어머니가 간절히 말했다.

마리안느 님께서 돌아가신 남편을 얼마나 사랑하셨는지는 안다.
하지만 어쩔 수 없다.
폴리도로 령을 이어받을 장녀가 없으면 마을은 존속할 수 없다.
머리를 깊이 숙이는 어머니 옆에서 나는 마리안느 님의 안색을 살폈다.
"……."
고뇌하는 그 모습을 아직도 기억한다.
영주 귀족의 의무와 아직 잊을 수 없는 남편을 사랑하는 마음 사이에서 괴로워하시는 듯했다.
그리고── 마리안느 님은 조금 이상해지고 말았다.
고뇌가 깊어진 나머지 정신에 문제가 생겨버린 걸까.
남자인 파우스트 님께 창과 검을 가르쳐주시게 되었다.
물론 말렸다.
촌장도, 내 어머니도.
돌아가신 부군의 친척들도.
하지만 마리안느 님은 그 모든 설득을 무시하고 파우스트 님에게 검술과 창술을 계속 가르치셨다.
이윽고 다들 포기했다.
마리안느 님께선 정신에 문제가 생기신 거다.
어차피 아이가── 파우스트 님께서 다른 남자아이는 이런 걸 배우는 사람이 없다고 곧 화를 내서 멈추게 하시겠지.
마리안느 님은 이젠 안 된다.
파우스트 님께 강하고 뛰어난 신부가 와 주기를 기대하자.

하지만.

파우스트 님은 우직하게 마리안느 님의 가르침을 따랐다.

통치, 경영 교육에 더해 몸 여기저기가 아픈 교육.

귀족이라고 해도 용케 참으셨다.

대대로 종사장을 물려받아 자부심을 지닌 나라도 검이나 창 훈련은 힘들다.

목검으로 실컷 두들겨 맞고, 칼날을 세우지 않은 검으로 실제 무구를 장비해서 실전 연습을 할 때조차 있다.

하지만 파우스트 님은 울지도 않고 우직하게 훈련을 계속했다.

울지 않는 아이였다.

"――사과."

문득 중얼거리며 정신을 차렸다.

지금은 파우스트 님과 잉그리드 상회가 객실에서 한창 대화하는 중이었다.

나는 문 앞에 똑바로 서서 아무도 접근하지 못하도록 경계했다.

신중히 경계하면서도 머릿속은 어린 시절의 추억으로 날아갔다.

사과.

그래, 사과다.

검술이나 창술 훈련 때 점심에 항상 디저트로 나오는 사과를 파우스트 님께서 나눠주셨다.

딱 하나뿐인 사과를 나이프로 반 잘라서.

――파우스트 님도 하나를 통째로 다 드시고 싶으셨을 텐데.

그런 생각을 했다.

파우스트 님께선 어릴 때부터 영지민에게 다정한 분이셨다.

사양하는 나에게 '너도 배가 고플 테니까'라며 억지로 넘겨주셨다.

그런 다정한 파우스트 님께 나는 항상 여쭙고 싶은 게 있었다.

"힘들지는 않으십니까?"

——라고.

귀족인 파우스트님께 그런 말은 도저히 할 수 없었지만.

파우스트 님의 손은 어릴 때부터 이미 굳은살이 박여있었다.

——시간은 흐르고, 나이를 먹는다.

나는 이윽고 어린아이에서 벗어나 한 명의 어엿한 종사장으로 모습을 바꾸었다.

그리고 파우스트 님도 모습이 바뀌었다.

결코, 못생긴 건 아니다.

얼굴 조형은 반듯하다.

종사장으로서 말해보라고 한다면 오히려 고고하고 아름답다.

하지만.

안할트 왕국 여자들의 가치관으로 본다면 키가 조금, 아니, 너무 많이 컸다.

15살의 나이에 180cm에 도달했다.

그리고 그 손은 검과 창을 쥐어 생긴 굳은살로 가득 덮여있어 도저히 남귀족의 손으로 보이지 않았다.

하지만 영지민에게는 정말로 다정한 분이셨다.

귀족 남자치고는 드물게도 물욕이라는 게 거의 없는 분이셨다.

마리안느 님께서 영지 밖으로 군역을 수행하러 가셨다가 소소하게 사 오시는 장신구 등.

그런 물건은 전부 그때그때――

영지 내에서 열리는 영지민 간의 결혼식, 혹은 이웃 영지로 결혼하러 가는 영지민이나, 폴리도로 령으로 결혼하러 온 남자에게 전부 주셨다.

그 남자들은 기뻐했지만 나는 파우스트 님이 남자다움을 잃어가는 것 같아서 슬펐다.

그렇기에 한 번 물어본 적이 있다.

"장신구가 아쉽지는 않으십니까?"

파우스트 님은 대답했다.

"머리핀 같은 건 키가 큰 나에게는 안 어울리고, 반지는――."

파우스트 님이 굳은살로 울퉁불퉁한 손가락을 보여주셨다.

나는 발언을 후회했다.

시장에서 사 오는, 주문 제작이 아닌 기성품 반지 같은 건 낄 수가 없었다.

나는 어느새 선대 폴리도로 경―― 마리안느 님을 진심으로 멸시하게 되었다.

자식이 귀엽지 않은 건가.

이게 아들에게 할 짓인가.

한창 그런 생각을 하던 도중 그 마리안느 님이 병으로 쓰러졌다.

원래 몸이 약한 분이었다.

15살인 파우스트 님께서 대신 군역을 수행하게 되었다.

그리고 군역 도중에 나에게 묘한 질문을 했다.

"남자 기사는 나 말고는 없는 건가?"

나는 대답을 망설였다.

그런 건 상식인데.

하지만 대답을 해야만 한다.

"야만족── 죄송합니다, 빌렌도르프에서는 들어본 적이 있지만 안할트 왕국 내에는 존재하지 않습니다."

야만족과 같다.

파우스트 님에 대한 모욕이 아닌지 조마조마하면서 대답하자 파우스트 님은 중얼거렸다.

"그래. 그런 거였나."

오히려 후련하다는.

그런 얼굴이었다.

내 말에 대한 분노나, 자신을 남기사로 키운 마리안느 님에 대한 분노 같은 건 느껴지지 않았다.

그리고 다시 입을 열었다.

"하나 더 묻고 싶은데. 내가 기사로서 활약하면──."

내 어머니는 기뻐해 주실까.

그런 질문이었다.

나는 그 질문에 대답할 수 없었다.

파우스트 님의 생각을 나는 이해할 수 없었다.

미쳐버린 어머니에게 애정을 원하는 건가.

미쳐버린 어머니에게 상식을 원하는 건가.

어느 쪽인지 알 수 없다.

——그렇게 5년이라는 시간이 더 흘렀다.

나는 자매들과 공유하는 한 명의 남편을 들였고, 파우스트 님께선 신장 2m에 가까운 청년으로 성장했다.

그리고 마리안느 님이 마침내 침대 위에서 피를 토하게 되었다.

마리안느 님을 멀리 떠나보내는 날이 다가오고 있었다.

"어머니와도 작별인가."

파우스트 님이 그렇게 중얼거리며 침실 문을 열었다.

그 목소리는 희미하게 떨리고 있었다.

문 너머에 있는 침실은 고요했다.

촌장, 지금은 종사장에서 은퇴한 내 어머니, 그리고 파우스트 님과 나.

그리고 침대에서 숨을 거두기 직전인 마리안느 님.

"파우스트."

마리안느 님이 이름을 불렀다.

파우스트 님은 침대로 다가가 이젠 제대로 수프도 마시지 못하게 되어 깡마른 마리안느 님의 얼굴을 부드럽게 쓰다듬었다.

"파우스트. 손을."

파우스트 님이 손을 내밀자.

검과 창을 휘둘러 생긴 굳은살로 울퉁불퉁해진 손을 마리안느 님이 떨리는 두 손으로 붙잡았다.

그리고 마리안느 님은 조용히—— 정말로 조용히 마지막 말을 중얼거렸다.

"미안하다, 파우스트."

마리안느 님이 그 손을 잡은 채 무언가에 속죄하듯이 사과한 순간.

목소리가—— 새어 나왔다.

"——."

흐윽, 하고.

옥죄인 듯한, 갓난아기 같은, 주변 사람의 마음을 쥐어뜯는 듯한 목소리였다.

오열이 새어 나오는 목소리였다.

파우스트 님이 오열하고 있었다.

그리고 감정을 흐트러트리며 오열하면서도 입을 열었다.

"아닙니다. 아닙니다. 어머니, 아니에요. 당신은 착각하셨습니다."

파우스트 님이 오히려 속죄하듯 고개를 저었다.

마리안느 님의 손을 잡고 그저 말을 이어갔다.

"저는 아무것도 힘들지 않았습니다. 이 삶에서 당신을 미워한 적은 없습니다. 아직, 아무것도, 아무것도 못 했어요. 은혜를 갚지 못했어요. 당신과 더 대화했어야 했는데. 나는 더——."

파우스트 님이 눈물을 흘리며 눈앞의 현실을 부정하듯 말했다.

"아직 아무것도, 효도를 못 했습니다. 아직, 아직 너무 빨라요. 간신히 이해했는데, 나는 당신을 제대로, 어머니로서 사랑했——."

"파우스트 님."

파우스트 님과 마리안느 님이 맞잡은 그 손.

그 손을, 떼어놓으려고?

아니, 오히려 떨어지지 않도록, 내 어머니가 그 위로 감싸 잡으면서 중얼거렸다.

"파우스트 님."

내 어머니가 무언가 말하려고 했지만, 떨리는 혀로는 말이 나오지 않아서 그저 파우스트 님의 이름을 불렀다.

이미 마리안느 님은 돌아가셨습니다.

그 사실을 말할 수가 없어서, 눈물을 흘리며 그저 파우스트 님의 이름을 부른다.

그 손을 잡은 파우스트 님께선 그런 건 듣지 않아도 알고 계실 테지.

하지만 파우스트 님은 마리안느 님의 시신을 향해 계속 말했다.

"아직 아무것도…… 아직, 아무것도……."

파우스트 님은 망연자실하게 눈물을 흘렸다.

그날, 나는 파우스트 님이 눈물을 흘리는 걸 처음으로 보았다.

그리고 이 세상에는 부모와 자식 당사자밖에, 그리고 마지막 순간이 되지 않으면 모르는 사랑이 있다는 걸 알았다.

——아아.

파우스트 님의 목소리가 들린다.

"헬가."

헬가.

폴리도로 령 종사장, 파우스트 님의 가신으로서 존재하는 나의 이름이다.

"네, 파우스트 님."
"잉그리드 님이 돌아가신다. 문을 열어드려."
나는 묵묵히 문을 열고 머리를 숙여 잉그리드 님을 배웅했다.
여기서부터는 다른 종사가 마차까지 배웅할 것이다.
"헬가, 잠시 안으로 들어와라."
"네."
파우스트 님의 부름에 객실 안으로 들어갔다.
의자에 앉은 파우스트 님은 무언가 고민하는 모습이셨다.
"잉그리드는 무슨 말을 하고 싶었던 걸까."
나에게 물어보는 건지, 아니면 그저 혼잣말인 건지.
애매모호한 중얼거림이 객실에 울렸다.
"뭐, 그래. 헬가. 거기에 앉도록."
"네."
나는 명령받은 대로 파우스트 님 앞에 있는 의자에 앉았다.
파우스트 님은 내가 의자에 앉는 걸 바라본 뒤 푸념하듯 입을 열었다.
"대체 언제쯤이면 나는 결혼할 수 있을까."
"파우스트 님의 매력을 알아주시는 분은 조만간 반드시 나타날 겁니다."
진심으로 말했다.
정말이지, 다들 보는 눈이 없다.
남기사라면서 무시하는 법복 귀족들.
파우스트 님과 우리를 사지로 보낸 왕가.

권력을 휘두르며 파우스트 님의 엉덩이를 쓰다듬으려고 하는 아스타테 공작.

다들 진저리가 난다.

나에게 귀하신 분은 이 세상에 파우스트 님뿐이다.

"파우스트 님, 어서 폴리도로 령으로 돌아가시지요. 이렇게 된 거 신부는 대충 찾으시죠. 어쩔 수 없습니다."

"……옛날과 다르게 너도 거리낌 없이 말하게 되었군."

귀족 앞이라고 뭔가 한마디 할 때마다 움찔거렸는데.

파우스트 님이 그렇게 말씀하시며 웃었다.

나는 목이 날아간다고 해도 직언하는 게 파우스트 님에게 도움이 된다고 생각하니까 말하게 된 것뿐이다.

"가까운 곳이라면 제2왕녀 친위대가 있지 않습니까."

"뭐…… 가까운 곳이기는 하지. 왕가나 법복 귀족과의 인맥과는 거리가 멀지만. 제2왕녀님의 친위대는 대부분 가문에서도 버려진 차녀나 삼녀, 최하계급인 일대 기사잖아?"

파우스트 님이 대답했다.

나는 직언했다.

"필요하십니까? 왕가나 법복 귀족과의 인맥."

"……필요 없어."

파우스트 님이 냉정한 얼굴로 대답했다.

내 직언은 유효하다.

"그렇다면 이번 군역── 발리에르 제2왕녀 첫 출진에서 괜찮은 미녀를 좀 살펴보기로 할까."

"그리하십시오."

가능하면 파우스트 님이 대신 군역에 나갈 필요가 없도록, 폴리도로 경의 이름을 짊어질 만한 사람이라고 세간에 인정받을 수 있는 강한 여자를.

나는 그렇게 바라면서 파우스트 님에게 의자에서 일어나도 되겠냐고 허락을 구했다.

※

후회는 끝이 없다.

죽은 어머니에 대한 후회는 끝이 없다.

병에 걸린 몸을 이끌고 군역에 시달리면서도 매년 꼬박꼬박 도시의 시장에서 선물을 사 오셨던 어머니.

툭하면 앓아눕는 몸을 채찍질하며 나에게 통치와 경영과 검술과 창술—— 영주 기사에게 필요한 모든 것을 가르쳐주신 어머니.

왜 어리석은 나는 그런 어머니의 사랑을 마지막 순간까지 이해하지 못했던 걸까.

전생의 기억이 있어서?

어쩌라고. 쓰레기.

어머니가 나에게 한 교육을, 아들에게 심한 짓을 했다고 후회하면서 가셨다고 생각하면—— 스스로에게 구역질이 치밀어오르고 죽고 싶어진다.

하지만 정말로 죽을 수도 없다.

어머니에게서 받은 소중한 몸이다.
나는 어머니에게 물려받은 영지민을, 땅을, 폴리도로를 지켜야만 한다.
그러기 위해서도.
"제2왕녀 친위대에서 살펴본다라……. 사실은 변경을 잘 이해하는 무관 관료 귀족의 차녀 정도와 연을 맺고 싶었는데."
하지만 헬가의 말도 일리가 있다.
나는 이미 정쟁에는 진심으로 엮이고 싶지 않다.
애초에 제2왕녀 상담역이 되면 안 되는 거였다.
"하지만 제2왕녀 친위대는——."
무심코 말문이 막혔다.
그, 좀, 뭐랄까.
솔직히 한마디로 표현하라면——.
"리젠로테 여왕이 만든 스페어용 찌꺼기 폐기장소."
악담이 되고 말았다.
나는 입을 다물고 그곳 외엔 신부를 찾을 수 없을 것 같은 나에게 진심으로 진저리를 쳤다.
그녀들이 과연 영주를 제대로 맡을 수 있을지 깊은 의구심을 품으면서 나는 침대로 이동해 조용히 잠을 자기로 했다.

"따라서 부디 매춘숙에 갈 돈을 세비에서 할애해주십시오, 발리에르 님."

"이 원숭이들 같으니. 아니, 원숭이에게 실례니까 원숭이에게 사과해."

안할트 왕국, 왕궁.

발리에르 제2왕녀 전용으로 주어진 거실에서 발리에르는 제 친위대 대장을 매도했다.

그렇다. 거듭 말하지만 상대는 친위대—— 자신의 근위기사를 수행하는 기사들의 대장이다.

그 친위대 대장이 제2왕녀의 세비에서 친위대 전원이 매춘숙에 갈 비용을 내 달라는 탄원을 올리고 있었다.

"이건 필요한 경비입니다! 발리에르 님, 이것은 필요경비…… 없으면 안 되는 활동 자금입니다!!"

"무슨 사고방식이면 필요경비랍시고 너희가 매춘숙에 가는 비용을 세비 명목으로 재무 관료에게 요청할 수 있는지 말해봐. 이 침팬지들아!!"

계속 이랬다.

10살 때 어머니—— 리젠로테 여왕이 친위대를 내려준 이래 발리에르 제2왕녀는 마치 선천적인 듯한 위통에 시달리게 되었다.

침팬지.

포유강 영장목 사람과 침팬지속으로 분류되는 유인원.

여기에 제2왕녀 상담역인 파우스트가 있다면 그렇게 중얼거렸을 테지만 아쉽게도 이 자리엔 없었다.

아니, 남기사가 같이 있었다면 아무리 그래도 이런 어이없는 탄원을 올리지는 않았을 것이다.

하지만 역시 탄원했을지도 모른다.

이 자식들은 침팬지니까.

발리에르 제2왕녀는 씩씩거리면서 지긋지긋하다는 얼굴로 새된 목소리를 질렀다.

"어디 말해봐. 뭔가 이유가 있을 거 아냐. 자, 말해보라고."

"제2왕녀 발리에르 님, 이런 말씀을 드리는 것은 참으로 대단히 면목이 없고 너무도 무능하여 부끄럽기 그지없습니다만——."

발리에르 제2왕녀 친위대 대장, 자비네.

친위대 안에서는 가문 명까지 입에 담지 않고, 그저 자비네라는 이름을 쓰는 18살의 여자였다.

그리고 침팬지다.

가슴은 그 존재감을 맹렬하게 주장하듯 앞으로 튀어나왔고 머리카락은 반짝이는 듯한 금발.

그 머리카락은 기사임에도 불구하고 몹시 길며, 유방을 가리듯 앞으로 늘어트려 놓았다.

미인이라 할 수 있다.

멍하니 쳐다보게 될 만큼 아름다움을 지닌 인간이다.

누구도 그것 자체는 부정하지 않는다.

다른 무언가를 부정한다.

안광은 너무나도 반짝반짝 빛났으며 그녀의 충성심은 왕가를 향하지 않았다.

상사인 발리에르 제2왕녀에게 일단 충성심을 품고 있기는 하지만, 왕가 같은 건 딱히 아무래도 상관없었다.

문제는 그것.

이질적인 안광이 보여주듯, 그야말로 무언가 신앙이나 그 몸을 모조리 바쳐버린 광신도처럼 이성을 폭력에 바쳤다.

딱히 왕가 자체는 어찌 되든 상관없고, 제2왕녀의 권력 밑에서 모든 것이 자유롭다면 세속적인 싸움에도 관심 자체가 없었다.

폭력이야말로 힘의 전부이고 제 악력만 충분히 강하다면 이 세상 모든 것을 쥐고 으스러트릴 수 있다고 믿기까지 한다.

그런 비이성 침팬지에게 과연 이름이 필요할까?

필요 없을 텐데. 얘한테는.

고작 제2왕녀에게는 이름 박탈권은 없는 걸까. 발리에르는 그런 생각을 하면서도.

자비네의 발언을 묵묵히 마저 듣기로 했다.

그렇게 발언을 독촉하는 발리에르의 태도를 어째서인지 탄원을 들어준다고 착각한 자비네는 눈을 반짝반짝 빛내며 소리쳤다.

"제2왕녀 친위대 15명 전원이 놀랍게도 처녀라는 사실이 판명되었습니다!"

"알 바냐고!"

발리에르는 위가 쿡쿡 쑤시는 걸 느끼며 대답했다.

알 바 아니었다.

정말로 알 바 아니었다.

아아, 언니가 부러워.

아나스타시아 제1왕녀의 친위대는 마찬가지로 무가 법복 귀족의 차녀나 삼녀로 구성되었지만.

절대 이런 침팬지 무리가 아니다. 오히려 가문에서 그 재능을, 장래를 촉망받아 친위대에 입대한 엘리트들이었다.

언니가 여왕이 되면 세습 기사로서 새로운 가문을 갖는 것도 허용될 것이다.

제1왕녀 친위대의 대원은 30명.

반면 제2왕녀 친위대의 대원은 15명.

숫자로도 노골적으로 차별받고 있었다.

아니, 침팬지의 숫자가 여기서 더 늘어나는 걸 원하지도 않지만.

왜 어머니 리젠로테 여왕은 나에게 이런 침팬지 무리를 주신 걸까.

그렇게까지 내가 싫은 걸까.

발리에르가 그렇게 생각하는 것도 무리가 아니었다.

"이제 곧 발리에르 님의 첫 출진이라고요!"

"내 첫 출진과 너희가 처녀인 게 무슨 관계가 있다는 거야. 이 멍청이들!!"

발리에르는 소리쳤다.

어깨를 바들바들 떨면서 의자에서 일어나 진심으로 소리쳤다.

자비네는 대답했다.

"처녀인 채로 첫 출진에서 죽는 건 기사로서 너무도 허무하지 않습니까. 이 허무함은 어째서 생기는 걸까? 처녀니까! 그렇다면 처녀가 아니면 돼! 다 함께 매춘숙에 가서 거기 있는 남자를 상대로 처녀를 떼자. 어제 있던 첫 출진 전 결기식에서 전원이 대화를 나눈 끝에 이렇게 탄원을 드리기로 결의한 겁니다."

돌려줄 말이 나오지 않았다.

발리에르는 소리치는 것도 지쳤다.

의자에 앉았다.

그거다.

멍청이다. 이것들은.

알고 있었지만.

나 같은 건 어차피 스페어니까.

집에서도 내놓은 진짜배기 멍청이들밖에 안 주는 거지.

어딘가 덧없는 미소를 지으며 발리에르는 그렇게 자조했다.

그리고 작게 중얼거렸다.

"……나도 처녀라고."

"오오, 그렇다면."

자비네는 그 반짝반짝한, 마치 별을 흩뿌려놓은 듯한 눈을 크게 뜨면서.

소리쳤다.

"같이 매춘숙에 갑시다!"

"갈 것 같냐!"

발리에르는 결국 견디지 못하고 의자에서 일어나 자비네의 멱

살을 잡았다.

그리고 자비네의 목을 탈탈 흔들면서 타일렀다.

"매춘숙 같은 건 사비로 가라고. 사비로. 어?"

"저, 저희 제2왕녀 친위대 대원들은 대장인 저를 포함해 법복 귀족으로서는 전원 일대 기사인 최하계급입니다. 격식에 맞는 생활이나 종군 준비를 갖추면 식비 정도만 남는 수준의 봉급밖에 받지 못하죠. 성병까지 제대로 신경 쓴 비싼 매춘숙에 갈 돈은 차마……."

"너희에게 돈이 없는 건 알아. 하지만 일단은 기사잖아! 블루 블러드잖아?! 각 영지에서 궁정에 보낸 시동을 유혹하라고까진 안 하지만 평민 남자 한 명쯤은 낚아올 수 없는 거야?"

아, 성대가 찢어질 것 같다.

발리에르는 위가 쿡쿡 쑤시는 걸 느끼며 이번에는 목이 갈라지는 것까지 걱정해야 했다.

"저희는 기사! 블루 블러드입니다. 블루 블러드로서 절대 평민과 몸을 섞을 수는 없습니다!"

"매춘부는 괜찮고?!"

"매춘부는 직업이니까 괜찮습니다!"

그런 분류는 필요 없었다.

원하지 않았다.

발리에르는 자비네의 멱살에서 손을 놓고 얼굴을 두 손으로 가렸다.

그냥 아기처럼 울어버리고 싶었다.

"그럼, 그거야. 그 왜, 저기…… 뭐냐."

뭐라고 말하지.

이 녀석들은 멍청이 주제에 괜히 기사로서 자존심은 있으니까 골치 아프다.

망할 침팬지들.

발리에르는 마음속으로 욕하면서 어리둥절한 얼굴인 자비네를 손가락 사이로 흘겨봤다.

그리고 마음속 깊은 곳에서 우러난 말을 던졌다.

"그냥 처녀인 채로 첫 출진에서 다 죽어버려."

그러면 발리에르에게는 무엇보다 고마웠다.

"왜 그런 살벌하신 말씀을?!"

자비네는 경악했다.

그런 심한 말은 들어본 적이 없다.

그런 얼굴이었다.

아니, 너희가 친위대가 된 뒤로 지난 4년 동안 비슷한 소리를 실컷 했던 것 같은데.

그냥 죽어.

죽어버리라고.

내 측근은 파우스트만 있으면 돼.

그렇게 결심하게 할 정도로.

지난 4년은 발리에르 제2왕녀에게 위염을 안겨주기만 했을 뿐인 처절한 4년이었다.

발리에르는 생각했다.

이 기사 자식들보다 파우스트의 종사장 헬가가 분명 더 유능할 거야.

애초에 이 녀석들은 기사 교육을 정말 제대로 받긴 했어?

교육 방임 아니야?

내 말이 맞는 것 같은데.

귀찮아져서 다들 제2왕녀 친위대라는 이름의 쓰레기장에 버린 거잖아.

사실은 원숭이산에서 주워 온 침팬지였다거나, 그런 가능성 없어?

발리에르는 친위대를 혈통 이전에 인간인 건 맞는 건지조차 의심하고 있었다.

하지만 거기서 멈췄다.

"아니, 침팬지가 더 똑똑하지."

발리에르는 침팬지의 지성을 믿기로 했다.

우끼끼 우끼끼 울면서 내 앞에 엎드린 15마리의 침팬지.

그게 현실보다 그나마 나았다.

아, 위 아파라.

"발리에르 제2왕녀 전하, 부디 저희를 버리지 말아 주세요. 부모에게서도 버림받고 가문에서 쫓겨나다시피 한 자들이 제2왕녀 친위대입니다. 제발!"

자비네가 발리에르의 발치에 매달렸다.

이들 친위대와 발리에르 제2왕녀를 이어주는 건 왕가에 대한 충성심이 아니다.

쓸모없는 아이.

필요 없는 아이.

그런 공감대였다.

그렇기에 발리에르는 이들 사람과 침팬지속을 버리지 못했다.

하지만 이젠 한계다.

그런데—— 애초에 이 녀석들은 뭔가 착각하고 있는 거 아니야?

첫 출진이라고 해도 상대는 그냥 산적이잖아.

나는 자비네를 설득하듯 입을 열었다.

“애초에 첫 출진에서 죽음을 생각할 필요는 없어. 보좌해주는 사람이 제2왕녀 상담역 파우스트인걸. 백이 넘는 산적들의 목을 치고 빌렌도르프 전에서는 야만족의 레켄베르 기사단장을 쓰러트렸지. 우리나라 최강의 기사가 아니냐는 소문도 도는 ‘분노의 기사’라고.”

그렇다. 발리에르 제2왕녀 상담역.

‘분노의 기사’ 파우스트 폰 폴리도로.

그 남자가 곁에 있는 한 이 발리에르는 죽을 가능성을 처음부터 상상하지도 않았다.

리젠로테 여왕이나 아나스타시아 제1왕녀조차 고려하지 않았을 것이다.

“죽을 가능성을 생각할 여유가 있다면 검술 훈련이라도 해!”

“그래, 폴리도로 경이 있었군요!”

자비네는 지금 막 생각났다는 듯 손뼉을 쳤다.

아, 이 침팬지 틀림없이 글러 먹은 소릴 하겠는데.

나는 알 수 있었다.

지난 4년간의 경험으로.

발리에르는 그렇게 생각했다.

"폴리도로 경에게 저희 15명의 처녀를 상대해달라고 하겠습니다. 발리에르 님도 어떠십——."

그렇게 아무 말 없이 옆에 놓여 있던 꽃병으로 자비네의 머리를 후려쳤다.

※

"친위대 대장 자비네 님께서 다치셨다고요."

"중상이야. 머리에."

안할트 왕국 왕궁.

발리에르 제2왕녀 전용으로 주어진 거실에서 파우스트는 머리를 긁적였다.

"첫 출진을 위해 회의하고 싶었긴 하지만—— 머리를 크게 다쳤다고 하니 어쩔 수 없죠. 첫 출진 전에는 회복할 수 있습니까?"

"회복하게 해야지. 하지만 지금은 제대로 된 대화를 할 수 없어. 회의는 우리끼리 하자."

"알겠습니다."

나는 머리를 숙여 예를 갖춘 뒤 종사장 헬가가 빼 준 의자에 앉았다.

그렇게 테이블에 놓인 안할트 왕국 지도를 보았다.

"장소는 안할트 직할령. 영지민 100명 정도인 작은 마을에 파견한 지방관의 보고에 의하면 산적의 수는 30명."

"30명을 상대하는 거라면 제 영지민 20명과 친위대 15명으로 어떻게든 될 것 같군요. 솔직히 안전을 생각하면 적의 두 배는 확보하고 싶습니다만."

"언니의 지휘하에 있었다고 해도 두 배나 되는 빌렌도르프를 격퇴한 파우스트가 그런 말을 해?"

긁적긁적.

나는 다시 머리를 긁적이며 중얼거렸다.

그 전쟁은 말 그대로 사지(死地)였다.

레켄베르 기사단장을 쓰러트리지 못했다면 그대로 패배했을 것이다.

솔직히 두 번이나 경험하고 싶지 않다.

나는 고개를 저어 과거를 잊고 이야기를 되돌렸다.

"이 세상에 필승은 존재하지 않습니다. 가능하면 영지민을 영지에서 더 불러오고 싶은데요――."

"이미 마을 주변을 어슬렁거리면서 유랑극단이나 상인을 덮치고 있다고 해. 그럴 시간은 없어."

"그럼 어쩔 수 없죠."

나는 영지민의 추가 동원을 포기했다.

뭐, 세상이란 원래 뜻대로 굴러가지 않는 법이다.

게다가 솔직히 말해서 나는 산적 30명 정도라면 혼자서도 어떻게 할 수 있을 자신이 있었다.

'분노의 기사'라는 이명은 그런 이름이 붙은 이유가 이유인 만큼── 실제로는 발기한 게 아파서 얼굴이 시뻘게졌을 뿐.

그리고 일대일 승부 상대가 말도 안 되게 미친 듯이 강해서 통증마저 잊고 진짜 죽기 살기로 싸웠을 뿐.

아무튼 부끄러운 이명이지만, 내 기사로서 전투 능력이 거의 초인의 단계에 들어갔다는 건 자각하고 있었다.

"그럼 출발은 3일 뒤면 되겠습니까?"

"그래, 군량 준비도 끝났어. 물도 지도에 그려진 길을 따라서 간다면 문제없이 확보할 수 있고."

"저희 영지민은 군역에 익숙하긴 하나 보병이기 때문에 진군이 느려질 가능성이 있다는 걸 양해해 주십시오."

"……부끄럽지만 내 친위대도 전부 보병이야. 말을 마련해줄 돈이 없거든. 말을 타는 건 나와 파우스트 뿐이지."

발리에르 제2왕녀가 얼굴을 붉히며 말했다.

나는 쓴웃음을 지었다.

귀족이라고 해도 아래쪽, 최하계급의 빈궁함은 잘 안다.

아무것도 부끄러워할 필요는 없다.

전원이 말을 보유한 제1왕녀 친위대가 오히려 특이한 거다.

게다가──.

"오랜만에 제2왕녀 친위대분들과 만나는 게 기대되는군요."

내가 2년 전에 한 번 만난 게 전부인 소녀들.

아직 어리다는 느낌마저 들었던 소녀들이 18살이라는, 결혼할 수 있는 나이가 되었다는 사실에 가슴이 설렜다.

내가 노릴 수 있는 몇 없는 신부 후보들.

"어, 어어, 그래. 제대로, 파우스트 앞에서는 제대로 굴게 할게."

어째서인지 발리에르 제2왕녀는 손바닥으로 위장 부근을 누르며 대답했다.

제9화 첫 출진을 위한 마음가짐

“역시 실패했어!”

제2왕녀 친위대 대장 자비네는 아주 아쉽다는 듯 소리쳤다.

친위대 부대장 한나는 대답했다.

“아니, 그야 뭐 그렇겠지.”

주근깨 자국이 남은 순박한 얼굴을 찌푸렸다.

오른손으로 짧게 친 머리카락을 쓸고는 자비네의 멍청함에 두통을 느꼈다.

한나는 발리에르 제2왕녀의 말씀이 구구절절 맞다고 생각했다.

수긍할 수 있는 대답이었다.

설령 발리에르 님이 허락한다고 해도 재무 관료가 세비를 이런 이유로, 매춘숙에 갈 비용이라는 이유로 통과시킬 리가 없다.

처음부터 기대하지 않았다.

그래도 막지 않은 건 혹시나…… 하는 희망 때문이었다.

친위대 전원, 18살의 나이로 아직도 처녀인 그녀들의 희망이었다.

만에 하나를 기대하고 말았다.

그건 죄인 걸까.

“하지만 대신 좋은 이야기를 들었어. 아니, 떠올렸다고 해야지. 폴리도로 경이야!”

“폴리도로 경?”

제2왕녀 상담역.

빌렌도르프 전쟁에서 기사 개인으로서는 최고의 무공을 거둔 남자.

아스타테 공작조차 손쓸 수 없다고 포기할 뻔했던 상황에서 개인의 무용으로 전황을 뒤집은 남자.

이 나라의 유일한 남성기사.

"폴리도로 경이 왜 나오는 건데?"

"뭘 모르는구나, 한나. 폴리도로 경이라고. 신성 동정이라고. 영주 기사라고."

"어……."

무슨 말을 하려는 건지 모르겠다.

지금 이곳, 제2왕녀 친위대의 단골 가게인 싸구려 술집에는 15명 전원이 모여 있었다.

하다못해 첫 출진 전에 술을 마시자며 각자 지갑을 탈탈 털어서 동화를 은화로 바꿔 술통을 하나 통째로 산 뒤.

이 싸구려 술집을 15명이서 점거하고 있었다.

한나는 술집을 둘러보며 다들 궁색한 얼굴이라고 생각했다.

물론 그건 한나 본인도 포함하고 있다는 건 이해하고 있다.

"이 안할트 왕국에서 어쩌면 최강의 기사일지도 모르는 남자란 말이다."

"알거든요."

음유시인이 노래하는 영웅가를 귀에 딱지가 앉을 만큼 들었으니까.

빌렌도르프 전쟁에서 아직 어렸던 아스타테 공작이 빌렌도르프 상대로 유일하게 저지른 전술적 실수.

일시적인 후방지역 붕괴.

더 자세히 말하자면, 전략 거점인 아나스타시아 제1왕녀의 거점이 야만족의 척후병에게 발각당하여 조용히 침투한 30명의 정예가 거점을 공격.

그로 인한 통신기—— 마법 수정구의 일시적 불통.

수정구에서 들리는 건 병장기가 부딪치는 소리와 죽은 이의 절규뿐.

설마 아나스타시아 제1왕녀가 죽어버린 거냐며 아스타테 공작이 동요한 게 지휘하에 있던 상비병에게 전파되는 바람에 부대는 사기 붕괴를 일으키고 혼란에 빠졌다.

그 동요를 노린 것처럼 두 배나 되는 빌렌도르프의 군사가 아스타테 공작이 지휘하는 군대를 포위.

그때 유일하게 상황을 이해한 폴리도로 경은 사지에서 탈출하기 위해 고작 20명의 영지민을 이끌고 50명의 기사단에게 돌진.

길을 막은 잡병을 검으로 쓸어버리며 기사 9명을 무찌르고, 야만족의 전선 지휘관이었던—— 레켄베르 기사단장을 일대일 승부로 격파, 그 수급을 빼앗지 않고 정중히 적에게 반납.

'강한 여자였다. 나는 이 전투를 평생 잊지 못할 것이다'라는 말과 함께 굳어버린 적병들을 무시한 채 피투성이가 된 체인 메일과 분노한 표정으로 귀환했다.

전선 지휘관이 쓰러지자 야만족은 일시적으로 경직, 전장은 정체되었다.

그 사이 거점에서 적을 격퇴한 아나스타시아 제1왕녀와 통신이 회복되었고, 아스타테 공작이 지휘하는 상비병들은 사기를 되찾았다.

절대적으로 불리한 전황을 개인의 무용으로 뒤집은 남자.

그야 영웅가가 만들어질 만도 하지.

애초에 남기사라는 것부터 음유시인에게는 최고의 소재다.

"하지만 폴리도로 경은 2m의 장신인 데다 우락부락한 근육질이잖아요."

친위대원 중 한 명이 입을 열었다.

자기는 별로 취향이 아니라는 뜻이다.

한나는 같은 제2왕녀 파벌을 모욕하는 건 좋지 않다고 생각했으나, 이 정도의 음담패설은 취향의 범주다.

"그래도 엉덩이는 최고봉이라고 아스타테 공작님도 공언하셨잖아. 뭘 모르는구나. 남자는 뭐니 뭐니해도 엉덩이야, 엉덩이."

다른 한 명의 친위대원이 입을 열었다.

자기는 엉덩이파라는 뜻이다.

뭐든 상관없지만, 아스타테 공작의 발언은 본능을 억제하지 못하고 실제로 폴리도로 경의 엉덩이를 주물렀다가 광분한 폴리도로 경 휘하 영지민들에게 둘러싸여서 '그래, 폴리도로 경의 엉덩이는 한 번 주물러봤는데 아주 좋더군. 나는 엉덩이라면 아주 사족을 못 쓰지. 다음은 슬슬 지옥에서 엉덩이를 주물러볼까'라고 외친 광기 어린 발언이자, 음유시인들이 만들어낸 희곡이라고 세간은 인식하지만——.

전부 사실이다.

아스타테 공작은 폴리도로 경에게 엉덩이 터치 요금, 즉 배상금을 내서 지옥에서 어떻게든 도망쳤다.

다시 친위대로 돌아간다.

"남자는 고추지 고추. 고추만 달려있으면 충분해. 이젠 뭐든 괜찮아."

또 다른 친위대원이 입을 열었다.

그녀는 단연코 고추파였다.

즉, 음담패설이었다.

완전히 음담패설로 진화—— 아니, 퇴화했다.

이 친위대는 항상 이랬다.

입만 열면 음담패설이고, 틈만 나면 훈련소에서 검이나 창을 휘두른다.

뇌가 근육으로 된 집단이다.

침팬지였다.

아니, 그렇게 표현하는 건 침팬지에게 못 할 짓이라고도 할 수 있다.

하지만 자비네를 비롯한 친위대는 그런 세간의 평가를 일절 고려하지 않았다.

자부심이 강한 게 아니다.

그냥 수치를 모르는 거다.

유일하게 그걸 부끄럽다고 생각하는 사람은 부대장인 한나 정도다.

"너희들, 그만해. 같은 제2왕녀 파벌인 영주 기사를 그런 음담패설에 끌어들이다니, 정말이지……."

한나는 두통을 느꼈다.

자비네가 끼어들면 다들 조금 이상해진다.

난감한 건 한나도 때때로 이런 시시껄렁한 화제에 섞이고 싶어진다는 점이다.

시시껄렁한 농담 따먹기를 즐기는 건, 이 작은 제2왕녀 친위대 대원으로서는 결코 싫지 않았다.

"다시금 말하마, 얘들아. 폴리도로 경이야. 신성 동정. 영주 기사다."

"그러니까 그게 뭐 어쨌다는 건데?"

한나는 견디지 못하고 의문을 입에 담았다.

그래서 자비네는 무슨 말을 하고 싶은 건지.

법복 귀족의 최하계급으로 구성된 우리라고 해도 아군을 음담패설의 대상으로 삼는 건 좋지 않은 일인데.

그런 질문이었으나――.

"폴리도로 경의 신부가 되면―― 이 가난한 생활에서 도망칠 수 있어."

싸구려 술집에 정적이 흘렀다.

15명의 친위대가 입을 다물었다.

그리고 각자 머리를 굴렸다.

망상이다.

그건 틀림없는 망상이었다.

일대 기사라는 최하계급인 자신이 영주 기사가 될 수 있다!

동정 남편을 손에 넣을 수 있다.

그건 자기들에게는 꿈과 환상 같은 이야기다.

"제군들, 우리는 고작 15명. 최하계급인 일대 기사에 불과하다!"

쾅. 친위대 대장인 자비네가 테이블을 두드렸다.

테이블 위에 있던 에일이 살짝 넘쳤다.

"하지만, 하지만! 제군들은 성욕에 불타오르는, 자신이 일기당천이라면 좋겠다고 망상하는 전쟁 처녀라는 걸 나는 안다."

아, 에일 아까워.

자비네는 테이블에 흘린 에일을 핥아먹으려고 했다가.

——자신은 이래 봬도 블루 블러드라며 움직임을 멈추고.

다음에 테이블을 두드릴 때는 에일이 넘치지 않도록 꿀꺽꿀꺽 마셔버렸다.

"꺼억."

자비네는 트림했다.

한꺼번에 마신 대가였다.

한나는 쓰레기를 보는 듯한 눈으로 그걸 쳐다봤다.

트림을 마친 자비네는 다시 말하기 시작했다.

"그렇다면 우리 15명은 적. 한곳에서 서로를 견제하는 사이가 된다!"

폴리도로 경의 신부가 될 수 있는 건 단 한 명.

당연히 우리 친위대 15명은 적이 된다.

죽어다오, 한때는 나의 친구였던 여자여.
한나를 제외한 전원이 서로를 노려보았다.
"하지만! 하지만 말이다! 하나 더, 방법이 없는 건 아니야."
자비네는 친위대를 진정시키듯 다음 말을 뱉으며 제안했다.
"지금부터 다 함께 폴리도로 경에게 가서 처녀를 떼게 해 달라고 엎드려 부탁하자. 그러면 첫 출진 전에 처녀를 버리는 소원만큼은 이뤄질지도 몰라."
"그건 싫습니다."
어떤 친위대원이 대꾸한 말.
그건 자비네를 제외한 전원의 마음이었다.
이러니저러니 해도 물러터진 발리에르 제2왕녀 전하가 이번에야말로 확실하게 죽여버릴 테니까.
그런 마음이었다.
아무튼, 첫 출진이다.
첫 출진에서는 우리의 발리에르 제2왕녀 전하와 미래의 남편(망상)인 폴리도로 경에게 좋은 모습을 보여줘야 한다.
그러니 일시적으로 가면을 쓰자.
할 수 있을지 아닐지는 모르지만.
솔직히 자신은 없지만.
아니, 폴리도로 경은 어쩌면 본래의 모습이 더 취향인 건 아닐까.
그런 제멋대로인 망상을 품으며——.
15명의 제2왕녀 친위대는 연회를 마치고 술집을 뒤로했다.
"이 친위대는 미친년들밖에 없는 거야?"

친위대 부대장 한나는 서글프게 중얼거렸다.

※

나는 언니를 아주 어려워한다.

뛰어난 미모와 상반된 뱀 같은, 파충류 같은 눈이 나를 꿰뚫으면 움직이지 못하게 된다.

아니, 다들 그렇지 않을까.

그 파우스트마저 언니를 어려워하는 것 같았다.

"발리에르."

언니, 아나스타시아 제1왕녀가 입을 열었다.

"네, 언니."

나는 시선을 마주치지 않도록 하며 대답했다.

어째서인지 나는 언니—— 제1왕녀 전용 거실에 불려 와 장의자에 묵묵히 앉아 있었다.

설마 갑자기 죽이지는 않겠지.

죽일 거면 더 전에 했을 테고.

그런 생각을 하며 발리에르는 역시나 움찔거리는 심경을 온전히 억제하지 못하고 있었다.

"지금부터 첫 출진을 위한 마음가짐에 대해 가르치겠습니다. 귀 기울여 들으세요."

"네."

첫 출진을 위한 마음가짐?

설마 언니가 동생에게 친절함을?

아니, 설마.

나는 어릴 때 항상 언니의 시선을 두려워하면서 아버지의 그림자 뒤에 숨어 도망쳤다.

지금 생각해 보면 그게 괜히 더 언니의 분노를 샀을 것이다.

그 사실을 깨달은 건 아버지가 돌아가시고 자매간에 대화가 줄어든 뒤였지만.

"전장에서는 무슨 일이 일어날지 알 수 없습니다. 사전에 확보한 정보와 차이가 발생해서, 고작 몇 시간 뒤에는 완전히 달라지기도 합니다. 후방의 안전권에 있는 줄 알았는데 별안간 적의 정예병이 습격하는 일이 있습니다. ――그리고."

언니가 눈을 감으며 무언가를 떠올리듯이 중얼거렸다.

"사랑하는 사람이 죽는 일조차 태연히 일어납니다."

"……."

나는 침묵했다.

언니가 사랑하는 사람을 잃었다?

언니가 사랑하는 사람은 이 세상에 우리 아버지밖에 없다고 생각했는데.

"발리에르, 당신은 제 감정이 나무나 돌로 만들어졌다고 생각하는 겁니까? 아버지 말고도 사랑하는 사람쯤은 있습니다."

속내를 훤히 간파당했다.

이래서 언니와 대화하는 건 싫다.

나는 쩔쩔매면서 언니에게 질문했다.

"언니는──, 사랑하는 사람을 전장에서 잃으셨습니까?"

"빌렌도르프 전쟁. 그곳에서 본진에 적의 정예병 30명이 들이닥쳐 재능 있는 친위대 30명 중 10명이나 잃었습니다. 전부 제게 충성을 맹세한 귀중한 사람들이었죠. ……쓸만한 인재였거늘."

아니, 그걸 사랑하는 사람이라고?

언니의 발언에서는 역시나 정이 느껴지지 않았다.

정말로 그걸 사랑하는 사람이라고 말하는 건가?

의문을 느끼긴 했지만, 첫 출진 경험자의 귀중한 체험담이긴 하다.

파우스트에게도 들었지만 그 녀석은 첫 출진부터 '산적 30명 중 20명을 혼자서 베었습니다'라며 무슨 영웅담 같은 이야기를 해줘서 참고가 되지 않았다.

그거 말고는 산적과 손을 잡은 듯한 수상한 마을의 촌장을 고문해서 정보를 불게 만드는 방법 정도.

아니, 그건 이번에 필요할지도 모르지만 그런 지식은 원하지 않았다.

파우스트는 고지식하고 순박하긴 하나 어딘가 살짝 이상하다.

"뭐, 빌렌도르프 전쟁이 끝나고 2년 사이에 보강하였으니 다행이지만요."

그런 내 생각을 무시하며 언니의 말이 이어졌다.

역시 정은 느껴지지 않는다.

언니는 아버지 말고 다른 사람을 진심으로 사랑한 적이 있을까.

잘 모르겠다.

지금은 내 상담역인 파우스트에게 눈독을 들이고 있는 모양이지만 그건 나와는 다르게—— 아버지를 닮은 흔적.

그걸 원하는 건, 분명 아닐 것이다.

역시 우리나라 최강 기사인 '분노의 기사'를 부하로 두고 싶기 때문이겠지.

내 생각에는 그렇다.

"발리에르."

이름을 불렸다.

"당신은 사랑하는 사람이 눈앞에서 죽어가는 상황에서도 냉정하게 대처할 수 있습니까?"

"……."

그건 언니의 시선과 어우러져 마치 심문하는 것 같았다.

내가 사랑하는 사람?

그건 대체 누구일까.

침팬지들, 제2왕녀 친위대인가.

아니면 파우스트 폰 폴리도로인가.

모르겠다.

나는 언니가 무슨 말을 하고 싶은 건지 잘 알 수 없었다.

"——첫 출진을 위한 가르침은 이상입니다."

"어."

벌써 끝인가.

고작 몇 분 만에 끝난 느낌이 드는데.

나는 어안이 벙벙해서 언니의 얼굴을 보았다.

여전히 눈이 무서운 사람이었다.
"발리에르. 여기서 나가 자신의 방으로 돌아가세요."
"네."
시선을 마주친 나는 얌전히 고개를 끄덕일 수밖에 없었다.

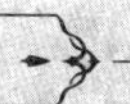

"그 아이에게 첫 출진을 위한 마음가짐을 가르쳤다더군요."

나는 찻잔에서 입술을 뗀 뒤 아나스타시아에게 말을 걸었다.

이곳은 왕궁 정원에 놓인 가든 테이블.

눈앞에는 나의 딸인 아나스타시아가 여느 때처럼 뱀 같은 안광으로 나를 바라보며 나와 마찬가지로 홍차를 즐기고 있었다.

"어디서 그 이야기를 들으셨습니까? 어머니."

"발리에르 본인입니다. 며칠 전 첫 출진에 나가기 전에 말을 걸었더니 그렇게 이야기하더군요."

찻잔에 입을 댔다.

그대로 홍차를 한 모금 마신 뒤.

다시 입을 열었다.

"우리의 대화에서 시동을 통해 소문이 퍼져 법복 귀족 사이에서 화제가 되었습니다. 그 아나스타시아 제1왕녀 전하에게도 동생에게 베풀어줄 정이 있었다면서."

"실례군요. 정이야 있습니다."

아나스타시아는 항상 그랬듯 철가면 같은 얼굴로 뱉었다.

"물론 저도 왜 그런 짓을 했는지는 모릅니다. 저는 그 아이가 싫으니까요."

"어머나."

아나스타시아가 자신의 속내를, 그 호오를 솔직하게 이야기하는 건 드물다.
조금 감정적이 된 걸까.
"어릴 때는 항상 저를 무서워하면서 아버지 뒤에 숨어있기만 했죠. 아버지가 돌아가신 뒤에도 늘 제 안색을 살피면서 쩔쩔매고. 분명히 말씀드리죠. 싫습니다."
나의 딸, 발리에르는 범재로 자랐다.
마치 먼저 태어난 아나스타시아에게 모든 재능을 빼앗겨버린 것처럼.
발리에르는 스페어로서도 적절하지 않다고, 내가 여왕이라는 입장에서 그 아이를 포기한 건 그 아이가 10살 무렵일 때였다.
아나스타시아에게 만약의 일이 일어났을 때—— 즉, 죽었을 때는 제3왕위계승자인 아스타테 공작에게 이 안할트 왕국을 물려줘야겠다.
그런 생각마저 하고 있다.
아나스타시아가 16살까지 훌륭히 자란 지금에 와서는 무용한 걱정이 되어가고 있지만.
"그러고 보면 그 아이는 어린 시절 곧잘 침대로 찾아오곤 했었죠. 그립군요. 남편에게 매달리듯 붙어서 자곤 했습니다."
덕분에 지금은 죽은 남편과의 밤일이 그 아이가 태어난 뒤로 조금 줄어들었다.
——살짝 원망스럽다.
물론, 그 사람이 독살당하는 일이 없었다면 원망스러울 일도 없었겠지만.

아직도 범인은 찾지 못했다.

도저히 포기하지 못하고 있지만, 조사하려고 해도 인원과 비용이 들어간다.

슬슬 포기할 때인가.

우울한 한숨을 쉬었다.

그리고 다시 입을 열었다.

"당신은 발리에르를 정말로 싫어하는군요."

아나스타시아가 내 말에 대답했다.

"……그래도 죽길 바라는 수준은 아닙니다. 일단은 아버지의 아이니까요."

아나스타시아는 복잡한 심경인 모양이다.

그건 발리에르를 귀여워하던 죽은 남편에 대한 의리 때문인 건지, 아니면 동생에게 느끼는 가족애인지.

그건 나도 모른다.

모르는 것을 한심하다고── 생각하지 않는다.

나는 어머니이기 전에 선제후인 안할트 왕국의 리젠로테 여왕이다.

위정자로서, 통치자로서 필요한 건 정이 아니다.

오히려 정을 이해하는 건 이따금 방해가 될 때도 있다.

발리에르는 능력도 평범하지만 그 이상으로 정이 너무 많다.

내가 판단을 그르치는 건 백성들을 배신하는 일이다.

한없이 강하고, 누구보다 현명해야만 한다.

뭐, 그건 괜찮다.

주제를 조금 바꾸기로 하자.

이 나라의 미래다.

"……음유시인. 음유 길드에 전략으로는 아나스타시아, 전술로는 아스타테, 그렇게 노래하게 만들길 잘했군요. 덕분에 자연스럽게 서열이 정해졌습니다."

"그건 어머니의 계략이었습니까."

음유 길드에 돈을 줘서 그렇게 시켰다.

장래에 국가의 중추를 짊어지는 건 아나스타시아 제1왕녀고, 아스타테 공작은 그 손발이 되어 훌륭하게 일할 사람이라고.

그게 각자 지닌 능력상 올바른 모습이라고.

그런 식으로 국내의 여론을 유도했다.

이 안할트 왕국에는 제2왕녀 파벌이 없는 대신 한때 공작 파벌이라고도 말해야 할 것이 존재했다.

아나스타시아 제1왕녀보다 아스타테 공작을 왕으로 세우자는 목소리는 공작령에서도, 공작이 보유한 강력한 상비병에 신세 지는 지방 영주들에게서도 나오곤 했다.

빌렌도르프 전쟁 전에는 분명히 존재했던 파벌.

지금은 이미 없다.

빌렌도르프 전쟁 후에는 완전히 제1왕녀 파벌로 흡수되었다.

물론 그건 아스타테 공작 본인이 왕위를 딱히 바라지 않는다는 게 크게 영향을 주었지만.

그래도 분명── 만약 발리에르가 왕위를 이어받는다면.

"아나스타시아. 만약 발리에르가 당신 대신 왕위에 앉는다고 한다면 아스타테는 따랐을까요?"
"아뇨. 아마 나라를 위해, 공작령을 위해 성향에 안 맞는다고 투덜거리면서도 마지못해 왕위를 찬탈할 겁니다. 발리에르로는 승부가 안 되죠."
그렇지.
아나스타시아가 내 생각에 긍정해줘서 역시 틀리지 않은 판단이었다며 수긍했다.
아스타테 공작은 솔직히 말해 발리에르를 우습게 보기까지 하고 있다.
범재를 싫어한다.
반대로, 예를 들어 파우스트 폰 폴리도로같이 별처럼 반짝이는 재능을 지닌 사람에게 보이는 질투의 파편조차 없는 호감은 나도 이해할 수 없는 부분이다.
실제로 아스타테 공작은 왕위를 두고 경쟁해야 하는 아나스타시아에게 오래전부터 호감을 보이고 있었다.
제1왕녀 상담역이 된 것도 그녀가 먼저 꺼낸 이야기다.
즉 자유분방하다.
아스타테 공작을 한마디로 표현하라면 다들 그렇게 된다.
작위나 규율에서 조금 벗어난 곳에서 자신이 원하는 대로 자유롭게 살고 있다.
조금 부럽다.
나도 자유로워지고 싶을 때가 있다.
——파우스트 폰 폴리도로.

이따금, 지금은 죽은 내 남편이 환생한 게 아니냐는 착각이 들 때마저 있다.

실제로 발리에르가 제 상담역을 찾았다면서 파우스트를 왕궁에 데려왔을 때 무심코 착각하고 말았다.

나이를 보면 그럴 리가 없는데.

갖고 싶다.

그 남자를 그저 갖고 싶다.

"……."

식어버린 홍차를 전부 마셨다.

그건 나의 달아오른 머리를 가라앉혀주었다.

손에 넣을 수 있을 리 없다.

내 딸, 아나스타시아가 그 남자에게 집착하고 있다.

나와 마찬가지로 죽은 남편의 그림자를 본 것인지, 순수하게 사랑하는 것인지.

그건 알 수 없지만.

"아나스타시아."

이름을 불렀다.

"네."

아나스타시아가 그 뱀 같은 시선을 나와 마주쳤다.

"발리에르가 첫 출진에서 돌아오면—— 당신에게 언제 왕위를 물려줄지 슬슬 정하도록 하죠. 아마도 남편을 들이는 것과 같은 타이밍이 될 것입니다. 당신이 원하는 건 파우스트 폰 폴리도로인가요? 정식 남편으로는 인정할 수 없습니다."

"네. 정식 남편으로 삼는 건 포기했습니다. 그리고 아무래도 아스타테와 공유하게 될 것 같습니다."

아나스타시아는 내 말에 당연한 일이라는 양 대답했다.

※

"배웅은 일절 없구나."

언니, 아나스타시아 제1왕녀의 첫 출진에는 왕도 내의 주민들이 바글바글하게 모여서 제1왕녀와 그 친위대들을 배웅해주었는데.

그게 없다.

마치 몰래, 은밀하게 행동하는 것처럼 누구의 배웅도 없이 나는 첫 출진을 위해 왕도를 떠났다.

뭐, 야만족 빌렌도르프를 상대로 하는 전쟁과는 다르지.

그냥 산적 퇴치인데 주민들이 배웅해줄 리 없다.

그리고 내 친위대 15명은 가문에서 내놓은 자식들뿐.

가족들도 배웅하지 않는다.

따라서 배웅하는 사람이 전혀 없는 것도 당연했다.

"리젠로테 여왕님과는 첫 출진 전에 대화하셨잖습니까. 아나스타시아 제1왕녀님께서 첫 출진의 마음가짐을 가르쳐주셨다고 들었습니다."

위로하듯이 내 옆에 앉은 파우스트가 말했다.

어머니와는 일상적으로 하는, 평범한 대화였다.

첫 출진을 위한 격려의 한마디조차 듣지 못했다.

언니는── 솔직히 잘 모르겠다.
언니의 이야기는 너무나도 짧았다.
마지막에는 마치 대화하는 게 귀찮아졌다는 것처럼 끝내버렸다.
하지만 파우스트를 실망시키고 싶지 않다.
"응, 그래."
나는 마음과는 반대로 웃었다.
그나저나.
"폴리도로 경의 영지민보다 발이 느리다니 어떻게 된 거야, 자비네!"
"장비가 무거워서 그렇습니다! 체인 메일이 특히!"
"체인 메일이라면 폴리도로 경의 종사들도 장비하고 있잖아!"
내 친위대장, 자비네의 변명을 단칼에 잘랐다.
느리다. 정말로 느리다.
지금은 예정에도 없던 휴식 중인데, 자비네를 필두로 친위대들은 바닥에 주저앉아 있다.
너희들은 머리가 근육으로 차 있잖아?
평소 넘쳐나던 기운은 어디로 간 건데.
너희들 침팬지에게서 체력을 빼앗으면 아무것도 남는 게 없다고.
무(無)다.
무가 거기에 있을 뿐이다.
"행군은 적응입니다. 첫 출진인 친위대 대원들이 피곤해하는 건 어쩔 수 없는 일이죠. 괜찮습니다, 행군하다 보면 적응할 겁니다."

폴리도로 령 종사장 헬가가 위로하듯이 말했다.

한심해라.

정말로 한심해라.

얼굴이 새빨갛게 물들 것 같다.

"뭐, 첫 출진이니까요."

파우스트의 위로가 허무하게 들렸다.

첫 출진에 20명의 적을 벤 남자에게 들어봤자 아무런 위로도 되지 않는다.

정말이지.

하지만 말을 타고 온 나도 살짝 피곤했다.

왕도에서 나온 건 난생처음이다.

그게 이렇게나 긴장되는 일일 줄이야.

길가에 우뚝 서 있는 나무 사이로 도적이 숨어있진 않을까.

갑자기 길을 잃은 곰이 덮치는 건 아닐까.

그런 생각만 들었다.

원래가 겁이 많았다.

어릴 때부터 그 무서운 언니를 똑바로 마주 보지도 못했다.

항상 아버지 뒤에 숨어서, 아버지의 바지를 붙잡고 언니의 시선에서 도망쳤다.

아버지를 좋아했다.

나는 파우스트의 얼굴을 보았다.

"……? 발리에르 님?"

파우스트가 의아한 목소리를 냈다.

그걸 무시하고 파우스트의 얼굴을 계속 바라보았다.
안정된다.
파우스트의 얼굴을 보면 아버지가 떠오르면서 차분해진다.
영원히 잃어버린 나의 어린 시절을 떠올리게 해준다.
──아버지의 독살과 함께 영원히 잃어버린 어린 시절을.
응.
아버지는 왜 돌아가신 걸까.
왜.
누구에게 죽은 거지.
아버지는 누구에게나 사랑받는 사람이었다.
법복 귀족조차 외모를 야유하는 사람은 있어도 마음속으로는 친근하게 여겼다.
왜.
어머니가, 리젠로테 여왕이 반쯤 발광하면서도 인원과 비용을 불문하고 찾아내려고 했지만 찾지 못했던 범인과 원인을 이제 와서 찾을 수 있을 리 없다.
진심으로 아쉽다.
아버지의 원수라면── 나조차 악귀가 될 수 있었을지도 모르는데.
그렇게 생각한다.
이 겁 많은 껍질을 깨트릴 수 있었을지도 모른다.
어린 시절부터 나를 감싸던, 이 어찌할 수 없을 만큼 겁쟁이인 껍질을.

"발리에르 님. 왜 그러십니까?"
파우스트의 말에 정신을 차렸다.
돌아가신 아버지 일은 어쩔 수 없다.
이미 포기는 했다.
슬슬 어머니도 범인 수색을 멈추시겠지.
냉정해진 어머니라면 분명 그렇게 한다.
범재인 나라도 그 정도는 이해할 수 있었다.
"아니. 아무것도 아니야, 파우스트."
세상은 생각대로 흘러가지 않는다.
태어났을 때부터 알던 일이다.
법복 귀족에게 아나스타시아 제1왕녀에게 재능을 모조리 빼앗겨버린 게 아니냐는 야유를 받을 만큼 범재인 나는 태어났을 때부터 알았어야 하는 사실이다.
하지만 겁 많은 껍질을 깨는 것만큼은 죽기 전까지 해놓고 싶었다.
만약 이 첫 출진이 잘 풀린다면―― 깨트릴 수 있을까.
발리에르는 그런 생각을 하며 몸을 조금 쉬어주기 위해 조용히 눈을 감았다.

이 녀석들은 멍청이다.

파우스트 폰 폴리도로는 제2왕녀 친위대를 살짝 경멸하는 눈으로 쳐다봤다.

리젠로테 여왕에 의한 스페어용 찌꺼기 폐기장소.

과거 입에 담았듯 제2왕녀 친위대는 그런 녀석들이라고 인식하고 있었다.

설마 그보다 더 심할 줄은 몰랐다.

"사람들에게 듣기로는! 빌렌도르프의 고추는 특대 고추! 음, 좋구나! 느낌 좋고! 상태 좋고!"

음담패설이다.

제2왕녀 친위대 15명은 행군 첫날에 뻗어버렸던 비실비실한 모습과는 정반대로 기운이 넘쳐나는 모습이었다.

이 녀석들, 사흘 만에 행군에 적응했다.

나도 첫 출진 행군 때는 영지에서 처음으로 나와서 느끼는 정신적 피로로 움직임이 둔해졌었는데.

이 녀석들은 고작 사흘 만에 행군에 적응해버렸다.

처음에만 버벅거렸던 것뿐인지, 아니면 정신이 살짝 맛이 가버린 건지는 모르지만.

아무튼, 다시 말하지만 제2왕녀 친위대는 행군에 적응했다.

빌렌도르프 전쟁에서 기사단 50명에게 달려들었을 때, 누구 한 명 빠짐없이 내내 내 뒤를 따라와 주었던 내 영지의 강자 20명.
그 행군 페이스에 맞춰서 행동해주고 있다.
그건 좋다.
그건 아주 좋은 일이지만.
"전부 좋구나! 맛도 좋고! 아주 좋고! 너에게 좋고! 나에게 좋고!"
친위대 15명 전원이 부르는 노래다.
이 노래에는 나도 입을 다물었다.
행군 중에 노래를 부르는 건 좋다.
왜 가사가 이 꼴이냐.
"자비네, 그 노래 지금 당장 멈춰……."
발리에르 님은 진심으로 지긋지긋하다는 얼굴로 중얼거렸다.
최전방에서 노래하던 자비네 친위대장이 돌아보더니 제2왕녀에게 대답했다.
"발리에르 님. 죄송하지만 행군 중에 노래하는 건 오랜 옛날부터 병사들에게 주어진 특권입니다."
자신만만한 얼굴로 대답했다.
이 녀석은 멍청이다.
애초에 너희는 일반병사가 아니잖아.
일대 기사라는 최하계급이라고는 해도 블루 블러드인 기사잖아.
"너희들은 병사이기 전에 기사잖아. 애초에…… 파우스트 앞에서만이라도 하지 마."
발리에르 님이 내 안색을 살피면서 한탄하듯 말했다.
노래가 뚝 멈췄다.

이제 와서 내가, 남기사가 있다는 걸 떠올린 거냐.

"어라? 하지만 파우스트. 얼굴이 안 빨개졌네. 성희롱에 약하다고 들었는데."

발리에르 님이 내 안색을 살피며 말했다.

확실히 세간에서 나는 아스타테 공작의 성희롱에 얼굴이 빨개지는 순정남으로 인식되고 있다고 한다.

실제로는 아스타테 공작의 격렬한 스킨십── 폭유가 몸에 눌렸을 때 발기한 고추가 정조대에 압박당해서 아프니까 얼굴이 빨개진 것뿐이지만.

이런 저질스러운 노래에 얼굴이 빨개질 이유가 어디 있겠냐.

"성희롱이라기보다는, 너무 유감스러워서 드릴 말씀이 없습니다."

솔직하게 속내를 돌려주었다.

"미안해. 정말로 미안해."

제2왕녀라는 신분 차이를 무시하듯 발리에르 님은 나를 향해 머리를 숙였다.

아니, 당신은 나쁘지 않습니다.

이 멍청이들이 나쁜 거지.

나는 한숨을 쉬었다.

"폴리도로 경, 실례했습니다. 그렇다면 다른 노래를…… 영웅가는 어떻습니까?"

"그것도 안 부르시는 게 좋겠습니다. 슬슬 목적지가 가깝습니다."

나는 자비네 님이 다시 노래하려는 걸 막았다.

곧 목적지인 마을이다.

"적은—— 산적은 마을 주변을 어슬렁거리면서 유랑극단이나 상인을 덮친다고 합니다. 앞으로는 공격을 받을 가능성이 있습니다. 여러분, 경계하십시오."

나는 전원에게 임전 태세를 명령했다.

앞으로 2시간도 지나기 전에 마을에 도착할 예정이다.

나는 종사장 헬가를 불러 헬가를 포함한 종사 5명에게 크로스보우를 준비시켰다.

내 영지가 소유한 크로스보우 5개는 안할트 왕국에서 널리 사용되는, 도르래로 시위를 당기는 형식이다.

전부 15살 때부터 20살이 될 때까지 군역을 수행하면서 적에게서 빼앗아 온 것들이다.

적이 사용할 때는 위협적이었지만, 우리가 써 보니 이렇게 편리한 것도 없다.

잘 맞히면 기사조차 일격에 죽일 수 있다.

판금 갑옷은 뚫지 못해도 체인 메일이라면 뚫을 수 있다.

상대가 화살을 검으로 쳐내는 초인이 아니라면 말이다.

즉 아나스타시아 제1왕녀 전하나, 아스타테 공작이나, 내가 전에 쓰러트린 레켄베르 기사단장 같은 사람.

그리고 나 같은 사람에겐 안 통한다.

"크로스보우 준비가 끝나면 마을을 향해 행군을 재개합니다."

보고에 따르면 적의 숫자는 산적 30명.

평소 하던 군역과 다를 게 없다.

아마도 도망친 산적들의 뒤꽁무니를 쫓아다니는 데 시간을 잡아먹을 테지만, 죽이기만 하는 거라면 편한 작업이다.

먼저 크로스보우를 쏴서 콧대를 눌러준 뒤 전원 참살해야지.

이번에는 첫 출진인 발리에르 제2왕녀, 그리고 그 친위대가 주역이 되어야 한다는 게 귀찮지만.

그래도 행군 상황으로 보면 실력은 진짜인 모양이다.

산적 정도라면 킬 스코어를 벌게 해줄 수 있겠지.

발리에르 제2왕녀에게도 포박한 산적의 목 하나쯤은 따게 하고.

나는 그렇게 생각했다── 솔직히 방심했다.

크로스보우 준비를 마치고 마을로 향하던 도중.

마법의 안경.

소위 쌍안경.

이번 첫 출진을 위해 왕가에 요청해서 빌린 그걸 사용하던 헬가가 나에게 보고했다.

"마을이 공격받은 흔적이 있습니다. 시체도 보입니다."

나는 혀를 차고 아무리 산적이라고 해도 고작 30명을 상대로 왕국에서 파견된 지방관과 100명의 마을 사람들이 패배한 이유.

그걸 머릿속으로 찾기 시작했다.

아무튼 서두르자.

경계는 풀지 않고.

나는 전원에게 헬가의 보고를 전달한 뒤 한층 더 경계를 촉구했다.

※

작은 마을의 작은 지방관 저택.

발리에르 님은 언성을 높였다.

"산적이 100명을 넘는다고? 아니, 애초에 정확하게는 산적조차 아니라고?! 보고와 완전히 다르잖아!"

"정말로, 정말로 죄송합니다."

발리에르 님의 비명 같은 외침.

이름과 신분을 밝힌 발리에르 제2왕녀 앞에 지방관이 무릎을 꿇고 예를 갖추며 사죄했다.

왕국에서 마을로 파견된 지방관은 팔에 중상을 입은 상태였다.

아니, 애초에 이 녀석은 왜 아직 살아있지?

나는 의문을 그대로 입에 담았다.

"그건 사실인가? 마을이 공격을 받아서 사망자 다수. 일부 재화, 그리고 남자와 소년들은 전부 납치. 이런 상황에서 선두에 서서 저항군을 지휘했을 네가 왜 아직 살아있지? 그 시점에서 믿을 수 없군."

"당신은?"

"파우스트 폰 폴리도로."

"……당신이 그 분노의 기사."

짧게 자기소개.

그리고 나는 옆에서 계속 문책을 이어갔다.

"한 번 더 물어본다. 너는 왜 살아있지?"

"부끄럽지만 솔직하게 말씀드리겠습니다. 적의 크로스보우에 팔을 맞아 바닥으로 낙마했을 때 머리를 강하게 부딪쳐서 기절했습니다."

지방관이 얼굴을 붉히며 자신의 수치를 고백했다.

거짓말은 아닌 모양이다.

내가 가볍게 고개를 끄덕이자 발리에르 님이 지방관에게 마저 묻기 시작했다.

"……왜 처음 한 보고와 다른 거지? 처음 보고에서는 산적이 약 30명. 마을 주변을 돌아다니면서 유랑극단이나 상인을 공격하니까 도와달라고 했었잖아."

"상황이 변한 뒤 다시 보고하기 위해 마을 사람을 보냈습니다. 말씀하시는 것을 보아──."

"아직 못 받았어. 지금쯤 보고를 받은 왕성에서는 난리가 났겠네. 하지만 우리는 사정을 몰라. 자세히 들려줘."

발리에르 님이 머리를 부여잡으면서도 질문을 이어갔다.

솔직히 말해 이건 옆에서 듣는 나도 머리를 부여잡고 싶은 상황이라고.

"처음에는 정말로 산적 30명이었습니다. 하지만 그 산적은 다른 군대에 흡수당했습니다."

"흡수? 다른 군대?"

"이 근방에, 지방 영주가 다스리는 1천 정도 되는 마을에서 가주 계승 전쟁이 일어났습니다. 그것도 종사들 가신이며 영지민까지 포함한, 피가 낭자하는 처절한 전쟁이었죠."

불길한 분위기가 되었다.

뒷말은 듣고 싶지 않다.

발리에르 님도 그런 얼굴이었다.

“계승 전쟁 결과 정당한 후계자인 장녀가 승리하고 차녀는 패배했지만—— 장녀가 다쳐서 혼란스러운 상황에서는 그 차녀의 목을 칠 여유가 없었습니다. 결국, 차녀는 본인 지휘하에 있던 종사와 영지민들과 함께 가져올 수 있는 재화를 영주 주택에서 강탈하여 무장한 상태로 마을에서 도망쳤습니다.”

거봐. 아주 불길해졌잖아.

발리에르 님도 얼굴을 잔뜩 찌푸렸다.

“그리고 차녀와 그 가신들은 산적단과 마주쳤습니다. 거기서 무슨 일이 일어났는지—— 어떤 이야기가 오갔는지까지는 모릅니다. 하지만 결과적으로 산적단은 흡수되었고, 100명가량의 군대가 만들어져서 이 마을을 침공했습니다.”

“……왜 너는 그렇게까지 자세한 사정을 아는 거지?”

“그 지방 영주 장녀의 지시로 그곳의 영지민이 이 마을에 달려와서 사정을 알려주었습니다. 도망치라면서요.”

도망쳐? 얼씨구?

네가 제대로 차녀를 죽였다면 이런 사태는 일어나지 않았잖아.

추격군을 편성해서 똑바로 죽이란 말이다.

애초에 보통 마을에서 평생을 마치는 작은 마을의 영지민이 집을, 밭을, 모든 재산을 두고 그렇게 쉽게 도망칠 수 있겠냐고.

나는 마음속으로 끊임없이 푸념을 토했다.

"알아차렸을 때는 이미 군대가 마을에 닥쳐오고 있었습니다. 저는 저항하기 위해 마을 사람들을 소집해서 남자와 소녀들을 지방관 저택에 은닉하고 군대에 맞섰지만——."

"졌다는 거군."

마을의 참상은 차마 봐줄 수 없는 상태였다.

아직 악취가 나기 전인 여자들의 신선한 시체가 여기저기 널려 있고, 몇몇 목은 어린아이 장난감처럼 바닥을 굴렀다.

"정말, 정말 죄송합니다."

지방관은 눈물을 흘리며 무릎을 꿇는 것도 모자라 바닥에 머리를 박고 넙죽 엎드렸다.

어떻게 할 수 없다.

귀족—— 지금은 쫓겨난 귀족이라고 해야겠지만, 영주 기사의 스페어로서 교육받은 두목과 그녀를 따르는 무장한 종사들에 아마도 군역을 경험했을 영지민들.

더불어 도적으로서 경험을 쌓은 산적단.

심지어 수적으로도 열세였다.

이런 상태에서 진다고 해도 비난을 들을 부분은 없다.

비난을 들을 사람은 차녀를 놓친 원인.

이 최악의 사태를 일으킨 지방 영주의 장녀다.

왕궁에 소환되어 여왕 폐하에게 실컷 매도당할 건 확정이다.

작은 마을이라고는 하나 직할령에 피해가 생겼다.

어쩌면 봉건 영주로서 지위도 위태로울지도 모른다.

그건 그렇고.

"어떻게 하지? 나는 이제 어떻게 해야 해? 가르쳐줘. 파우스트."
발리에르 님이 간절한 눈으로 나를 보고 있었다.
나는 제2왕녀 상담역이다.
당연히 보좌해야만 한다.
결론부터 말하자.
"적이 앞으로 보일 행동을 예측하겠습니다. 먼저 이 직할령은 적국 빌렌도르프의 국경선과 가깝죠."
"그렇다면?"
"적은 약 100명과 다수의 포로. 안할트 왕국령 내에서 토벌되기 전에 외국으로 탈출을 시도할 겁니다."
"그 야만족의 나라로 도망친다는 거구나."
발리에르 님의 입에서 이를 가는 소리가 들렸다.
"어떡하지? 병력이 부족해. 원군이 올까?"
"원군은 옵니다. 반드시."
아마도 공작령의 상비병 200명을 현재 왕도 내에 주둔시키고 있는 아스타테 공작이 올 것이다.
아스타테 공작 휘하에서 그 강력한 상비병 200명을 상대하면 아무리 도망 귀족의 군대라고 해도 추풍낙엽처럼 쓸려나간다.
하지만.
출진 준비에는 시간이 걸린다.
지금쯤 서둘러 준비하고 있을 테지만.
"하지만 아마도 제때를 맞추지 못할 겁니다. 이 마을에서 원군을 기다리는 사이에 도망 귀족의 군대는 야만족 빌렌도르프로 도망치겠죠."

남자와 소년들, 게다가 영주 저택에서 훔친 재화를 나르고 있다.

그 움직임은 느릴 수밖에 없다.

하지만 원군이 오는 것보다는 빠르다.

도망 귀족의 군대── 아 귀찮아.

"지방관, 그 차녀의 이름이 무엇인지 아는가?"

"카롤리느입니다."

카롤리느라.

"카롤리느의 군대가 빌렌도르프로 도망치는 게 원군 도착보다 빠릅니다. 그게 현실입니다."

"즉, 나는 어떻게 해야 하지?"

발리에르님이 내 눈을 똑바로 바라보았다.

이런 말을 하는 건 솔직히 괴롭지만.

"첫 출진은 실패입니다. 영지민 20명, 친위대 15명, 그리고 저와 발리에르 님, 총 37명으로 100이 넘는 카롤리느의 군대를 쓰러트리는 건 불가능합니다. 부디 추적을 단념하신다는 결단을 내려주십시오."

사실은 나라면 승산이 없다고까지는 하지 않는다.

하지만 이런 불리한 전황에서 내 영지민을 끌어들였다가 목숨을 잃는 건 사양이다.

발리에르 님이라고 해도 이런 전투에서 친위대의 목숨을 잃는 건 본의가 아니겠지.

정말로 아쉽기는 하지만.

나는 발리에르 님에게 내 생각을 냉철하게 고했다.

먼저 내 뇌리에 떠오른 건 언니의 말이었다.

"전장에서는 무슨 일이 일어날지 알 수 없습니다. 사전에 확보한 정보와 차이가 발생해서, 고작 몇 시간 뒤에는 완전히 달라지기도 합니다."

언니가 말한, 전장에서의 마음가짐.

그 말은 정말로 맞는 말이었구나.

지금 그것을 통감했다.

나는── 발리에르 제2왕녀는 이를 갈면서 현실을 받아들였다.

그리고 상담역인 파우스트의 말을 들었다.

"첫 출진은 실패입니다. 영지민 20명, 친위대 15명, 그리고 저와 발리에르 님, 총 37명으로 100이 넘는 카롤리느의 군대를 쓰러트리는 건 불가능합니다. 부디 추적을 단념하신다는 결단을 내려주십시오."

첫 출진 실패.

그건 안 된다.

너는 모를 테지만, 그건 안 돼. 파우스트.

너를 언니에게 빼앗기게 돼.

산적 퇴치에 실패하면 파우스트는 내 상담역에서 해임된다.

그리고 언니 아나스타시아의 휘하로 들어간다.

어머니가 그렇게 말씀하셨다.

내 심장이 거세게 뛰었다.

나는 여기서 끝인가.

그래, 끝이야.

범재에게 잘 어울리는 말로지?

마음속 어딘가에서 그렇게 속삭이는 목소리가 들렸다.

상담역인 파우스트가 반대하고 있다.

그리고 그 의견은 구석구석 옳다.

너는 여기서 끝장이야.

한 번 더 마음속 어딘가가 속삭인다.

상담역인 파우스트는 언니에게 빼앗기고, 나는 사정도 잘 모르는 백성들과 법복 귀족들에게 산적을 상대로 도망쳤다며 비웃음을 듣게 되겠지.

고개를 숙이고 입술을 깨물며 왕궁을 걷는 내 모습이 떠오른다.

하지만 어떻게 하라고?

달리 선택지는 없다.

반대하는 파우스트나 나를 따르는 친위대에게 쓸데없이 목숨을 던지라고?

그럴 수는 없다.

나는, 그럴 수 없었다.

——그게 내 한계점이다.

나는 자조하듯 웃었다.

“알았어, 파우스트.”

철수를 결심했다.

이 작은 마을, 작은 지방관 저택에서 나와 왕도로 도망치자.
그리고 안할트 왕국의 제2왕녀, 쓸모없는 스페어로서 언니가 왕위를 이어받았을 때는 수도원에 틀어박히자.
그렇게 생각했다.
나는 지방관 저택에서 밖으로 나왔다.
걱정하는 얼굴인 자비네를 데리고.
지방관 저택에서 나오자 그곳에는── 이 작은 마을의 생존자들이 모여 있었다.
"군인분들. 제발, 제발 제 남편을 카롤리느에게서, 그 악귀들에게서 데리고 돌아와 주세요."
"아뇨, 제발 제 아들을. 그 애는 아직 10살입니다, 제발."
"비켜, 내가 부탁할 거야…… 거기 비켜!"
탄원이었다.
작은 마을의 작은 행복을 빼앗긴 사람들의 탄원이었다.
나이를 불문하고 여자들이 내 앞에 엎드려 남자들을 되찾아달라고 호소했다.
나는 그 부탁을 이뤄줄 수 없다.
이뤄줄 수 없다.
히익 겁을 먹고는, 얇은 껍질 하나를 뒤집어쓴 나약한 내 모습이 고개를 들려고 했다.
그런 건 무리야.
나에게 부탁하지 마.
머리를 부여잡고 웅크리고 싶다.

누가 멈춰줘.

지방관과 파우스트가 지방관 저택에서 나와 소란을 제지하려고 했다.

"멈춰라, 멈춰! 너희들……."

지방관의 필사적인 외침.

"……."

침묵한 채 동정하듯 여자들을 바라보는 파우스트.

"……."

그리고 마지막으로, 내 등 뒤에 서 있던 친위대장 자비네가 내 앞을 가로막고 소리쳤다.

"쨍알쨍알 시끄럽다! 이 시체들아!!"

마음속 깊은 곳까지 울리는 듯한 강렬한 외침이었다.

실제로 내 마음에는 도달했다.

——시체.

나에게 잘 어울리는 말이다.

마음속으로 그렇게 자조했다.

"시체……? 시체라니 무슨 뜻이지?"

조금 전까지 나에게 울며 매달리던 여자가 목소리를 냈다.

"시체는 시체지. 달리 무어라 말하라는 거냐."

자비네는 의아하다는 듯 대답했다.

자비네는 무슨 말을 하는 거지?

나도 잘 이해할 수 없다.

"너희들, 왜 아직 살아있는 척을 하는 거냐. 왜 저기에 굴러다니는 시체처럼 죽어있지 않은 거지?"
자비네는 마을에 널려있는 시체를 가리켰다.
그 시체는 온몸을 처참하게 두들겨 맞고, 목이 날아가 불쌍한 모습이었다.
"저 여자는—— 그녀는 끝까지 아들을 빼앗기지 않으려고 저항했습니다."
"그렇기에 더욱! 너희는 왜 저항하지 않은 거냐! 왜 살아서 수치를 겪느냐!!"
자비네의 격양.
자비네가 이렇게까지 화내는 건 처음 봤다.
"매달리지 마! 내 전하께 매달리지 마라!! 아무것도 하지 않은 시체들이 내 전하의 발치에 매달리지 마!!"
거의 비명처럼 들리는 자비네의 절규.
그건 내 마음속 깊은 곳까지 전해지는 것 같았다.
"너희는 시체다! 끝까지 저항하지 않았던 시체가 내 전하께 매달리지 마!"
"우리가 무슨 죄를 저질렀다고—— 기사님은 우리를 지켜주지 않는 겁니까?!"
여자들의 비명 같은 목소리.
그 말이 옳다.
우리는 그녀들을 지키기 위해 여기에 왔다.
"지키지! 반드시, 납치당한 남자들과 소년들을 전하께서 구출하신다!! 아니, 구출하고 싶다!!"

자비네?!

나도 모르게 경악한 표정으로 바뀔 것 같았다.

그걸 가까스로 참으며 파우스트의 손을 잡아당겼다.

자비네를 말려줘.

하지만 파우스트는 그 몸짓에 응하지 않고 자비네의 말에 귀를 기울이고 있었다.

"하지만 부족하다! 우리 군대로는, 정말 부끄럽게도 힘이 부족하다!!"

자비네는 대체 무슨 말을 하려는 걸까.

나는 판단할 수 없었다.

"아아, 하다못해 우리 군대에 힘을 빌려주는 민병이 있다면. 제 남편을, 제 아들을 구출하겠다는 용기 있는 자들이 있다면. 힘을 빌려준다면, 구출할 수 있을지도 모르지만."

자비네는 그렇게 중얼거리며 손가락질했다.

그 끝은 마을 여기저기에 쓰러진, 온몸을 처참하게 두들겨 맞고 목이 날아간——.

불쌍한 시체들이었다.

"너희 같은 시체가 아니라! 저 용기 있는 여자들처럼!!"

자비네는 하고 싶은 말을 다 했다는.

그런 표정으로 숨을 한 번 들이마시더니 마치 연설이었던 양 발언을 마쳤다.

——여자들은 분노했다.

"우리는 시체가 아니야! 하지만 어떻게 저항할 수 있었단 말입니까. 우리에게는 무기고 뭐고…….”

변명이다.

자비네는 그렇게 쳐내듯이 코웃음을 치고는 발언을 재개했다.

“농기구가 있지. 가래로 머리를 치면 사람은 죽는다. 갈퀴로 배를 찌르면 사람은 죽는다. 실제로 한 번은 그렇게 저항하려고 하지 않았나.”

자비네는 목이 없는 시체가 아직도 움켜쥐고 있는 갈퀴를 가리켰다.

그 갈퀴 끝은 적의 핏자국으로 덮여있었다.

지금은 시체가 된 그녀들은 저항했다.

죽기 직전까지 힘을 쥐어짜서.

“너희들은 시체다! 그곳에서 남편도 아들도 잃고 늙어 죽어버려!! 괜찮다, 지금이나 늙은 뒤나 변함없으니!”

자비네의 통렬한 외침.

그에 여자들은 한층 더 분노했다.

“웃기지 마…… 웃기지 마!! 왜 구해주지 않은 거야! 왜 더 빨리 와 주지 않았어! 군대가 더 빨리 왔다면 지금쯤은!!”

“으음, 시체의 말은 안 들리는데? 더 제대로 된 말이 듣고 싶네. 살아있는 인간의 말. 아들이나 남편을 되찾고 싶어 하는 여자의 외침을.”

자비네가 한층 도발했다.

이제 그만해.

부탁이니까 그만해.

그렇게 생각하지만.

시체.

한 번 포기해버린 나는 울며 매달리는 여자들처럼 한마디도 할 수 없었다.

그리고 작은 마을의, 지금까지 울며 매달리던 여자 중 한 명이 결심하듯 중얼거렸다.

"해주겠어."

그 여자는 결의를 품은 눈을 하고 있었다.

"너희들을 의지할 수 없다면! 내 손으로밖에 되찾을 수 없다면! 너희 같은 게 말하지 않아도 해주겠다고!!"

그 여자는 울부짖으며 절규했다.

"지금 당장, 그 여자를, 카롤리느를, 그 악귀들을 쫓아가서 그 새끼들을 죽이고 아들을 되찾겠어!!"

자비네는 그 말에 대답했다.

"좋아. 아주 좋아. 생존자가 한 명은 있었나 보네. 또 없어?"

자비네는 도발하듯이, 마음을 부추기는 듯한 말을 던지며 주변을 둘러보았다.

목소리가 터졌다.

작은 마을의, 작은 행복을 빼앗긴 여자들의 절규였다.

"죽일 거야!!"

"도망 귀족 같은 건 무섭지 않아! 죽여버리겠어!!"

"데려가 줘! 저를 카롤리느의 눈앞으로 데려가 주세요!! 군대 분들!!"

자비네는 조금 전부터 계속 침묵하던 파우스트를 향해 말했다.

"폴리도로 경, 재고 부탁드립니다. 민병을 모았습니다."

"자비네 님, 당신이란 사람은…… 뭘 하려는 건지 상황을 지켜보았는데, 악마 같은 분이시군요. 평화롭게 살던 평범한 국민들을 사지로 몰아넣을 생각입니까."

"어차피 이 마을 사람들에게 미래는 없습니다. 남편과 아들을 되찾지 못하는 한."

자비네는 차갑게 대답했다.

파우스트는 머리를 긁적이며 '음' 하고 중얼거렸다.

"나이를 따지지 않는 건 무리입니다. 아무리 죽음을 각오한 민병들이라고 해도 이 안에서 카롤리느 추격 행군을 따라올 수 있는 사람은 약 40명."

"그래도 죽음도 두려워하지 않는 병사 40명이 추가됩니다. 전력 계산상으로는 절대 나쁘지는 않을 테죠. 하물며 폴리도로 경이 있다면."

"당신은 저를, 분노의 기사를 너무 높게 평가하시는군요."

파우스트는 쓰게 웃으며 대답했다.

그리고 문제점을 꼽았다.

"하지만 지휘관이 부족합니다. 이 민병 40명을 이끌 지휘관이."

"제가 지휘하겠습니다! 오른팔은 아직 무사합니다!! 부디 오명을 반납할 기회를 주십시오!!"

지방관이 자비네의 말에 담긴 열기에 전염된 것처럼 소리쳤다.

파우스트는 그 말에 눈이 휘둥그레지면서.

다음 문제점을 꼽았다.

"그럼 다음. 이 전투에서—— 이번 소동의 최대 원인인 지방 영주의 장녀님은 거액의 배상금을 전쟁 비용으로 저희에게 지불하게 됩니다. 아주 등골을 빼먹을 정도로. 저는 제 앞가림도 똑바로 못하는 영주 기사를 아주 끔찍하게 싫어합니다. 봐주지 않을 겁니다."

"그건 내 힘으로 어떻게든 할게."

자연스럽게 제2왕녀로서의 말이 나왔다.

나를 보고 파우스트가 놀란 듯 눈을 크게 떴다.

나도 자비네의 열기에 전염된 걸까.

무의식중에 발언하고 말았다.

"그렇다면 제가 드릴 말씀도 더는 없습니다. 시간도 없고요. 지금 당장 마을에 남아있는 식량을 긁어모으고, 민병들에게 무기를—— 농기구라도 괜찮습니다. 장비시키고, 행군을 재개하죠."

파우스트는 쓴웃음을 지으면서 철수를 철회해주었다.

우리는 진군을—— 첫 출진을 다시 개시했다.

목표는 빌렌도르프의 영토로 도망치는 카롤리느다.

※

"빌렌도르프로 망명을."

빌렌도르프에 바칠 남자와 소년들은 갖춰졌다.

재화도 영주 저택, 한때 내 집이었던 곳에서 도망칠 때 가져온 것이 있다.
아무런 문제도 없다.
"빌렌도르프로 망명을."
다시 중얼거린다.
아무런 문제도 없다.
내가 빌렌도르프에 100명의 군대를 이끌고 망명하기까지 아무런 지장도 없다.
나는 똑똑하고, 많은 경험을── 그 언니 대신 왕도에서 명령한 군역을 수행해온 역전의 기사다.
빌렌도르프에서도 받아들여 줄 것이다.
빌렌도르프에서는 힘이 전부다.
아무런 문제도 없다.
단 하나의 문제, 그건── 내가 가주 계승 전쟁에서 졌다는 점이다.
마차 안에서 바닥을 세게 두드렸다.
거칠게 흔들리는 마차 안에서는 그 정도의 진동은 아무도 눈치채지 못한다.
내 감정이 어지럽다는 건 아무도 눈치채지 못한다.
"이길 수 있다고 생각했는데. 틀렸나?"
언니 대신 종사들과 함께 군역을 수행했다.
언니 대신 영지민에게 귀를 기울이며 통치했다.
그래서 병사들은 나를 지지해주었다.
그 무능하고 통치도 군역도 제대로 수행하지 못하는 언니 대신, 나를.

하지만 졌다.

장녀와 차녀.

가주 계승 전쟁의 벽은 너무나도 높았다.

영지의 가신들은 대부분 도움이 된 적도 없는 언니의 편을 들었다.

가신들은 언니를 꼭두각시로 부리고 싶었다.

그리고 차녀가 가주를 상속하는 전례도 만들기 싫었다.

그 결과 언니를 앞으로 한 걸음만 더 가면 되는 곳까지 몰아세웠는데도 놓쳐버렸고, 오히려 궁지에 몰린 우리는 영지에서 도망치듯 뛰쳐나왔다.

그곳에서 산적들을 만나 대화했다.

"우리의 동료가 되지 않겠나? 나를 따르면 이득을 주마. 근처에 침공하기 딱 좋은 마을이 있던데. 너희가 합류하면 쉽게……."

산적이 되자는 권유였다.

"너희가 따라야지. 산적 주제에 기어오르지 마라."

나는 핼버드를 휘둘러 산적 두목의 목을 쳐버렸다.

그리고 산적단을 수하로 넣었다.

"……빌렌도르프로, 망명을."

다시 신음하듯 중얼거렸다.

왕족 직할령인 작은 마을을 공격해서 빌렌도르프에 바칠 남자와 소년들을 마련했다.

이제 돌이킬 수 없다.

잡히면 전원 교수형이다.

식량도 충분히 남아있다.

재화는 저택에서 빼돌린 게 아직 남아있다.

재기하기에는 충분하다.

나는 아직 여기서 죽을 수 없다.

이런 곳에서는 죽을 수 없다.

나를── 이런 나를 따라, 이렇게 몰락해버린 나에게 불평 한마디 하지 않고 아직까지 따라와 주는 종사들과 영지민들을 책임져야 한다.

그 책무를 다하기 위해서는.

"……빌렌도르프로, 망명을. 나는 다시 귀족이 될 거다. 그 땅에서 기사가 될 거다. 성공하겠다. 그렇지 못하면."

마르티나.

외동딸의 이름만이 뇌리에 떠올랐다.

나의 귀여운 마르티나.

모든 것을 바치고, 모든 것을 주고 싶은 9살 여자아이.

"누가 그 아이를 위해 복수해줄 수 있단 말인가."

나는 실패했다.

전부 다 실패했다.

반란에 실패했고, 언니를 죽이지도 못했고.

잘못된 판단으로 요처 제압에 실패해서 교회에 맡겨두었던 내 딸 마르티나가 죽고 말았다.

지금쯤 언니의 손에, 그 더러운 가신들 손에 목이 매달렸겠지.

"나는 죽을 테지. 마지막에는 모든 것을 잃고 죽을 테지. 그건 상관없다."

빌렌도르프로 도망쳐봤자 미래는 없다.

아무리 힘이 전부인 적국으로 도망친다고 해도 나는 배신자의 낙인이 찍힐 테고, 내 목숨보다 소중한 딸이 돌아와 주는 것도 아니다.

내가 어리석었기 때문에 잃어버린 건 이미 무엇을 걸어도 손에 넣을 수 없다.

하지만 멈춰버린다면 지금 가진 것조차 잃어버릴 것이다.

나에게 충성해준 종사들과 영지민들에게 면목이 없다.

패배자라고 해도 패배하는 방법이 있다.

"어차피 죽는다면 내 딸을 죽인 언니, 그 가신들이 흘린 피바다 위에서 죽겠다."

카롤리느는 피를 토하는 듯한 목소리로 중얼거렸다.

등 뒤로 자신을 쫓아오는 사람들이 있다는 걸 아직 모르는 채.

제13화 리젠로테 여왕의 우울

자비네는 악마다.

진짜 악마다.

고작 수십 분의 연설만으로 작은 마을의 작은 행복을 빼앗긴, 살아남은 영지민이 사지로 향하게 했다.

행군을 개시한다.

선두에는 나, 파우스트 폰 폴리도로.

중간에는 발리에르 제2왕녀 친위대.

그리고 최후미에는 지방관이 이끄는 민병 40명이 우르르 따라오고 있었다.

"파우스트 님, 파우스트 님."

"왜 부르지? 헬가."

나는 옆에서 따라오는 종사장 헬가의 부름에 대답했다.

왜. 이 첫 출진 재개에 불만이라도 있냐.

이젠 틀렸어. 발리에르 님이 GO 사인을 내렸으니까.

뭐, 발리에르 님이 지방 영주에게서 거액의 배상금을 보장해주었다는 이득은 새롭게 발생했지만.

등골을 쏙 빼먹어주마.

그렇지 않으면 이런 행군 못 해먹는다.

"저 자비네 님이라는 분, 신부로 어떠십니까?"

"농담하는 거지? 헬가. 부탁이니까 그렇다고 말해."

나는 고통스러운 목소리로 중얼거렸다.

"아뇨. 파우스트 님께서 무슨 말씀을 하고 싶으신지는 막연하게나마 알 것 같습니다. 하지만 개인적으로는 괜찮다고 보는데요."

막연하게라도 알면 말하지 마.

그리고 너. 자비네를, 저 악마를 추천하는 거냐.

농담이지? 다른 영지민도 혹시 같은 의견인 건 아니겠지?

그 열기에 취해버린 거 아니지?

그 녀석은 악마다.

국민의 세금으로 먹고 사는 군인으로서 절대 말하면 안 되는 소리를 태연하게 입에 담았다.

노블리스 오블리쥬를 완전히 부정했다.

심지어 내가 했던, '악마 같은 분이시군요. 평화롭게 살던 평범한 국민들을 사지로 몰아넣을 생각입니까'라는 말.

그 말로 포장해서 던진 '니가 그러고도 귀족이냐?'라는 비아냥조차 눈치채지 못한 침팬지다.

아, 머리 아파.

나는 헬가에게 설명했다.

"나 같은 영주 귀족과 법복 귀족, 즉 왕국의 무관은 입장이 조금 다르지만 공통적으로 우리 영주 귀족은 영지민에게서, 법복 귀족은 징세관(徵稅官)이나 문장관(紋章官) 같은 관료 혹은 군인으로서 국민에게서 세금을 받고 있다. 그걸로 먹고 살지."

"네, 압니다."

헬가가 고개를 끄덕였다.

"그 대신 의무가 있다. 영지민을 지킬 의무가, 국민을 지킬 의무가. '싸우는 사람'이라는 의무다. 알지?"

"네, 압니다."

헬가가 고개를 끄덕였다.

거기까지 알고 있으면——.

"왜 국민을 사지로 내보내지? 그게 기사가 할 짓인가? 기사의 역할을, '싸우는 사람'으로서의 역할을 송두리째 부정한 거다. 자기 존재에 모순이 없는 건가? 그 연설은 어쨌거나 귀족인 사람으로서 해도 되는 말이 아니었어. 귀족의 방패막이조차 벗어던지면 귀족이, 기사가 아니지."

"하지만 필요하다면 저희도 합니다. 남편이나 아들을 납치당했다면 저희 영지민은 싸웁니다. 그게 우리 영지 내에 한한 일이라면요. 그게 평범한 것 아닙니까? 자비네 님은 딱히 잘못된 말씀은 안 하셨다고 봅니다."

헬가가 태연하게 대답했다.

그 대답에 나는 얼이 빠졌다.

그래, 이 녀석들—— 우리 폴리도로 령의 영지민은 군역 대신 받고 있는 리젠로테 여왕의 보호.

그 보호 계약.

그것을 받기도 전에 '자기 몸은 자기가 지킨다'는 마음가짐이 박힌 인간들이었던가.

군역을 수행하고 빌렌도르프 국경선과도 가까운 변경 영지의 주민과 군역도 없는 작은 마을의 직할령 주민들.

요컨대 문화 차이구나.

그래서 자비네가 얼마나 악독했던 건지 이해하지 못한 거다.

이쯤 되니 자비네가 한 짓이 얼마나 악독한 건지 설명할 마음도 안 든다.

이 이상 설명해봤자 '그건 왕국민이 안이한 겁니다. 역시 자비네 님은 전혀 틀리지 않았습니다'라고 하겠지.

아니, 폴리도로 령의 영지민은 다들 같은 소릴 할 거다.

아, 귀찮아라.

솔직한 심정을 말해주자.

"나는 자비네 님이 마음에 안 든다. 연설가로서 능력은 높게 평가하지만 싫어. 자비네 님이 무슨 짓을 한 건지 아직 이해하지 못한 제2왕녀 발리에르 전하도, 14살이라는 어린 나이라서 그런 거기야 하겠지만 자비네 님에게 전염된 것 같으니…… 앞날이 불안하구나. 이러면 될까."

"네, 일단은요."

헬가는 어떻게든 받아들인 모양이었다.

괜찮겠지?

정말로 괜찮은 거겠지?

그 망할 선동가의 열에 우리 영지민이 감화된 건 아니겠지?

그런 걱정을 하며 파우스트는 행군을 개시했다.

"전원, 진군!"

신호를 보낸다.

전원이 행군을 시작했다.

됐다.

내가 상황을 받아들이자 헬가가 다시 입을 열었다.

"하지만요. 파우스트 님."

"뭐냐, 헬가. 또 무슨 말을 하려는 거지?"

나는 다시 얼굴을 가득 찌푸리고 대답했다.

"그대로 매달리는 작은 마을의 영지민을 내버려 두었다면 폭동으로 번지지 않았을까요? 저희는 그녀들을 버리고 돌아가는 셈이니까요."

그런 가능성은 있다.

아무래도 지금은 저 뒤에서 흉흉하게 따라오는 병사가 된 녀석들이니.

"게다가 민병을 징병하지 않으면 납치당한 남자들과 소년들을 구출하지 못하는 현실도 타개할 수 없습니다. 흥분한 현지민들을 징병하는 게 서로에게 도움이 된다는 걸 고려하면 나쁘지 않은 아이디어였던 게 아닐까요."

"그걸 저 침팬지가 알고서 말했을 것 같나?"

나와 헬가는 뒤를 돌아 자비네의 얼굴을 보았다.

친위대 중 한 명과 또 음담패설을 하고 있었다.

"아뇨."

"그렇지? 절대 그렇지? 내 생각에도 그래."

애초에 저 녀석도 처음엔 민병을 징병할 생각은 전혀 없었을걸.

발리에르 제2왕녀 전하에게 매달리는 영지민들이 마음에 안 들어서 욕한 것뿐이지.

그 연설 같은 비난 도중에 눈치챈 거라고.

"어라? 혹시 이대로 이 녀석들을 도발하면 민병으로서 징병할 수 있지 않을까?"

그렇게 깨달은 거다.

지금 그녀의 성격을 완전히 이해한 나에게는 무슨 생각이었던 건지 훤히 다 들여다보인다.

악마 같으니.

악마 침팬지다.

아니, 침팬지는 원래 성격이 악마 같다고 들은 것도 같은데.

지금 그건 중요하지 않으니까 넘기자.

아마 저 녀석이 부모에게 버림받아 제2왕녀 친위대에 수납된 건 멍청하기 때문만이 아니다.

타고난 성격이 너무 악랄하기 때문이다.

위정자에게는 저런 더러운 작업을 맡아서 하는 인간도 필요할지도 모르지만.

어쩌면── 이 제2왕녀 측에게도, 남편이나 아들을 빼앗긴 마을 사람들에게도 최선일지도 모르는 결과를 내놓기는 했지만 거기에 계산적인 로직은 아무것도 존재하지 않는다.

말 그대로 공백이다. 자비네는 아무 생각도 없이 지금 결과를 만들었다.

대놓고 말해서, 저 녀석은 위험인물이다.

그 압도적인 연설력을 생각하면 어딘가에 격리해둬야 하는 인간이다.

동물원 철창에 가둬놓는 게 낫지 않을까. 자비네라는 명찰을 목에 걸고, 연설할 줄 아는 특이한 원숭이로 쓰는 거지.

아, 뭐 됐다.

나에게는 그런 생각을 할 여유는 없다.

목표는 단순하다.

표적은 카롤리느. 그 일행이 빌렌도르프 국경선에 도착하기 전에 따라잡는다.

그리고 쓰러트린다.

내 지금 사명을 단순화하면 그뿐이다.

무슨 일이든 심플하게 만드는 게 좋다.

괜한 생각을 하지 않아도 되니까.

"좋아, 노래하자. 카롤리느까지 긴 행군이다. 민병들도, 지방관도 의욕을 끌어내서 노래하자고."

친위대장 자비네의 목소리.

그 목소리에 진심으로 두려움을 느끼며 행군했다.

저렇게 자비네는 사기를 유지하겠지.

점점 저 여자가 진짜로 무서워졌다.

나는 거기에 끼어들지 않기로 했다.

최소한 가사가 저질스러운 노래만은 부르지 말라고 기도하면서.

※

"아직 출진 준비가 되지 않은 겁니까!"

“알고 계시잖습니까. 리젠로테 여왕님. 200명이나 되는 병사를 움직이려면 그만큼 준비가 필요합니다. 괜찮습니다, 내일이면 출발합니다.”

아무리 상비군.

즉각 움직일 수 있는 병력이라고 해도 그 자리에서 바로 행군을 개시할 수 있는 건 아니다.

무기 준비는 그나마 괜찮다고 쳐도── 군량, 마차, 예상되는 적의 행군 루트.

적을 따라잡는다고 예상되는 포인트까지 우리의 행군 루트.

그런 과정이 필요하다.

특히 마지막은 중요하다.

길을 하나라도 실수하면 빌렌도르프 국경선에 그대로 돌진하게 된다.

그리고 그대로 제2차 빌렌도르프 전쟁의 시작.

지금은 그런 상황이었다.

그건 리젠로테 여왕도 이해하고 있다.

이해하고 있을 것이다.

그런데도 이런 상태다.

아스타테 공작은 깊은 한숨을 쉬었다.

“적의 행군 루트로 앞질러 갈 수는 없습니까?”

“아나스타시아와 상의했습니다.”

나, 아스타테 공작은 제1왕녀 상담역이라는 입장을 이용해 이미 그 명석한 두뇌와 전략안을 자랑하는 아나스타시아에게 상담했다.

상담역이 오히려 상담을 요청하다니, 입장이 반대되는 느낌이 안 드는 것도 아니지만.

아마도 지도에 기록된 이 지점이── 지방 영주의 차녀, 카롤리느가 도망칠 포인트라고 우리 두 사람은 판단했다.

하지만 그 포인트가 멀다.

아마 원군은 제때 도착하지 못할 것이다.

하지만 어쩌면── 늦지 않을 가능성은 있다.

파우스트가 카롤리느의 발을 묶어놓을 가능성.

카롤리느가 욕심을 부려 다른 영지에 손을 대느라 행군이 늦어질 가능성.

그 외 마차가 망가지는 등의 트러블로 인한 단순 지연.

다양하다.

늦지 않을 가능성은 있다.

그런 이상 체면을 생각하면 지원군을 보내지 않을 수도 없다.

나는 한숨을 쉬었다.

"한숨이라니 뭡니까. 지금쯤 내 딸은, 발리에르는 어쩔 줄 몰라하고 있을 텐데요."

"어차피 스페어잖습니까. 쓸모없는 스페어. 갑자기 자식 사랑을 발휘하시는 거 아닙니까? 리젠로테 여왕님."

나는 가족을 대할 때의 자세로 생각한 걸 그대로 입 밖에 냈다.

나는 자유분방하다.

아무것도 무섭지 않다.

유일하게 무서웠던 건 파우스트의 엉덩이를 주무른 순간 폴리도로 령—— 그 영지민들의 얼굴이 악귀처럼 변했을 때 정도다.

그건 정말 무서웠다.

지옥에 떨어지는 줄 알았다.

"설령 쓸모없는 스페어라도! 저는 딱히 발리에르가 죽길 바라는 건 아닙니다!!"

"아나스타시아와 같은 말씀을 하시네요. 딱히 죽길 바라는 건 아니라."

사랑받고 있는 건지 사랑받지 못하는 건지.

잘 모르겠다.

나는 싫어하지만.

그 범재.

평민이라면 괜찮다. 하지만 블루 블러드면서 범재는 용서될 수 없다.

아스타테는 그렇게 생각했다.

"지금쯤 카롤리느에게 공격받고 난장판이 된 작은 직할령에서 망연자실해 있지 않을까요. 추적하겠다고 나설 리가요."

"가능성이 있으니까 조급한 겁니다. 저는 그 아이에게 말했습니다! 첫 출진에 실패하면 파우스트를 제2왕녀 상담역에서 해임시킨다고."

아하.

일단 조급해하는 이유는 있다는 거구나.

하지만 동요하지 않는다.

"여왕님, 발리에르는 범재입니다. 범재라고요."

파우스트는 영주 기사다.

제 영지민의 손해를, 그 손실을 더없이 싫어한다.

어떻게 해볼 수 없는 상황이었던 빌렌도르프 전쟁과 다르게 승산이 있어도 영지민에게 막대한 피해가 발생하는 전투에 임할 일은 없다.

그리고 발리에르는 범재다.

상담역인 파우스트의 의견이 시키는 대로 따른다.

만약 예외가 있다면.

"그 침팬지들. 실례, 제2왕녀 친위대였던가요. 그 멍청이들이 첫 출진이라고 의욕이 너무 넘쳐나서 발리에르 님에게 무리한 요구를 하지 않는다면 좋겠는데요."

"무서운 소리 하지 말고!"

리젠로테 여왕이 제 몸을 부둥켜안으며 중얼거렸다.

그리고 고뇌에 찬 목소리로 중얼거렸다.

"그렇게까지 어리석은—— 침팬지 무리인 줄은 몰랐습니다. 발리에르에게는 집에서 내놓은 기사들이라고 해도, 그래도 명문가의 차녀와 삼녀를 주려고 했어요."

"그런데 그 명문가의 차녀와 삼녀들은 태연하게 왕성 안에서 음담패설을 떠들고 시동의 탈의실을 훔쳐보는 성욕의 노예들이었다는 말씀이군요."

나는 어이없다는 얼굴로 대꾸했다.

나는 범재를 싫어한다.

따라서 그 침팬지들도 좋아하지 않는다.

무슨 짓을 할지 제어할 수 없는, 무능하면서 부지런한 자는 죽이는 것 말고는 방도가 없다.

아니, 그래도 전장에서 병사로서는 부려 먹을 수 있나.

그러고 보면 발리에르도 첫 출진이다.

만약 발리에르가 첫 출진을 경험하고 나면 그 평범함도 변하게 될까.

그리 기대하진 못할 것 같지만.

이번 기회에 한번 다시 검토해보는 것도 나쁘지는 않을지도 모른다.

만약 이미 실패한 몸이라고는 해도 이 기회를 양분으로 삼았다면 조금은 변할 수 있을 것이다.

"어쨌든! 서두르세요. 발리에르만이 아니더라도 우리 직할령을 덮쳐서 영지민을 납치했을 카롤리느는 상응하는 벌로서 죽어주어야만 합니다. 왕가의 체면도 걸려있으니까요."

"하물며 야만족 빌렌도르프로 망명하는 건 용서할 수 없으시겠죠. 알겠습니다."

아스타테는 적당히 흘려넘기는 말투로 대답하면서.

그 눈은 지도 위의 접적 지점, 빌렌도르프 국경선 아슬아슬한 곳을 향하고 있었다.

제14화 조무래기 사냥

“따라잡았다.”

선두에서 진군하던 내 입에서 나온 목소리였다.

빌렌도르프와의 국경선을 코앞에 두고 간신히 카롤리느를 따라잡았다.

눈앞에 있는 약 100명의 적을 시야에 넣었다.

아직 교전 거리까지는 멀지만.

내 말에 친위대의 행군가가 자연스럽게 멈추더니 그 눈빛이 호전적으로 변화했다.

“파우스트, 어떻게 할 거야?”

어떻게 할 거냐니.

일단 최고지휘관은 당신인데.

뭐, 발리에르 님은 첫 출진이다. 어쩔 수 없지.

나는 제2왕녀 상담역이니까 보좌해야만 한다.

다만 이럴 때, 아나스타시아 제1왕녀나 아스타테 공작이었다면 자기는 이렇게 생각하는데 너는 어떻냐고 물어보겠지만.

혹은 산적 상대였다고는 해도 경험자인 내 의견을 존중해서 처음부터 자유 재량권을 주거나.

그걸 생각하면 아나스타시아 제1왕녀는 첫 출진부터 굉장했다.

발리에르 님이 열등한 게 아니라, 아나스타시아 님이 너무 뛰어난 거다.

나는 그런 잡다한 생각을 하며 전방에 있는 카롤리느에게 시선을 주었다.
그리고 중얼거렸다.
"아마 상대도 저희를 눈치챘을 겁니다."
"우리와 마찬가지로 마법의 안경인 쌍안경을 가지고 있다는 거야?"
"아주 도움이 되는 물건이죠. 카롤리느에게 없을 리 없습니다. 심지어 이곳은 평야. 시력이 좋은 사람이라면 보입니다."
나는 자신감 있게 중얼거렸다.
우리 추격자의 존재는 카롤리느도 이미 눈치채고 있다.
문제는 상대방이 어떻게 나오는가.
총력전, 전원을 동원한 전투는 사양하고 싶다.
피해가 크니까.
무고한 국민과 내 영지민들을 괜히 죽게 하는 건 싫다.
쌍안경을 쓰고 보던 헬가가 보고했다.
"적이── 적이 지금, 두 패로 갈라졌습니다."
도망.
빌렌도르프 국경선을 코앞에 두고 카롤리느는 산적을 미끼로 쓰는 도망을 선택했다.
조금 고맙다.
각자 진형을 구축한 뒤 총력전에 들어가는 것보다는 낫다.
훨씬 괜찮은, 아니, 나에게는 딱 좋은 흐름이다.
"헬가, 우리 영지민에게 전투준비를 지시해."

"네."
나는 헬가에게 명령한 뒤.
그대로 발리에르 님에게 지시했다.
"발리에르 님, 우선 조무래기를 사냥합니다."
"조무래기 사냥?"
"이 상황에서 친위대나 민병이 나설 차례는 없다는 뜻입니다. 우선은—— 그냥 살육이죠."
나는 발리에르 님에게 그렇게 말했다.
그래, 이건 그냥 살육이다.
평소 하던 군역과 마찬가지로, 그냥 산적 살육전이다.
나는 입꼬리를 끌어당겨 웃으면서 발리에르 님과 잠시 작별했다.
그리고 돌격을 개시했다.
암호로 신호.
"크로스!"
종사 5명의 크로스보우 준비.
발사 준비는 이미 끝났다.
남은 건 방아쇠를 당기는 것뿐이다.
"헬가, 쌍안경을 되돌리기 전에 한 번 더 확인해. 적 지휘관은 보이나?"
"네, 보입니다. 아마도 산적이 아닙니다. 체인 메일을 장비했고 갑옷을 쓰고 있는 걸 보면—— 아마도 적의 종사(從士)입니다."
산적도 얌전히 미끼가 되지는 않는다.

그곳에는 반드시 인솔하는 지휘관이 있다.

카롤리느의 종사라.

그렇다면 아마 저 산적단은 카롤리느가 두목을 죽여서 흡수한 거겠군.

종사가 미끼로서 죽음을 전제하고 산적을 지휘하겠다고 나섰다?

카롤리느 녀석, 아무래도 상당한 인물이긴 한 모양이다.

거기까지 판단했다.

분석 종료.

"종사에게 크로스보우를 쏠 필요는 없다. 종사는 내가 죽이지. 먼저 크로스보우로 적의 궁병 5명을 확실하게 죽이는 게 목표다."

"알겠습니다. 파우스트 님."

궁병은 싫다.

화살을 쳐내는 건 어렵지 않지만 산만해져서 짜증난다.

나는 오직 그런 이유로 궁병을 먼저 죽인다.

그런 법이다.

산적이란 그 정도의 존재면 된다.

자, 슬슬 적과 마주친다.

발리에르 님이 이끄는 친위대와 지방관이 이끄는 민병을 살짝 후방에 배치하고 우리 폴리도로 령의 병사 20명과 내가 선두에 섰다.

"내 이름은 파우스트 폰 폴리도로! 죽고 싶은 녀석부터 앞으로 나와라!"

"――!!"

적진에 두려움이 퍼졌다.

남기사가 선두에 서서 달리는 건 안할트 왕국에는 파우스트 폰 폴리도로 한 명밖에 없다.

분노의 기사.

안할트 왕국 최강의 기사.

적에게는 의심할 여지도 없을 것이다.

나에게는 끔찍한 이름이지만, 이명이 있다는 건 이럴 때 고맙다.

"진정해라! 어차피 소문만 대단할 뿐 고작 남기사다!! 진정해!!"

적의 보스.

카롤리느의 종사가 산적들을 진정시키려고 했지만 쉽지 않았다.

이대로 도망치는 건 용서하지 않는다.

산적은 사기를 위해 몰살이다.

"노래해라."

피의 절규를.

나는 내 사랑하는 영지민이 아닌, 30명의 산적을 향해 명령했다.

크로스보우.

적의 궁병인 듯한 5명을 향해 발사되었다. 그것은 사격에 익숙한 종사들의 기량 덕분에 일격필중의 기술이 된다.

30명의 산적 중 5명이 순식간에 죽었다.

"소리쳐라."

죽음의 절규를.

말을 타고 있는 내가 당연히 선두를 달린다.

항상 그랬다.

나는 선조 대대로 물려받은 마법의 그레이트 소드를 휘둘러 동요하는 산적 5명의 목을 차례차례 베었다.

이제 영지민과 병력수는 동일.

"그리고 죽어라."

바닥에 피웅덩이를 만들며 쓰러진다.

산적단에 또 다른 궁병은 없었다.

이건 아주 좋다.

나는 산적 두목 대행을 맡은 종사를 향해 일직선으로 달려갔다.

도약.

애마 플뤼겔과 함께 하늘을 날아 체인 메일을 장착한 카롤리느의 종사 앞으로 나왔다.

종사는 갑작스러운 사태에 채 대응하지 못하고 있었다.

그리고 나는 그레이트 소드를 들어 종사의 정수리에서 배 부근까지 내리그었다.

종사는 어중간하게 반으로 쪼개진 몸뚱이가 되었다.

투구는 완전히 갈라져서 두 조각이 되어 바닥으로 굴렀다.

"너희들의 두목은 지금 막 죽었다!"

내 외침이 전장에 울려 퍼지자 지휘관을 잃은 산적의 사기는 붕괴했다.

불쌍하게도 통제를 잃은 산적들은 어떤 자는 목숨을 구걸했고 어떤 자는 등을 돌려 도망치려했지만.

한 명, 또 한 명. 우리 영지민에게 처리당했다.

창으로. 혹은 검으로.

다들 익숙하다.

이런 작업은 15살 때부터 20살이 될 때까지 겪은 군역 덕분에 완전히 반복 작업이 되었다.

내 영지민은 참으로 익숙하다는 듯 본인이 맡은 작업을—— 살육을 수행해간다.

나는 그런 생각을 하는 동안에도 종사 옆에 있던 산적을 하나, 둘 죽여나갔다.

숫자는 셀 필요도 없다.

킬 스코어 같은 건 귀찮아서 하나하나 언제 세고 있냐.

전투는 몇 분도 채 되지 않았다.

우리 영지민의 피해는 한 명도 없다.

반복 작업이다.

살육이 끝난다.

"다음 생에는 꽃이나 뭐 그런 걸로 다시 태어나라고."

그렇게 마무리 짓는 말을 하며 나는 바닥을 구르는 산적들의 시체를 말 위에서 내려다보았다.

30명의 산적 살육이 끝났다.

고작 몇 분밖에 걸리지 않은 작업이었다.

종사들은 내가 명령하지 않아도 크로스보우의 재장전, 즉 도르래로 시위를 당기는 작업에 들어갔다.

후방에 있던 발리에르 님과 친위대, 그리고 지방관이 이끄는 민병 40명이 따라잡았다.

"파우스트. 그, 산적은?"

발리에르 님은 재미없는 질문을 했다.
보면 알잖아.
"전부 죽였습니다. 보시면 아실 텐데요."
"저기…… 뭐라고 해야 하지, 파우스트의 피해는?"
"없습니다."
항상 없다.
산적 따위와 전투하다 죽으면 억울하지.
내가 죽음을 각오한 건 첫 출진과 빌렌도르프 전쟁뿐이다.
산적 같은 건 콧노래를 부르면서도 살육할 수 있다.
이 녀석들은 조무래기다.
중요한 건――.
"본론은 여기서부터입니다. 발리에르 님. 크로스보우 재장전을 준비하면서 카롤리느 추격을 재개합니다. 따라잡을 때까지 사전에 전술적 측면을 상담하겠습니다."
"아, 알았어."
"카롤리느는 도망치는 것이 가장 좋다고 결단했습니다. 아마 이대로 빌렌도르프의 국경선을 넘을 생각이겠죠. 적의 정예 70명과 전투할 때, 최악의 경우 중간에 제가 빠져나가 단신으로 도망친 카롤리느를 쫓아가게 될지도 모릅니다. 그동안 제 영지민의 지휘권은 헬가에게 양도합니다. 자유롭게 부려주십시오."
자유롭게 부리라고 말하면서도 개죽음을 만들 마음은 없지만.
헬가가 발리에르 님이 하는 말을 뭐든 다 들을 리 없다.
영주 귀족의 종사장은 그런 식으로 자라지 않는다.

그건 언급하지 않은 채 나는 카롤리느의 군대 쪽을 쳐다보았다.
선두를 달리는 두 대의 마차. 둘 중 하나가 직할령에서 납치한 남자들과 소녀들을 태운 마차다.
다른 하나는 카롤리느.
어디, 어느 쪽이 당첨일까.
큰 궤짝이냐, 작은 궤짝이냐.
아마도 작은 궤짝에 좋은 것── 작은 마차에 카롤리느가 있을 거라고 보지만.
그런 생각을 하며 나는 크로스보우가 재장전되기를 기다렸다.

※

“네가 죽을 필요는 없다. 산적 같은 건 그대로 미끼로 쓰고 버리면.”
“미끼로 쓰기 위해서도 지휘관이 필요합니다. 카롤리느 님이시라면 아시잖습니까.”
나는 종사가 스스로 미끼가 되겠다며 산적 지휘관에 자원하는 말을 듣고 입술을 깨물었다.
여기까지.
간신히 여기까지 도망쳤는데.
빌렌도르프의 국경선이 코앞이다. 앞으로 1시간만 더 가면 도착할 수 있는데.
쌍안경으로 조금 전 빌렌도르프의 국경선을 보았다.

그 너머에선 요새 감시탑에서 이쪽을 알아차린 건지 빌렌도르프의 기사들이 수십 명의 병사를 데리고 국경선에서 대기하고 있다.
저곳이 우리의 골이다.
분명 망명은 인정받으리라.
이 나라에서 도망친다.
"최악의 경우에는 카롤리느 님 혼자 도망치는 것도 각오해주십시오."
"바보 같은 소리 마라. 너희를 버리고 혼자 도망치는 게 무슨 의미가 있다는 말이냐."
"저희가 여기까지 카롤리느 님을 모셨다는 의미가 남습니다. 카롤리느 님만 살아계신다면 분명 의미는 남습니다."
이 멍청이들.
아직도 가주 계승 전쟁에 패배한 걸 자기들 때문이라고 믿고 있는 거냐.
패배한 건.
가주 계승 전쟁에 패배한 건.
"가주 계승 전쟁에서 패배한 건 내가 어리석었기 때문이다. 하지 말았어야 했다. 그런 짓은."
후회.
간신히 입 밖에 낼 수 있었다.
가주 계승 전쟁에 패배한 건 전부 내가 무능하기 때문이다.
간신히 인정할 수 있었다.
다른 가신들을 더 포섭해놓을 걸 그랬다.

군역 때 왕가와—— 리젠로테 여왕 폐하나 아나스타시아 제1왕녀 전하와 인연을 맺고 내가 가주가 되는 것을 인정받을 수 있도록 처신할 걸 그랬다.

더, 더.

내가, 더.

후회의 말은 끊임없이 나왔다.

"영지민도, 저희 종사들도 군역을 수행하면서 한솥밥을 먹은 사이 아닙니까. 카롤리느 님의 등을 떠민 저희에게 원인이 있습니다. 아아, 이젠 시간이 없군요. 이쯤에서 작별 인사 올립니다. 카롤리느 님."

"기다려—— 기다려줘!"

종사는 만류하는 내 목소리를 무시하고 산적들에게 달려갔다.

오직 내가 빌렌도르프 국경선을 넘어 망명하기 위해.

영지의 가주 계승 전쟁에서 몇 명이나 되는 종사와 영지민이 목숨을 잃었지?

이 행군 도중에 몇 명의 중상자를 잃고, 그 시신을 그 자리에 버리고 왔지?

아아.

이런 일을 겪을 바에야 가주 계승 전쟁 같은 건 처음부터 하지 말았어야 했다.

한 명 한 명 죽을 때마다 내 어리석음이 사무친다.

"……마르티나."

외동딸의 이름을 불렀다.

판단을 잘못해서 하나뿐인 딸을 잃은 것.
지금쯤 그 작은 몸은 영지에서 교수형에 처해 썩어가고 있겠지.
그래, 그것만은.
그 복수만큼은 달성해야만 한다.
"……빌렌도르프로, 망명을."
비틀비틀. 힘없는 발걸음으로 오직 그 말만을 중얼거렸다.
그것만이 남편을 병으로 잃고, 딸도 내 잘못으로 잃고, 뛰어난 종사를 미끼로 몰아넣은 나에게 마지막으로 남은 목표다.
직할령을 덮쳐서 납치한 남자들과 소년들을 빌렌도르프에게 바친다.
마차에 실은 재화를 이용해 기사로서 재기한다.
내가 아는 안할트 왕국의 모든 정보를 팔아넘기는 것도 좋지.
매국노라고 불리든, 지옥에 떨어지든 알 바 아니다.
이미 나에게는 아무것도 남아있지 않다.
지금 인솔하는 70명의 정예.
군역을 함께해온 영지민들을 빼면――.
그런 내 귀에 악마와도 같은 보고가 들어왔다.
"카롤리느 님! 카롤리느 님! 지금 막 쌍안경으로 적 지휘관을 확인했습니다!"
"누구냐! 아는 얼굴인가? 아스타테 공? 아니면……."
"적은 남기사. 아마도 파우스트 폰 폴리도로. 분노의 기사입니다!!"
나는 나도 모르게 마차에서 뛰쳐나와 미끼가 된 산적들―― 내 종사가 있는 방향을 살폈다.

그곳에선 아마도 일방적인 살육이 벌어지고 있을 것이다.

심판이 왔다.

악귀가 된 나를 심판하려는 분노의 기사가 바로 눈앞까지 와 있었다.

제15화 아름다운 야수

발리에르 제2왕녀 군대. 민병 40명, 친위대 15명, 폴리도로 영지민 20명—— 반면 카롤리느 군대는 종사를 포함해 정예 영지민 70명.

양군은 빌렌도르프 국경선 앞, 도보로 약 30분 거리에서 충돌했다.

"크로스!"

짧은 암호.

파우스트 폰 폴리도로의 외침.

크로스보우가 쏜 화살은 카롤리느 군대의 전위 5명에게 박혀 모조리 죽였다.

카롤리느 군대, 나머지 65명.

숫자로는 발리에르 제2왕녀 군대가 우세하다.

병력의 질로는 카롤리느 군대가 압도하고 있다.

무장한 군역 경험자 65명으로 구성되어있기 때문이다.

반면 발리에르 제2왕녀 군대는 첫 출진이나 마찬가지인 데다 무장도 부족한 민병 40명.

무장은 충분하나 첫 출진인 친위대 15명.

유일하게 대항할 수 있는 건 카롤리느 군대를 상회하는 훈련도를 자랑하는 폴리도로 영지민 20명뿐인 듯했다.

하지만 최악인 건.

"너는 뒤로 물러나라!"

그렇게 소리치며 민병을 감싸듯 파우스트 폰 폴리도로라는 살의의 덩어리가 전장 한복판으로 뛰어든다는 점이다.

마치 민병은 최대한 죽이고 싶지 않다는 표정으로, 대치하는 적의 목숨은 반대로 무가치한 걸레처럼 대하면서.

분노의 기사는 이 좁은 전장을 종횡무진하며 애마를 타고 불쑥불쑥 출몰했다.

카롤리느 군대의 병사 속으로 뛰어드는 게 아니다.

민병을 고기방패처럼 쓰는 것 같으면서도 갑자기 전투에 끼어들어 카롤리느 군대의 병사를 죽이고 다닌다.

죽음의 나선.

카롤리느가 마차 덮개에 뚫은 구멍으로 본 그 광경은 완전히 그랬다.

필연적으로 카롤리느 군대의 사망자가 점점 증가했다.

일대일 상황으로 끌려가면 파우스트를 이길 수 있는 상대는 안할트 왕국에 존재하지 않는다.

하지만 카롤리느 군대의 사기는 아직 떨어지지 않았다.

카롤리느를 지키려고 한다.

카롤리느는 눈물이 나올 것 같았다.

울 수는 없다.

울어서는 안 된다.

그녀들은 카롤리느를 위해 죽는다.

이젠 혼자서라도 도망쳐야 한다.

그녀들의 공헌에 보답하기 위해서는 그 방법밖에 없었다.
하지만 결단을 내릴 수 없었다.
그렇게까지 하면서 카롤리느를 지켜주는 병사를 버릴 결단이.
하지만 전장의 시간은 흘러간다.
국경선으로 후퇴하며 발리에르 제2왕녀 군대를 상대한다.
그 전장에서의 시간은 짧은 시간이었겠지만——.
그 시점에서 파우스트가 카롤리느 군을 상대로 올린 킬 스코어는 이미 30이 넘어갔다.
파우스트 본인은 일일이 세고 있지도 않지만.
물론 민병 사상자도 나왔지만 이젠 승리를 확정하기에는 충분할 만큼 수적 열세가 생겼다.
"뒤는 맡긴다! 헬가!"
파우스트는 제2왕녀 발리에르의 이름은 입에 담지 않았다.
그랬다간 최고 지휘관인 발리에르가 노려지기 때문이다.
그런 작은 계산도 발휘하며 파우스트는 홀로 달려갔다.
이미 카롤리느 군대엔 그걸 막을 수 있을 만한 숫자가 없었다.
눈앞에 있는 적을 묶어두는 게 최선이었다.
온다.
죄를 저지른 악귀를 심판하러.
파우스트 폰 폴리도로가 온다.
이윽고 그 살의의 덩어리가 도착한 곳은 카롤리느 군대의 두 마차였다.
작은 마차가 하나, 큰 마차가 하나.

파우스트가 선택한 건 작은 마차였다.

그레이트 소드를 한 손에 들고 휘둘러 마차의 덮개를 얇게 잘랐다.

그 너머에 있는 건 전장의 소리에 겁을 먹은 포로들이었다.

"빗나갔나."

파우스트는 무심코 토해냈다.

그리고 카롤리느는── 재화를 실은 커다란 마차는 그 마차의 재화마저 내던지고, 홀로.

말과 제 몸뚱이 하나만 챙겨서 국경선으로 달렸다.

도망쳐야 한다.

저 심판의 손으로부터.

파우스트 폰 폴리도로로부터.

저 분노의 기사로부터.

카롤리느는 필사적으로 국경선을 향해 달렸다.

아직, 아직 늦지 않았다.

국경선에서 대기하는 빌렌도르프의 기사와 병사에게 지원군을 요청하면 저 분노의 기사 파우스트 폰 폴리도로를 쓰러트릴 수도 있다.

카롤리느는 그런 덧없는 희망을 품으며 홀로 달렸다.

그 뒤를 쫓아가는 건 포로들에게 아직 마차 안에 있으라고 지시한 파우스트.

아직도 죽음의 절규와 승리의 함성과 검극이 부딪치는 소리, 그런 전장의 음악이 끊임없이 울리는 전장을 등지고.

파우스트와 카롤리느는 술래잡기를 시작했다.

하지만 점점 파우스트의 속도가 떨어졌다.

파우스트의 애마, 플뤼겔은 이미 극도로 지친 상태였다.

산적과 전투하면서, 그리고 조금 전 전장을 종횡무진 움직이면서.

아무리 뛰어난 기마라고 해도 한계가 왔다.

파우스트는 물론 그걸 이해하고 있었다.

애마를 망가트릴 수도 없다.

납치당한 남자들과 소년들을 구했으니 최소한의 체면은 차렸다.

게다가 파우스트의 예상으로는, 아직 카롤리느의 결말은 정해지지 않았다.

이만하면 충분하다.

파우스트는 발을 멈춘 뒤 애마 플뤼겔의 등을 토닥토닥 두드려줘서 공로를 격려했다.

안할트 왕국와 빌렌도르프의 국경선을 눈앞에 두고.

파우스트는 애마와 함께 멈춰섰다.

그걸 무시하고 카롤리느는 국경선을 넘었다.

파우스트는 그녀를 그저 지켜보았다.

빌렌도르프라는, 그 야만족 특유의 가치관에서 나오는 미학에서 정해질 카롤리느의 결말을.

※

"내 이름은 카롤리느. 망명을 원하는 자이다. 그리고 지원군을 청한다. 우리 눈앞에 홀로 있는 자는 그 파우스트 폰 폴리도로다."

빌렌도르프의 기사가 고개를 끄덕였다.

"조금 전에 쌍안경으로 전장을 확인했지. 저 외모, 저 기술, 정말로 파우스트 폰 폴리도로더군."

"그렇다면!"

그 분노의 기사를 죽여다오.

파우스트 폰 폴리도로라는 악마를.

카롤리느는 그렇게 호소했다.

하지만.

"하지만 저 남자는. 저 아름다운 야수는 우리 국경선을 넘지 않고 아직 저곳에 서 있다."

빌렌도르프의 총사령관인 듯한 기사가 손가락을 가리켰다.

분노의 기사는 정말로 국경선 저편에서 나를 응시하고 있었다.

"파우스트를 치고 싶지 않은 건가?!"

카롤리느의 외침.

하지만 빌렌도르프의 이름 모를 기사는 동요하지 않았다.

"조금 전에도 말했지. 저 아름다운 야수는 국경선을 넘지 않았다고. 그저 너를 기다리고 있다."

기다린다.

누구를?

명확했다.

"네가 이 빌렌도르프에서 쫓겨나 자신에게 도전하기를 기다리는 거다."
쫓겨난다.
빌렌도르프는 카롤리느를 받아들이지 않는다.
"무슨 말이냐! 내 망명에는 가치가 있다. 내가 안할트 왕국의 정보를 얼마나 쥐고 있는지!"
"네가 안할트 왕국의 정보를 얼마나 갖고 있든 그건 모르지. 어쩌면 우리에게도 가치 있는 것일 수도 있지. 큰 가치가 있는 정보일지도 모른다."
하지만──.
빌렌도르프의 기사는 부정하는 말을 읊으며 고개를 저었다.
"저 기사는, 우리나라에서는 아름다운 야수라고 불리는 저 남자는 너를 그저 기다리고 있다. 이름이── 카롤리느라고 했던가? 너와 결투하고 싶어 한다. 우리는 그걸 방해할 마음은 없다."
"어째서지? 파우스트 폰 폴리도로를 쓰러트리고 싶지 않은 건가?"
"국경선을 넘지 않은 자는 적이 아니다. 무엇보다."
빌렌도르프의 기사는 심지어 동경하기까지 하는 눈으로 파우스트를 보았다.
"우리 레켄베르 기사단장을 처절한 사투 끝에 쓰러트린 저 아름다운 야수를. 기사와 병사 십수 명으로 포위해서 치라는 말인가? 우리를 모욕하는 건가?"
야만족의 감성.
강함을 아름다움으로 느낀다.

그리고 파우스트는 이들 빌렌도르프의 기사에게는 무엇보다도 아름다운 기사였다.

이들이 강한 남자를 보는 가치관, 근육질인 남자를 선호하는 가치관.

그렇게 본다면 파우스트는 빌렌도르프에게는 이 세상에서 가장 아름다운 기사라고 할 수 있었다.

그런 상대를 포위해서 치라는 건 빌렌도르프의 미학에 어긋나는 소리였다.

야만족 같으니!

카롤리느는 가까스로 그 말을 삼켰다.

다만 지면을 주먹으로 쳤다.

"……나에게 뭘 요구하지?"

"파우스트 폰 폴리도로를 쓰러트려라. 저 아름다운 야수를 쓰러트려라. 그러면 우리 빌렌도르프는 너를 기꺼이 맞이하겠다."

빌렌도르프는 카롤리느가 저 파우스트를 꺾는 건 전혀 기대하지 않는다.

그저 보고 싶은 것뿐이다.

그녀들 기사가 경의를 표하는 아름다운 야수가 실력을 발휘하여 카롤리느를 쓰러트리는 모습을.

"알았다."

여기가 종언인가.

그래, 나에게는 어울리는 결말이다.

카롤리느는 웃었다.

그렇게 빌렌도르프의 국경선에서 떠나 다시 안할트 왕국 국경선으로 돌아왔다.

아아——.

전부 잃었다.

전부 다 잃어버렸다.

제 목숨조차 이로써 잃어버릴 것이다.

이로써 정말로 끝이다.

카롤리느는 스스로를 향해 흐릿한 미소를 지었다.

그러고는 파우스트에게 똑바로 달려왔다.

파우스트는 무뚝뚝한 분위기로 입을 열었다.

"도망칠 수 있다고 생각했나?"

파우스트는 신기하다는 듯 물었다.

"빌렌도르프가 남자들이나 소년들이 없는, 재화가 없는, 충성심 강한 정예들이 없는, 오직 너 하나를 받아들일 줄 알았나?"

"……."

나는 침묵으로 대답했다.

그리고 핼버드를 거머쥐었다.

조금이라도 유리한 조건을 확보하고자 머리를 굴렸다.

"말에서 내려다오, 파우스트 폰 폴리도로. 나도 내리겠다."

"좋다."

두 사람 다 말에서 내렸다.

카롤리느는 마상 전투에는 자신이 없었다.

그러나 이렇게 땅에 선다고 해도 눈앞에 있는 분노의 기사에게 이길 자신은 없었다.
하지만 질 수는 없다.
그냥 질 수는 없다.
상처 하나쯤은 남기고 싶었다.
빌렌도르프가 아름다운 남자라고 부르는 이 남자에게.
파우스트 폰 폴리도로에게.
카롤리느는 이미 패배를 이해하고 있었다.
"네 무기는 그 핼버드면 되는가."
"그쪽이야말로 그 그레이트 소드면 되는 건가. 무기의 길이는—— 별 차이 없군. 뭐야, 그게."
카롤리느는 조금 웃었다.
파우스트가 든 그레이트 소드의 길이는 무척 길어서 핼버드처럼 길었다.
의장용처럼 실용적인 크기가 아닌 무기로, 2m가 넘는 파우스트의 키와 비교해도 명백히 길었다.
그 도신에는 기묘한 마법 각인이 새겨져 있었다.
어딜 봐도 양손검인 그것을 파우스트는 한 손으로 다뤘다.
이것이 왕국 최강의 기사인가.
카롤리느는 이미 모든 것을 포기했다.
그래도 저항하는 건 무엇 때문일까.
영주가 되고 싶다는 비원(悲願), 유일한 보물이라고 할 수 있는 외동딸, 정말로 죽을 때까지 따라와 준 병사들.
이미 카롤리느에게는 아무것도 남지 않았다.

"웃지 마라. 선조 대대로 이어받은 무기라고."
"실례했군."
짧은 대화.
그 대화를 마치자 카롤리느는 파우스트를 향해 일격필살의 핼버드를 휘둘렀다.
카롤리느는 절대 약하지 않다.
오히려 명확한 강자이기도 하다.
이 세상에 적잖이 존재하는, 초인의 단계에 발을 들여놓았다.
하지만 카롤리느와 파우스트 사이의 역량 차이는 누가 봐도 뚜렷했다.
……정신을 차렸을 때는 카롤리느의 배가 판금 갑옷째로 파우스트의 검에 찢겨나간 뒤였다.
"……."
카롤리느는 그 자리에서 소리도 없이 멈췄다.
이미 죽는다는 건 알고 있었다.
상상했던 것이 현실이 되었을 뿐이다.
"무언가 유언은 있나? 미련이 있는가? 카롤리느."
파우스트는 끝난 결투 상대를 향해 연민의 말을 건넸다.
카롤리느는 마지막으로 간신히 한 마디를 중얼거렸다.

"……마르티나."

교수형을 당해 죽었을, 외동딸의 이름이었다.

파우스트는 그 이름을 듣고 마음에 새겼다.

배에서 내장을 흘리며 바닥으로 쓰러진 카롤리느.

파우스트는 그 모습에 약간의 공허함을 느꼈다.

"마지막 말 같은 건 듣는 게 아니었어."

여자의 이름.

목소리로 판단하건대 아마도 어린아이를 부르는 듯한, 소녀의 이름.

이젠 어떻게 할 수 없는 말일 것이다.

그런 말을 듣는 건 괴로운 일이었다.

그런 생각을 하는 사이에 파우스트는 카롤리느의 목을 가지고 돌아가야 한다고 판단했다.

목을 잘라 지참했던 천으로 감싸서 왼손으로 정중히 들었다.

문득 정신을 차리자.

빌렌도르프 국경선 너머에 빌렌도르프의 기사와 병사들이 서 있는 게 보였다.

"아름다운 결투였다. 아름다운 야수여. 언젠가 전장에서 보자!!"

그렇게 외치며 자기들의 요새로 돌아가는 빌렌도르프의 기사들.

파우스트는 상대방에게 들리지 않도록 조용히 대꾸했다.

"너희들 야만족을 상대하는 건 다시는 안 해."

이기냐 이기지 못하냐의 문제가 아니다.

빌렌도르프 전쟁은 파우스트에게는 트라우마같은 것이었다.

기사 한 명 한 명이 안할트 왕국보다 강했다.

특히 레켄베르 기사단장은 정말로 강했다.

파우스트가 그때 20살이 아니라 19살 정도였다면 졌을 것이다.

승패를 가른 건 고작 1년 치의 경험과 훈련 차이에 불과했다.

하지만 이겼다.

그 사실만큼은 아무도 부정하지 않을 것이다.

파우스트는 일단 카롤리느의 망명을 거부한 기사들의 등을 향해 꾸벅 머리를 숙인 뒤.

빌렌도르프 국경 근방에서 다시 전장의 음악 속으로 돌아가기로 했다.

"어디, 목표는 달성했고. 하지만……."

피해가 얼마나 나왔을까.

우리 영지민의 훈련 상태를 보면 목숨은 괜찮을 것이다.

하지만 민병은?

그리고 친위대는?

그 피해 상황은 아직 판명되지 않았다.

파우스트는 혀를 찼다. 그 상냥한 발리에르 제2왕녀님이 전장의 현실을 마침내 알게 된다.

그걸 생각하자 마음이 조금 아팠다.

제16화 드림 이즈 뷰티풀

파우스트와 카롤리느, 주역들이 떠난 전장에서.

제2왕녀 친위대는 각자 킬 스코어를 올리기 시작했다.

파우스트가 뒤로 물러나게 한 민병들은 후방에서 휴식.

대신 헬가를 비롯한 폴리도로 영지민 20명과 친위대 15명이 전선에 서 있었다.

현재 남은 카롤리느의 정예 영지민은 20명 미만.

카롤리느의 영지민은 정예라고는 해도 혼자서 둘을 상대해야만 하는 상황에 빠졌다.

폴리도로 영지민은 헬가의 지휘를 따라 친위대를 엄호하면서 적절히 움직이고 있었다.

솔직히 말해서 전장은 끝이 보이기 시작했다.

하지만 그런 상황을 파악하고 있긴 해도 싸우는 당사자들은 필사적이었다.

"죽였다! 다음!"

"바로 측면 엄호로 들어가! 친위대라면 한 명도 죽지 마라!"

친위대장 자비네의 외침.

고작 한 명의 목숨을 거둔 뒤 자비네는 그대로 후방으로 가서 친위대를 지휘했다.

내 옆에는 마찬가지로 킬 스코어를 번 뒤 나를 호위하는 친위대가 딱 한 명 남아있다.

"공주님, 편치 않으신 모양입니다."
남아있는 친위대원 한나가 내 안색을 보며 중얼거렸다.
"……민병이 여럿 죽었어. 10명이 넘었을지도 몰라. 파우스트가 그렇게 노력했는데."
"어쩔 수 없습니다."
한나는 냉혹하다고도 느껴지는 목소리로 말했다.
"이곳은 전장이니까요."
"전장……."
그래, 여기는 전장이다.
알고는 있다.
직할령에서 집요하게 고통받은 목 없는 시체를 봤을 때부터 그건 이해하고 있었다.
이해하지 못했던 건, 분노의 기사라고 불리는 파우스트가 비현실적일 만큼 강하다는 것과.
내가 이 죽음의 절규와 승리의 함성과 검극이 부딪치는 소리가 울리는 전장의 음악에 적응하지 못한다는 것.
그 두 가지다.
솔직히 말해서 무섭다.
나를 뒤덮은, 이 겁 많은 얇은 껍질은 이 전장에서도 아직 벗겨지지 않았다.
누군가가 나를 노리는 게 아닐까.
누군가가 내 목숨을 노리고 습격하지는 않을까.
전선에서 조금 떨어진 후방에 있는데도 그 두려움은 흐려지지 않는다.

"친위대는—— 내 친위대는 아무도 안 죽었지?"

"저희 친위대는 그렇게 약하지 않습니다. 이래 봬도 블루 블러드니까요. 평민과는 기술도 무장도 다릅니다."

한나는 나를 달래듯이 말했다.

실제로 아직 한 명도 잃지 않았다.

제2왕녀 친위대는 발리에르가 생각하는 것보다 훨씬 강했다.

첫 출진이라 처음에는 애를 먹었지만, 한 번 죽여본 뒤부터는 평소 훈련하던 때처럼 움직일 수 있게 되었다.

이대로 끝나면 좋을 텐데.

그렇게 생각한 순간 한 여자가 친위대와 폴리도로 영지민이 포위한 적진 안에서 뛰쳐나왔다.

들고 있는 무기는.

크로스보우.

그 파우스트가 교회의 지적을 무시하고 사용하는, 강력하고 무자비한 무기.

"——찾았다! 네가 총지휘관이구나!"

크로스보우를 든 여자는 머리를 크게 맞은 건지 피를 흘리고 있었다.

그 눈이 분노로 물들어있다.

나는 겁을 먹고 우두커니 서 있기만 했다.

"후방의 안전권에 있는 줄 알았는데 별안간 적의 정예병이 습격하는 일이 있습니다."

언니가 알려준 첫 출진을 위한 마음가짐.
그 말이 뇌리를 스쳤다.
"그 목숨, 길동무로 삼아주마!!"
크로스보우의 사선(射線).
그 안에 내가 들어가 있다.
죽는다.
나는 꼼짝도 할 수 없었다.
"발리에르 님!!"
옆에 있던 한나가 나 대신 크로스보우의 사선에 끼어들었다.
무거운 방아쇠를 당기는 소리가, 들렸다.
고기방패가 되어버린 한나가 장비한 체인 메일의 앞면과 뒷면, 두 번 뚫리는 소리.
한나의 몸이 크로스보우의 화살에 꿰뚫렸다.
한나는 그대로 바닥으로 쓰러졌다.
"한나!"
나의 절규.
바로 한나에게 달려갔지만, 반응은 없다.
완전히 의식을 잃었다.
"이 자식!"
나는 크로스보우를 든 여자를 노려보았다.
여자는 소름 끼치는 얼굴로 씩 웃었다.
그러고는 두 팔을 벌리며 중얼거렸다.
"여기까지인가. 죽여라!"

"당연히!!"
나는 검을 빼 들고 크로스보우를 든 여자에게 달려갔다.
그 감정은, 친위대가── 한나가 쓰러졌다는 분노로 가득했다.
격양이었다.
"네가. 네가. 한나를!!"
난생처음으로 느끼는 격양이었다.
겁 많은 껍질 같은 건 이미 잊힌 것처럼 벗겨졌다.
우선은 눈을 파헤쳤다.
다음 일격으로 귀를 잘랐다.
쓰러진 여자의 얼굴을 짓밟아 이를 부러트렸다.
이윽고 여자는 꿈쩍도 하지 않게 되었다.
그 몸뚱이에, 가슴에 힘차게 검을 꽂아 마무리 일격을 가했다.
"네가── 네가 한나를."
이윽고 냉정함이 돌아온 발리에르는 지금 자신이 사람을 죽였음을 자각했다.
킬 스코어, 1.
그런 건 아무래도 상관없었다.
"한나!"
피투성이가 된 검을 들고 한나가 쓰러진 후방으로 달려가는 발리에르.
그 다리는 지금 막 사람을 죽였다며, 간신히 흥분에서 깨어난 듯 바들바들 떨리고 있었다.

※

그녀는 꿈을 꾸고 있었다.

어린 시절의 꿈이었다.

'남자아이를 원했는데'라는 말을 수도 없이 들었다.

아버지에게도, 어머니에게도, 자매에게도.

남자아이가 그리 쉽게 태어나는 세계가 아닌데도.

태어나는 건 고작 10명 중 1명뿐.

자신은 그럭저럭 고귀한 핏줄, 세습 귀족 집안에 태어난 넷째―― 즉, 필요 없는 아이였다.

스페어의 스페어의 스페어.

아무도 기대하지 않는, 필요하지 않은 아이였다.

그렇기에 푸대접을 받았다.

기사 교육도 일단 받긴 했지만 한 번이라도 실수하면 멍청하다면서 바로 혼내고 바로 그만두게 했다.

그렇기에 어중간한 기사 교육이 되었다.

하지만 검술과 창술만큼은 신기하게도 잘했다.

어떤 언니보다도. 나이 차이도 무시하고.

그렇기에 반대로 질투 받았다.

식탁에서는 내 식사는 항상 다른 언니들보다 메뉴가 하나 적었다.

뭐, 그건 괜찮다.

어린 시절에는 좋은 추억 같은 건 없다.

이윽고 14살이 되자 나는 가문에서 추방당하듯 내보내졌다.

"지금부터 너는 제2왕녀 발리에르의 친위대가 되는 거다."

감사한 이야기다.

이제 너희들과, 미운 가족과 얼굴을 맞대지 않을 수 있다.

이미 가족에게 애정 같은 건 없었다.

미운 적이었다.

나는 왕궁에 가서 기사로서 의식을 치렀다.

처음으로 만난, 발리에르 제2왕녀.

나보다 4살 어린 10살이었다.

하지만 이쪽도 기사 교육 같은 건 어중간하게 받은 14살이다.

기사 서임식을 제대로 치를 수 있을까.

솔직히 불안했다.

"교회, 과부(寡夫), 고아, 혹은 이교도의 패악을 거스르며 신에게 봉사하는 모든 자의 보호자이자 수호자가 되기를."

발리에르 제2왕녀의 축복.

그리고 어깨를 두드리는 검.

"……."

말이 나오지 않았다.

솔직히 생각나지 않았다.

뭐라고 대답하는 거였더라?

사실 내 사고능력은 침팬지 수준이다.

내가 침묵하자 제2왕녀 발리에르 님이 쿡쿡 웃었다.

"괜찮아, 대답 안 해도 돼. 나도 스페어, 너도 스페어. 앞으로

같이 열심히 하자."

발리에르 님은 기사의 맹세도 만족스럽게 하지 못하는 나를 향해 조용히 미소지었다.

그 후로는—— 즐거웠다.

즐거웠다는 말밖에는 할 말이 없었다.

그동안 살았던 14년은, 그 뭐라 말할 수 없는, 마치 악몽 같던 14년 같은 건 흐릿해질 정도로.

친위대는 다들 또라이다.

친위대는 다들 기분 좋을 정도로 또라이들뿐이었다.

나는 제2왕녀 친위대에서 처음으로 동료, 친구라는 걸 인식했다.

동시에 나 같은 또라이가 이렇게 많이 있었다는 복잡한 기분도 들었지만.

다만, 친위대장 자비네는 심했다.

특히 심했다.

우리와 마찬가지로 최하계급인 일대 기사.

그런 주제에 연설을 가장 잘하는 자기가 대장이 되겠다며 고집을 부렸다.

이론이 뭐 그래.

너무 고집불통이라 부정하려고 하면 발광하니까 발리에르 님이 눈물을 머금고 꺾여주었다.

"나는 사실 한나, 너를 친위대장으로 세우고 싶었어."

발리에르 님의 그 말이 기뻤다.

집에서는 칭찬받은 적이 없었으니까.

아아, 자비네 녀석은 정말로 심했다.
언제였더라. 시동의 탈의실을 훔쳐보자는 계획을 꺼냈다.
나는 반대하려고 했다.
하지만 못했다.
그때 16살의 여자로서 남자의 몸에 관심이 없는 게 아니었다.
지식은—— 친위대장 자비네가 말하는, 어디서 손에 넣었는지도 알 수 없는 음담패설을 통해 가슴을 두근거리며 배웠지만.
실제 남자의 알몸 같은 건 본 적이 없었다.
"너도 관심 있잖아. 그렇지? 한나."
관심이 없다면 거짓말이다.
이윽고 우리 제2왕녀 친위대 15명은 우르르 뭉쳐서 시동의 탈의실을 훔쳐보러 갔다.
물론 들통났다.
애초에 15명이 집단으로 훔쳐보겠다는 게 무리가 있었다.
왜 아무도 막지 않은 거지.
우리의 지능은 침팬지 수준인가?
스스로도 그렇게 의심할 정도였다.
하지만.
그런 사건을 일으켜도 발리에르 님은 우리를 친위대에서 쫓아내지 않았다.
"내가 어머니께 머리 숙였어. 그걸로 이 문제는 끝, 이라고 하고 싶은데."
"끝내주시지 않는 겁니까?"

"끝날 리가 없잖아. 이 바보들아. 침팬지 같으니! 전원 거기에 무릎 꿇어!!"

친위대 15명 전원이 바닥에 무릎 꿇고 앉아 혼났다.

그건 좋은 추억이다.

어릴 때와는 다르다.

경애하는 발리에르 님께서 혼내주셨던, 마치 포상과도 같은 좋은 추억이다.

즐거웠던 나날.

한나는 꿈을 꾸고 있었다.

분명 발리에르 님은 여왕이 되지 못할 것이다.

애초에 다정한 그분에게 여왕은 어울리지 않는다.

그래도 괜찮다.

발리에르 님은 우리만의 주인이면 충분하다.

다른 사람은 아무도 필요 없다. 우리만의 주인님이다.

우리들, 제2왕녀 친위대 전원이 지금은 세습도 안 되는 최하계급의 가난한 기사지만.

언젠가 세습기사까지 계급을 올려서.

친위대 모두가 돈을 모아 항상 가는 싸구려 술집에서 술통 하나를 통째로 산 것처럼.

다 함께 어떻게든 블루 블러드 남편을 들이고.

아이를 낳고.

그렇게 뒤를 물려주고.

그리고, 그리고.

한나는 꿈을 꾸고 있었다.

하지만 꿈에서 깨야 하는 순간이 왔다.

남자의 목소리가 그녀를 깨웠다.

"중상자가 또 있습니다. 저는 그쪽을 치료하기 위해 영지민들을 지휘하겠습니다. 왕녀님께선 부디 그녀 곁에 계십시오. 뒷일은 제가 역할을 이어받겠습니다."

"한나가! 얘가 제일 심각해! 파우스트. 부탁이야, 파우스트! 얘를!"

"발리에르 제2왕녀 전하."

아아, 발리에르 님이 울고 있다

왜 우는 거지.

폴리도로 경이 무언가를 꾹 참는 표정으로 괴롭다는 듯 나를 보며 중얼거렸다.

"가신의 죽음을 지켜보는 것만큼은, 그 역할만큼은 주군의 의무입니다."

폴리도로 경이 그 말을 끝으로 말에 올라타 등을 보이며 떠나갔다.

뭐야.

죽는 건가. 나는.

이 꿈은 끝나버리는 건가.

그 현실을, 폴리도로 경과 발리에르 님의 대화를 듣고 이해했다.

"일어났어? 일어난 거지? 살 수 있는 거지? 한나."

"친, 위대―― 친위대가, 왕녀님을, 지키는 건, 당연합니다."

말이 잘 나오지 않는다.

어째서인지 너무 졸리다.

이대로 한 번 더 눈을 감고 잠들어버리고 싶다.

하지만 일어나 있어야지.

발리에르 님의 눈물을 어떻게든 그치게 해야지.

"발리에르 님."

"왜? 한나. 너는 진짜 바보야, 내 방패가 되다니. 그런다고 좋을 거 하나 없는데."

졸리다.

왜 발리에르 님은 울음을 그치지 않는 걸까.

"아니, 하지만, 이건 명예야. 명예로운 부상이니까. 어머니께 머리를 숙여서라도, 반드시 네 계급을 올려서, 더 좋은 생활을 하게 해줄게. 그래서, 그래서……."

더는 못 참을지도 모른다.

죄송합니다, 발리에르 님. 항상 혼날 일만 해서요.

아마 지금 잠들면 당신은 또 화내실 테죠.

그러니까 그 전에 한마디만——.

"저는. 발리에르 님을, 정말 좋아했습니다."

하다못해 이 마음만큼은 전하고 싶다.

나는 왕가에 충성심 같은 건 없다.

고귀한 핏줄인 기사로서는 부끄럽게도 그런 건 손톱만큼도 없다.

발리에르 님 개인을 좋아하기 때문에 충성을 맹세했던 거다.

아, 졸려.

눈을 감는다.

"한나! 눈 떠!!"

발리에르 제2왕녀의 애원하는 듯한 절규.

그 눈은 다시는, 뜨이지 않는다.

——한나는 마지막으로 가늘게 한 번 호흡한 뒤 영원한 잠에 들었다.

더는 꿈을 꿀 수 없다.

발리에르 제2왕녀가 눈을 뜨라고 화를 내는—— 비명 같은 울음소리가 주변 일대를 뒤덮었다.

제17화 양보할 수 없는 것

그로부터 하룻밤이 지났다.

민병으로 싸운 아내와 어머니의 시신에 울며 매달리는 소년들과 남자들.

하다못해 사망자를 이 이상 늘리지 않겠다며 영지민을 동원해 중상자 치료에 애쓰는 파우스트.

"울지 마, 한나는 의무를 다한 것뿐이다. 울지 마."

스스로를 향해 그렇게 중얼거리며 친위대에서 가장 사이가 좋았던 한나의 손을 붙들고 어젯밤 잠들 때부터 종일 그 손을 놓지 않는 자비네.

그리고 파우스트에게서 잠시 쉬라는 설득을 들은 나.

나는 한나의 죽음에서 아직도 벗어나지 못하고 있었다.

처음으로 사람을 죽인 충격에서도.

나는 모든 것을 잊어버리려는 듯── 파우스트의 배려로 잠시 혼자 있는 중이다.

물론 한나의 죽음에 충격을 받은 친위대는 전부 나를 지키려고, 동시에 일에 전념해서 무언가를 떨치려는 것처럼 주위를 경호하고 있지만.

주저앉아 온몸에서 힘을 뺀다.

"울지 마. 울지 말라고. 제발. 한나는 훌륭하게 의무를 다한 것뿐이니까."

자비네가 어젯밤과 마찬가지로 한나의 손에 뺨을 비비며 울었다.

자비네가 스스로를 필사적으로 타이르려고 하는 말은 전부 무의미했다.

아마 자비네는 이번 전투를 후회하고 있으리라.

그녀가 민병을 부추기지 않았다면, 전투를 벌이지 않았다면 한나는 죽지 않았을 것이다.

하지만 그건 결과론이다.

한나가 죽지 않는 결말은 작은 마을에서 살던 사람들을 모두 못 본 체하고 도망쳤을 때, 철수했을 때일 뿐이다.

친위대 중 누구도, 나도, 자비네가 한나를 죽였다고 생각하지 않는다.

그토록 사이가 좋았던 한나를.

한나와 자비네는 유일무이한 친구였다.

이미 말따윈 무의미해진 자비네의 눈물이 한나의 손을 계속해서 적셨다.

나는 그 광경을 멍하니 보면서 막지 않았다.

울어.

마음껏 울어줘.

나는 이미 전신의 수분이 쏙 빠져버린 것 같다고 느낄 만큼 울었으니까.

나 대신 자비네가 울어줘.

그렇게 생각했다.

나는 그 광경을 바라보며 그런 생각을 했다.
멀리서 희미하게 소리가 들린다.
말 울음소리, 말발굽 소리, 사람의 발소리.
군화 소리.
나는 무심코 일어나 가장 든든한 상담역의 이름을 불렀다.
"파우스트! 빌렌도르프일지도——."
"아뇨, 공주님. 빌렌도르프가 아닙니다."
파우스트는 침착했고, 목에 걸고 있던 쌍안경.
——카롤리느에게서 노획한 전리품.
그것을 사용해 소리가 들리는 방향을 보았다.
"저건 아스타테 공작의 깃발. 지원군입니다."
오는 게 늦었다.
하루만 더 빨랐다면, 한나는.
한탄에 불과하다는 건 안다.
가정에 불과하다는 것도 안다.
제때 오지 못해도 어쩔 수 없었다는 것도 알고는 있다.
하지만 그런 생각을 안할 수가 없었다.
나는 생각했다.
뭘 해야 할까.
"파우스트. 번거롭게 하는 것 같지만 미안해. 나는——."
파우스트에게 판단을 구하려고 하다가.
그만뒀다.
어째서인지 스스로 하고 싶었다.

"파우스트, 명령이야. 지금부터 안할트 왕국 제2왕녀 발리에르로서, 이 전투의 승리자로서 지원군을 맞이하겠어. 준비해."

"——알겠습니다."

파우스트가 무릎을 꿇고 나에게 예를 갖추며 대답했다.

뭐야, 결국 파우스트에게 맡기는 건 마찬가지잖아.

차이는, 부탁인지 명령인지뿐이다.

하지만 다르다.

부탁과 명령은 크게 다르다.

나는 지금까지 파우스트에게 부탁하고 매달리기만 하는 인물이었다.

마음속으로 그렇게 중얼거리며.

나는 아스타테 공작을 맞이하기로 했다.

파우스트가 지방관에게 지원군이 왔다는 사실을 알리고, 민병들과 포로들을 한곳에 모아놓으라고 명령했다.

반대로 중상자는 앞쪽에 둬서 한시라도 빨리 위생병이 치료할 수 있도록 준비.

다음으로 폴리도로 영지민에게 지원군을 맞을 준비를 하도록 종사장인 헬가를 불러서 진행했다.

나는 하다못해 내 지휘하에 있는 친위대에게 맞이할 준비를 하라고 명령하기 위해.

친위대는 전원—— 자비네는, 제외하고.

그 녀석에게는 시간이 필요하다.

나와 마찬가지로, 이겨낼 시간이.

자비네는 한나의 시신을 지키라는 임무를 주었다.

친위대장의 복귀를 포기하고 대신 친위대 중 한 명에게 친위대장 대리를 명령했다.

원래 한나와 마찬가지로 친위대장 후보로 꼽았던 대원이다.

내 친위대의 평균 수준이 수준인 만큼 도저히 괜찮다고는 말할 수 없지만.

그래도 시켜야만 한다.

지원군에서 한발 먼저 소식을 알리러 보낸 척후병.

그 병사가 말을 타고 도착했다.

"우리는 아스타테 공작군, 지원군으로서 찾아왔다. 상황을 확인하고 싶다!!"

"내 이름은 제2왕녀 발리에르! 전투는 끝났다. 카롤리느는 내 상담역 파우스트 폰 폴리도로가 훌륭히 숨을 끊어놓았다! 적군은 전멸! 지금은 전후 처리 중이다. 자원하여 협력해준 민병에 중상자가 있다! 위생병은 있을 테지!"

나는 그녀를 향해 소리쳤다.

척후기사는 당황하면서도 내 말에 대답했다.

"네, 네. 상황은 확인했습니다. 저희 아스타테 공작군은 앞으로 30분이면 도착합니다. 위생병도 있습니다. 잠시 기다려주십시오! 저는 상황을 보고하러 돌아가겠습니다."

척후기사가 말머리를 돌려 점점 다가오고 있다는 아스타테 군을 향해 달려갔다.

나는 후우 숨을 내쉬고 아스타테 공과 만날 생각을 하며 진저리를 쳤다.

그 눈이 무섭다.

나를 범재라고, 대놓고 싫다고 호소하는 그 눈이.

아스타테 공작은.

재능 없는 블루 블러드를 몹시 싫어한다.

그건 공공연한 현실이었다.

자, 그럼. 지금의 나는 어떨까.

수적으로 불리한 전투에 임해 국민—— 민병 중 10명의 사망자가 나왔고 친위대 중 1명을 잃었으며 파우스트를 혹사시켰다.

그래도 승리했다.

결과로 본다면 블루 블러드로서는 부족함 없는 결과다.

고작 그 정도의 희생으로 승리했다.

참으로 대단하다고 주변에서는 칭찬해줄 것이다.

하지만 나는 그걸 인정할 수 없었다.

나 자신이, 발리에르 제2왕녀라는 인물이 그 결과에 적합하다고 생각하지 못한다.

그런 나를 아스타테 공작은 어떤 눈으로 볼까.

불안했다.

무서웠다.

제1왕녀 상담역.

그 자리를 자청한 아스타테 공작의 눈을 보고 있노라면. 내가 내 가치를.

그 존재 의의를 의심받고 있다는 느낌이 들어서.

――안 돼.

나는.

나는 그 아스타테 공작에게 맞서야 한다.

적대하는 건 아니다.

그 눈을 똑바로 응시할 수 있는 존재가 되어야만 한다.

이 감정은 뭘까.

어디에서 솟아나는 감정인 건지, 그건 알 수 없지만.

막연하게 그렇게 생각했다.

※

아스타테는 발리에르 제2왕녀가 아주 싫었다.

범재니까.

평민이라면 괜찮다.

용서할 수 있다.

귀족이면서 범재인 건 아스타테가 가장 싫어하는 생물이었다.

"자원 민병 10명, 친위대―― 기사 1명의 희생으로 적의 정예 70명과 산적 30명, 총 100명을 섬멸했다."

아스타테는 보고서에 펜을 놀린 뒤 그 종이를 뜯어냈다.

"이거 리젠로테 여왕님께 파발로 전달해드려."

"알겠습니다."

아스타테의 측근이 머리를 조아리며 그 보고서를 받았다.

아스타테 공이 설치한 진영 내부.

그곳에서는 병사들이 분주히 돌아다니며 민병들을 치료하고 있었다.

부하 기사는 전부 나를 경호하고 있다.

"자 그럼, 발리에르 제2왕녀 전하. 첫 출진 결과 훌륭한 전적을 남기셨습니다. 기분은 어떠신지?"

"……전부 민병들과 친위대, 그리고 무엇보다 파우스트 덕분이지. 나는 아무것도 안 했어."

"뭐, 그렇겠지만."

선뜻 고개를 끄덕였다.

솔직히 말해 거의 파우스트의 전과일 것이다.

파우스트의 엉덩이를 구경── 아니, 민병 치료를 인계받을 때 파우스트와 대화해 보자 이번 전투에서 아마 40명 정도 죽였을 거라고 했다.

그 남자는 죽인 사람의 수를 일일이 세지 않기 때문인지 숫자를 적게 잡는 경향이 있으니까 확실하게 혼자서 반 넘게 죽였겠지.

그 분노의 기사가 적국 빌렌도르프에서 태어난 게 아니라 다행이다.

됐고.

잡생각을 멈추고 다시 발리에르의 얼굴을 보았다.

어디, 발리에르라는 범재는 이런 눈을 하고 있었던가.

나나 아나스타시아 앞에서는 무언가를 두려워하며 가만히 고개를 숙이는 소녀였는데.

흠.

조금 대화해 볼까.

"발리에르 제2왕녀. 작은 막사로 이동하자. 잠시 단둘이 대화하고 싶다."

"……알았어."

"물론 친위대는 막사 밖에 세워놔. 여기는 빌렌도르프의 국경선. 무슨 일이 일어날지 모르니까."

"그래."

나와 발리에르는 작은 막사에 들어갔다.

그리고 각자 조잡한 접이식 의자에 앉은 뒤 나는 발리에르에게 물었다.

"자기 대신 친위대가 희생. 그리고 그 원수를 갚기 위해 사람을 한 명 살인. 기분이 어때? 발리에르 제2왕녀."

"……누구에게 들은 거야?"

"파우스트. 부디 배려해달라고 몰래 머리를 숙이며 부탁하더군. 나 원, 파우스트는 친절하기도 해라."

나는 발리에르의 얼굴을 아래쪽에서 들여다보듯 바라보았다.

"물론 그 자리에서는 대답했지. 실제로 배려 같은 건 안 하지만."

파우스트에게 미움받는 건 죽어도 사양이다.

알겠다고 했다.

그렇게 해줄 수도 있다는 생각도 들었다.

하지만 마음이 바뀌었다.

나는 지금의 발리에르에게 흥미가 넘쳤다.

이 녀석, 조금 바뀌었다.

지금도 내 눈을 똑바로 바라보고 있다.

이따금 범재 중에서 이런 녀석도 나온다.

뭐가 바뀐 거지?

"실제로 겪어보니 어땠지? 사람을 죽인 기분은."

"한나는 나를 위해 자랑스러운 죽음을 맞았어. 나는 냉정하게 그 원수를 갚았고. 그 행위는 블루 블러드로서 부끄럽지 않은 의무였다고 봐."

"흠."

거짓말이군.

강한 척하고 있다.

아마 반쯤 광란에 빠져서 친위대의 원수를 쳤겠지.

아나스타시아조차 그랬다고 들었다.

빌렌도르프 전쟁── 첫 출진에서 갑작스러운 습격으로 혼란에 빠졌고, 친위대가 죽자 분노해서 반광란 상태가 되어 적을 마구 죽이고 다니는 바람에 일시적으로 나와 통신이 끊어졌다.

여왕 리젠로테의 첫 출진도 그랬다고 들었다.

나 자신도 첫 출진에서는 가신이 죽은 분노로 반쯤 미쳐서 적을 죽였다.

우리는 그런 핏줄이다.

"발리에르 제2왕녀 전하."

"왜. 어차피 친척인데 이 자리에서는 발리에르라고 불러도 돼."

"그럼 발리에르. 너는 이번에 파우스트 덕분이라고는 하나 훌륭한 전적을 남겼어. 이젠 제후들도 법복 귀족들도 그리 무시하진 못할 거다. 너는 앞으로 뭘 하고 싶지?"

묻는다.

장식용 스페어가 아니게 되어버린 발리에르에게 물었다.

너는 앞으로 뭘 하고 싶지?

뭘 원하지?

"……친위대."

"친위대?"

"그녀들을 전원 세습기사로 키워내겠어."

기묘한 대답이었다.

나는 네가 앞으로 뭘 하고 싶은지 물어본 거다.

부하의 미래를 물어보는 게 아니다.

"아니, 잠깐. 키운다고? 무슨 생각이지?"

"나는 여왕 자리에는 관심 없어. 될 수 있을 거라는 생각도 안 해. 걸맞다는 꿈도 못 꿔. 하지만 나에게도——."

발리에르는 주먹을 움켜쥐며, 그 꽉 쥔 손바닥 안에서 무언가를 발견한 것 같았다.

"나에게도 가신이 있어. 지금 순간까지 눈치채지 못했지만. 나 참 멍청하지. 당신이 범재라고 내려다보는 것도 무리가 아니야."

아하하. 메마른 웃음을 흘리며 발리에르는 대답했다.

"언젠가 언니가 여왕이 되고 나는 수도원에 가겠지. 그곳에서 내 인생은 끝. 계속 그렇게 생각했어. 하지만 나에게도 딱 하나, 양보할 수 없는 게 있었어."

"그건…… 뭐지?"

나는 몹시 흥미로워하며 그 대답을 기다렸다.

"그 애들만은── 내 친위대만은 키워낼 거야. 각지에 군역, 교섭, 그 외 잡일이든 뭐든 상관없어. 그녀들의 계급을 올리고 경험을 쌓게 해줄 수 있다면 뭐든 괜찮아. 그녀들의 지휘관으로서 나서며 블루 블러드로서 의무를 다할 거야."

이상한 여자다.

특이하게 성장했다.

아스타테는 순순히 그렇게 느꼈다.

우연 같은 공적을 거두고 욕망에 빠지는 사람이 있다.

가신들의 죽음을 너무 비통하게 여긴 나머지 미쳐버린 사람이 있다.

평민을, 영지민을 너무 사랑해서 그 상실에 견디지 못했던 사람이 있다.

블루 블러드란 그렇게 제법 비참한 말로를 걷는 자가 많다.

하지만 발리에르는 달랐다.

친위대의 미래 말고는 아무것도 필요 없다고 말한다.

오직 그것만을 위해 앞으로 블루 블러드로서의 도리를 다하겠다고 말한다.

물론 그 목표에 수반되는 블루 블러드의 의무는 그것을 위해서도 수행할 테지만.

이상한 여자다.

그런 말이 절로 나왔다.

정이 너무 깊으면 이런 식으로 성장하기도 하는 건가.

"발리에르 제2왕녀 전하."

"뭐야, 갑자기 정중하게."

"저는 솔직히 지금까지 당신을 아주 싫어했습니다."

그 말에 발리에르는 웃었다.

그런 것쯤은 알아.

그런 표정이었다.

"하지만 지금의 당신은 그 정도까지 싫지 않습니다."

"좋아하게 된 건 아니구나."

"블루 블러드인 왕족으로서는 아마도── 아니, 완전히 틀린 거니까요. 당신은 어디까지나 범재입니다."

그래. 나도 같은 생각이야.

발리에르가 웃었다.

발리에르는 아스타테의 말에 대답하지 않고 그저 미소만으로 긍정을 표했다.

정말로 특이하게 성장했다.

아스타테는 그렇게 생각하며 대화를 마치고 혼자 먼저 막사를 나왔다.

그리고 다시 파우스트의 엉덩이를 구경하러 가기로 했다.

제17.5화 왕도로 돌아가는 길

돌아가는 길은 어둡다.

공작군에게 사후 처리를 맡기고 우리는 보고하기 위해 왕도로 향했다.

파우스트와 내가 말을 타고 일행의 선두에 섰다.

뒤에는 내 친위대, 그리고 파우스트의 영지민들이 걷고 있다.

그 안에 딱 하나, 짐수레에 태운 시신이 있다.

제2왕녀 친위대 부대장, 한나의 시신이다.

"파우스트, 미안해."

"무슨 말씀이십니까?"

"행군이 늦어져서."

파우스트의 영지민들은 한나의 시신 이송을 도와주겠다고 했으나.

제2왕녀 친위대 전원이 말은 고맙지만 한나는 우리가 끝까지 데리고 가겠다고 고집을 부렸다.

전투에서 다쳤고, 또 첫 출진의 피로도 더해져 친위대가 짐수레를 미는 속도는 느렸다.

무엇보다 간헐적으로 자비네가 울음을 터트렸다.

대장인 자비네가 저 상황이고 부대장인 한나는 전사.

내가 정신 똑바로 차려야지.

오직 그 생각에 친위대원들이 싫어할 걸 잘 알면서도.

파우스트의 영지민들에게 한나의 시신 운송을 도와달라고 부탁하려 하자.

"잠시 기다려주십시오."

내 이야기를 들은 건지 못 들은 건지.

파우스트는 애마 플뤼겔의 등을 살짝 쓰다듬고 말에서 내렸다.

그러고는 달렸다.

"파우스트?"

어쩐지 가끔 주변에 시선을 주는 것 같긴 했지만.

길가에서 무언가를 발견한 건지 그 커다란 몸을 쭈그리고 앉았다.

손을 섬세하게 움직여 땅에서 무언가를 뜨는 것처럼 보였다.

천천히 몸을 일으킨 거한이 이쪽을 돌아보았다.

"꽃?"

그건 소박한 들꽃이었다.

이 첫 출진 승리 후라고는 부를 수 없는 어두운 여정에서 간신히 발견한 군생지였던 모양이다.

파우스트는 작은 들꽃을 가득 꺾었다.

커다란 보폭으로 천천히 걸어오더니 내 옆을 지나쳐 뒤쪽에 있는 부하들——.

친위대가 움직이는 짐수레 위, 한나의 시신 앞으로 걸어갔다.

"자비네 님."

한나의 시신을 실은 짐수레를 움직이는 사람 중 하나.

완전히 초췌한 얼굴인 자비네가 의아하다는 듯 대답했다.

"폴리도로 경. 그 꽃은."

"발리에르 제2왕녀 전하를 지켜드린 기사에게 마음뿐이나마 경의를. 괜찮겠습니까."

자비네는 침묵했다.

그리고 조금 고민하는 모습을 보인 뒤에 대답했다.

"……한나는, 한 번도 남자에게서 꽃을 받을 기회가 없었겠지. 좋다. 분명 기뻐할 거야."

"감사합니다."

파우스트는 감사의 인사말을 짧게 입에 담고.

두 손 가득 모은 들꽃을, 한나의 유골을 넣은 간소한 관에 한 송이씩 채워 넣었다.

그리고 전부 다 넣은 뒤.

"자비네 님, 마음 똑바로 잡으십시오."

"알아."

자비네는 마음이 조금 편해진 듯한, 그런 느낌으로 대답했다.

아아, 저런 부분이겠지.

내가 위정자로서 부족하고, 파우스트가 작은 영지이긴 하지만 훌륭한 영주 기사인 까닭은.

돌아가는 길이 늦어지는 것에만 정신이 팔린 나와 달리 파우스트는 그녀들의 마음을 편안하게 만들어주는 방법을 생각했다.

파우스트가 천천히 내 곁으로 다가왔다.

"그럼 다시 느긋하게 가도록 하죠."

나는 자비네와 마찬가지로 고맙다고 인사하려다가.

너무나도 작게 '고마워'라고 중얼거린 뒤 목소리를 지웠다.
파우스트가 눈치챈 것을 나는 눈치채지 못한 게 너무 부끄러웠기 때문이다.
잘났다고 고맙단 말을 할 자격이 나에게는 없었다.
그냥 애매모호하게, 지워버린 말을 대신하는 대답을 돌려주었다.
"……그래."
천천히 행군을 재개했다.
조금 전보다 속도는 빠르다.
짧게나마 휴식했기 때문이기도 하지만, 파우스트가 보인 행동 하나로 친위대의 기분이 많이 달라진 모양이다.
나는 이렇게는 못 한다.
"있잖아, 파우스트."
"말씀하십시오. 발리에르 님."
"파우스트, 내 상담역을 그만두고 언니 밑으로 가지 않을래? 그런 이야기가 나왔거든."
나에게는 꿈이 생겼다.
저 친위대를 제대로 키워낼 것이다.
뭐든 하고, 뭐든 시켜서 훌륭한 세습 기사로 만들 것이다.
하지만 그 꿈에 파우스트를 끌어들이는 건 미안했다.
"거절합니다."
파우스트는 아무렇지도 않게 대답했다.
"저는 이미 아나스타시아 제1왕녀 전하에게서 제안을 받았고,

그걸 한 번 거절했습니다."

"왜?"

돈이나 지위에서 오는 이득이라면 언니가 더 많이 줄 수 있을 텐데.

파우스트는 말을 이었다.

"이유는 많습니다. 하지만 지금은 발리에르 님이 신경 쓰인다는 것도 있죠."

"나에겐 아무것도 없어."

"이번 첫 출진 전에는 정말로 그랬을지도 모릅니다. 하지만."

파우스트는 애마 플뤼겔의 등을 슬쩍 쓰다듬으며 그 감촉을 즐겼다.

"전투가 끝나고 아스타테 공작께 하고 싶은 일을, 부하를 키우고 싶다고 단언하신 당신이 저는 싫지 않습니다."

"……아스타테 공작에게서 들은 거야?"

"공작군과 헤어지기 전에 전부."

파우스트가 내 얼굴을 보았다.

"저에게도 정이 있습니다. 발리에르 님, 저 파우스트는 사실 당신을 제법 경애하고 있답니다."

내 눈동자를 똑바로 바라보는 파우스트.

한 번 생긋 웃은 뒤 다시 전방으로 시선을 돌렸다.

나는 어딘가 민망한 기분이었다.

경애라.

반대로 나는 파우스트를 어떻게 생각하고 있을까.

그런 생각이 머리를 스친다.
처음에는 순수한 계약이었다.
모친의 자리를 이어받기 위해 여왕 폐하에게 알현을 요청하는 영주 기사의 요구.
거기에 약간의 금전적 보수와 상담역이라는 지위에서 오는 이득을 준다.
반면 파우스트는 나에게 영주 기사로서 공헌해준다.
그 정도의 관계.
표면적으로는 그 정도의 관계지만.
이 발리에르에게는 상당히 다른 점도 있다.
"아버지."
어머니나 언니도 어느 정도인지는 모르지만 파우스트에게 비슷한 감정을 품고 있을 것이다.
이 정도로 몸집이 크지도 않았고 얼굴도 다르다.
다정하다고는 하나 성격이 쏙 빼닮은 수준은 아니다.
하지만 비슷하다.
죽은 아버지, 로베르트를 무척 많이 닮았다.
아마 분위기가 그런 거겠지.
"……."
너는 아버지를 대신할 이를 찾아냈구나.
이전 왕궁에서 언니와 스쳐 지나갈 때 그런 말을 들은 적이 있었다.
그건 파우스트와 아버지가 너무 닮았다는 점을, 거기에 아직도 매달리는 나를 조롱하는 말이었겠지.

그러니까 내가 가져가겠다는 선전포고였던 건지도 모른다.

그때 나는 이렇게 생각했다.

파우스트만큼은 주고 싶지 않다고.

나는 조금 전 이 심정과는 모순된 말을 해버렸다.

언니 밑으로 가지 않겠냐고.

이 두 가지는 모순되지만 거짓은 아니다.

고작 나 같은 녀석에게 충성을 맹세해주는 바보 같은 친위대원 전원이 행복해지기를 바란다.

그리고 상담역인 파우스트도 마찬가지다.

"파우스트, 들어줄래?"

나는 파우스트에게 말을 건넸다.

"말씀하십시오, 발리에르 님."

파우스트는 조금 의아한 듯한 얼굴이다.

이야기가 모두 끝났다고 생각한 거겠지.

하지만 안 끝났다.

오히려 조금 시작되고 말았다.

"내 상담역은 너야. 앞으로도 잘 부탁해."

파우스트가 나에게 느끼는 감정은 단순한 경애겠지.

하지만 파우스트는 조금 전 분명히 나를 버리지 않겠다고 선언했다.

첫 출진에서 변해버린 내 성격은 조금, 욕심쟁이가 된 모양이었다.

"언젠가."
이뤄진다면, 언젠가.
"언젠가 너의, 파우스트의 영지인 폴리도로 령을 보고 싶어."
언젠가, 모든 게 끝나고 나면.
파우스트 곁에 있고 싶다.
장래에 수도원에 들어가 모든 게 끝나버리는 미래가 있다면.
발리에르라는 제2왕녀가 폴리도로 령이라는 작은 영주의 아내로 받아들여지는 미래도 있을지 모른다.
이번 첫 출진에서 생겨난 작은 정치력을 잘 굴린다면 가능할지도 모른다.
그런 꿈을 조금, 꾸고 말았다.
물론 내 귀여운 친위대보다 나를 더 우선할 수는 없지만.
"그렇습니까."
그런 내 속마음 같은 건 조금도 이해하지 못했겠지.
파우스트는 눈을 깜빡인 뒤 조금 난처해하는 얼굴이 되었다.
"제 영지는 유복하다고는 할 수 없어서 정말로 아무런 대접도 해드리지 못합니다만, 그래도 괜찮으시다면."
정말로, 아무것도 이해하지 못한 모양이다.
파우스트라는 남자는 정말로 둔감하다.
내 마음에 은밀히 싹튼 연모 같은 건 전혀 이해하지 못하니까.
"앞으로도 잘 부탁해."
그 말을 끝으로 입을 다물었다.
또 조용한 귀로가 시작되었다.

곧 왕도에 도착한다.

나는 한나의 장례를 수배할 수 있도록 묵묵히 절차를 따져보기 시작했다.

제18화 전후 처리는 지금부터

왕성 안을 걸었다.

나, 발리에르는 전장 처리를 마치고 왕도 안할트로 귀환했다.

물론 제2왕녀 친위대들—— 한나의 시신과 함께.

장례식은 친위대와 상담역인 파우스트와 나.

16명의 참석자들끼리 조용히 치렀다.

어머니가, 날 지켰으니 그에 맞는 격식을 갖추라며 법복 귀족 무관들——.

여왕 친위대를 포함한 인원들로 엄숙하게 치르자고 제안해주었지만.

그걸 한나가 기뻐할 것 같지 않았다.

나와 친위대들은 동료끼리 장례를 치르는 걸 바랐다.

한나는 그걸 가장 기뻐해 줄 거라고 생각했다.

무엇보다 규모가 커져서 상황을 보고 손바닥을 뒤집은 한나의 가족이 성묘하러 오는 건 한나는 절대 기뻐하지 않을 것이다.

오히려 화내겠지.

"자비네."

"말씀하십시오, 발리에르 님."

"한나 일은 털어냈어?"

옆에 있는 자비네에게 말을 걸었다.

자비네는 슬퍼하는 얼굴로 가볍게 고개를 저었다.

아직 완전히 회복하지는 못한 모양이다.
"공주님. 그 작은 마을의 직할령 사람들은."
"그건 네가 아는 대로 아스타테 공에게. 그리고 어머니께도 부탁드렸어. 걱정할 필요 없어."
자비네가 사지로 몰아넣은 자들.
중상을 입은 몸으로 민병을 지휘하며 블루 블러드로서 명예를 회복한 지방관.
살아남은 중상자를 포함한 민병 30명과, 구출한 남자들과 소년들.
그리고 10명의 시신은 아스타테 공이 운송해준다고 했다.
카롤리느가 갖고 있던 재화와 영지민의 무장은 전부 아스타테 공작이 회수했다.
나중에 직할령 귀족에게 보상으로 주어진다고 했다.
여자의 숫자는 줄어들고 말았지만 남자들과 소년들은 되찾았다.
앞으로 어머니의 명령을 받은 관료 귀족이 감소한 인구수에 맞춰 이주자를 모집해 매년 조금씩 상황을 보며 인구수를 늘려나가 작은 마을의 작은 행복을 되찾을 것이다.
죽은 사람들로 인한 슬픔이 치유될 때까지.
카롤리느가 파괴한 마을의 흔적이 사라질 때까지.
시간은 많이 걸릴 테지만.
"그렇습니까."
분명 자비네가 이겨내는 것보다 더 시간이 걸릴 것이다.
그 자비네는 이번에 계급이 두 계단 상승했다.

다른 친위대도 전부 한 계단씩 상승했다.
이번 공적만큼은 직할령을 공격해 남자와 소년을 납치하고 재화를 강탈, 심지어 빌렌도르프에 팔아넘겨 망명하려고 한 매국노——.
카롤리느 토벌 공적으로 적절하다 판단했다고 어머니가 말했다.
단, 자비네의 두 계단 상승에는 파우스트가 살짝 참견했다.
민병을 징병한 건 대장인 자비네의 공적이라고 들었다며 의아한 얼굴이던 어머니.
"그 상황에서는 최적의 해답이었습니다. 최적이었다는 건 결과로 보아도 명백하기는 합니다. 그건 인정합니다. 하지만 말씀드리고 싶은 게 있습니다."
파우스트는 자비네의 연설에 대해 본인이 생각했던 바를 솔직하게 이야기하며 지적했다.
어머니는 그 내용에 얼굴이 굳어졌고, 듣고 보니 나도 그건 블루 블러드로서 문제 발언이었다고 느꼈다.
하지만 승자가 곧 정의다.
어머니는 음유 길드에 명령해 자비네의 뜨거운 고무에 민병들이 자발적으로 지원했다는 영웅시를 만들어 이번 일은 적당히 덮어두겠다고 대답했다.
마땅한 다른 방법은 없다며 파우스트가 무언가를 체념한 듯한 표정은 지금도 생생하다.
그 결과, 자비네의 두 계단 상승은 변경되지 않았다.
다음은 진짜로 파우스트를 분노하게 만들지도 모르니까 자비네에게 말해놔야 한다.

물론 그렇게 하지 않아도 다시는 같은 일을 하진 않을 테지만.

자비네는 민병을 부추겨서 사망자를 만든 것을, 한나의 죽음을 진심으로 후회한다.

음유 길드의 명령으로 음유시인들이 왕도 내에서 부르게 될 그 날조된 영웅시를 들으며 한층 가슴 아파하지 않으면 좋겠지만.

분명 어쩔 수 없겠지.

자비네의 안색은 어둡다.

밤에 제대로 잠을 자지 못하는 걸까.

나도 가끔 그 전장의 소리나 내가 죽인 여자의 얼굴이 꿈에서 나와 벌떡 일어나는 일이 있다.

그것도 이윽고 시간과 함께 잦아들게 될까.

"……."

그러고 보면 이번에 파우스트가 세운 공적에는 어떤 포상을 받게 될까.

파우스트 없이 이번 승리는 없었다.

빌렌도르프 전쟁에서 파우스트는 그 커다란 공적치고는 조금 적은 금액을 포상으로 원했고, 어머니나 법복 귀족들에게 욕심 없는 남자란 말을 들었지만.

파우스트가 이번 공적으로 받게 되는 보상은 아직 공표되지 않았다.

아니, 잠깐.

혹시 내 세비에서 넉넉히 주지 않으면 문제가 되려나?

파우스트는 제2왕녀 상담역으로서 참가한 거잖아.

그러니까 내가 포상을 주는 게 당연한 거고, 그래서 어머니도 아직 아무 말씀도 없는――.

고개를 주억거렸다.

나에게 주어진 권한에서 나오는 적은 세비로는 파우스트가 만족할 법한 보수는 도저히 줄 수 없는데.

나중에 어머니에게 상담해야겠구나.

이번 일은 솔직히 국가 세비에서 내줬으면 좋겠다.

아니면 이 기회에 내 세비를 늘려주든가.

국가의 체면을 지켰으니까 그 정도는 괜찮잖아.

그렇게 바랐다.

그런 생각을 하며 왕성 복도를 걷고 있을 때.

"어라, 발리에르. 안녕하세요."

"언니. 어…… 안녕하세요."

나는 언니―― 아나스타시아 제1왕녀의 목소리에 발을 멈추고 그 안광에 굳어버렸다.

안 되겠어.

아스타테 공과는 시선을 마주칠 수 있었는데 언니에게는 아무래도 벅차다.

애초에 언니는 눈매가 정말 흉흉하다고.

그 파우스트조차 시선을 마주치는 걸 싫어하니까.

나도 무서워하는 것쯤은 용서해주겠지.

하지만 안 된다.

제2왕녀로서 친위대에게 부끄럽지 않도록, 블루 블러드로서 우뚝 서겠다고 결심했다.

시선을 마주쳐야 한다.

"발리에르, 인사 정도는 제대로 할 수 있게 되었구나. 아주 좋은 일입니다."

"그게…… 감사, 합니다?"

나는 당황했다.

지금 그건 언니가 조금은 나를 인정해주었다고 받아들여도 괜찮은 걸까.

"당신에게 조금 물어보고 싶은 게 있습니다."

"네."

언니가 나에게 물어보고 싶은 것?

그게 뭘까.

"제가 당신에게 가르친, 첫 출진을 위한 마음가짐은 도움이 되었습니까?"

"……."

첫 출진을 위한 마음가짐.

하나, 전장에서는 무슨 일이 일어날지 알 수 없다. 사전에 확보한 정보와 차이가 발생한다.

하나, 후방의 안전권에 있는 줄 알았는데 별안간 적의 정예병이 습격한다.

마지막 하나── 자신이 사랑하는 사람이 죽는 일조차 태연히 일어난다.

"전장은 전부 언니가 말씀하셨던 그대로였습니다. 하지만 도움이 되도록 활용하지는 못했습니다."

"그렇습니까. 파우스트나 아스타테가 각자 올린 보고는 읽었지만, 그렇다고 해도 너무 가혹한 상황이었던 모양이더군요. 신경 쓸 일은 아닙니다."

"아뇨, 제대로 활용하지 못해서 죄송합니다."

순순히 사과했다.

당시 언니의 심정은 잘 알 수 없었지만, 언니 나름대로 마음을 써주긴 한 것이었다.

"발리에르."

"네, 언니."

언니가 그 뱀 같은 안광으로 내 눈을 가만히 바라보았다.

"당신은—— 사랑하는 사람이 눈앞에서 죽어가는 상황에서도 냉정하게 대처할 수 있었습니까?"

"……아뇨."

아스타테 공에게는 강한 척을 했지만 이번에는 솔직하게 대답했다.

나는 그렇지 못했다.

그건 왕족으로서 실격인 걸까.

"그렇다면, 좋은 일이군요."

"네?"

나도 모르게 언니의 말에 눈을 부릅떴다.

언니는 무슨 말을 하고 싶은 거지.

"첫 출진에서 사랑하는 사람이 죽었을 때, 반광란에 빠져서 적을 향해 돌진하는 것. 그건 우리 핏줄의 특징입니다."

"……."

그래도 되는 거냐. 우리 집안.

본래 냉정하게 행동해야 하는 거 아니냐.

그야말로 긴급 사태니까.

"저는 솔직히 당신이 정말 같은 피를 이어받은 건지 의심했습니다."

"……."

언니는 그렇게까지 내가 싫었나.

싫어한다는 건 알고 있었지만.

솔직히 경악했다.

"하지만 아닌 모양이군요. 다시 봤습니다, 발리에르."

"가, 감사합니다."

이번에야말로 나도 확실히 알아들을 수 있도록 언니가 칭찬해주었다.

일단 뿌듯해해도 괜찮겠지.

그 내용은 솔직히 나에겐 미묘하게 들렸지만.

"이쯤에서 하고 싶은 말은 끝났다고 해주고 싶지만, 발리에르. 아직 남았습니다."

"네."

조금 가슴을 펴면서 대답했다.

이 분위기라면 그리 나쁜 말은 안 듣겠지.

"괜한 짓을 해주었군요. 당신의 공적 때문에 제 여왕 취임이 조금 미뤄졌습니다. 리젠로테 여왕 왈, 궁정 내의 균형을 생각하라십니다. 얌전히 도망쳐서 돌아와 주었다면 좋았을 것을."

무지막지 나쁜 말을 들었다.

내가 알 바냐고.

내 공적을 전력으로 부정하려 들지 마.

"발리에르. 죽으면 아무런 의미가 없습니다. 살아있어야 꽃도 피어납니다. 우리 왕족은 그 입장상, 최고 지휘관으로서 절대로 죽어선 안 됩니다. 당신이 만약 죽었다면 설령 전투에 승리했다고 해도 왕가는 첫 출진을 보좌하던 파우스트에게 어떠한 패널티, 벌을 주는 것도 고려해야만 했습니다."

"그건 압니다."

언니, 그 말을 해석하면 최종적으로 걱정의 대상은 내가 아니라 파우스트 아닌가.

그런 의구심이 들었다.

"그리고 마지막으로 두 가지."

"더 있습니까."

나는 솔직히 신물이 났다.

이 이상 일방적으로 몰리는 건 싫은데.

그런 생각을 했지만.

"먼저, 잘 살아서 돌아와 주었습니다. 내 동생."

나는 기뻐하기보단 경악했다.

언니의 입에서 그런 말이 튀어나올 줄은 몰랐다.

그 철가면 같은 언니가.

법복 귀족에게서 정말로 나와 같은 피가 흐르고 있는 건지 의심받는 언니가.

저 마귀 같은 시선으로 어린 시절부터 나를 노려보곤 하던 그 언니가.

이건 쾌거다.

쾌거 그 자체다.

"다음으로 발리에르. 제 상담역인 아스타테가 곧 직할령에 주민을 보내고 그 김에 추가 업무도 하고 돌아옵니다. 준비해놓으세요."

"준비? 추가 업무?"

나는 무심코 마음속 깊은 곳에서 온 힘을 다해 이건 쾌거라며 쾌재를 외치고 있었는데.

마지막 이야기에 의문을 느꼈다.

무슨 준비지?

추가 업무는 뭐고?

"전후 처리는 아직 끝나지 않았습니다. 이번에 당신을 몰아세운 가장 큰 원인, 매국노 카롤리느의 언니인 헤르마 폰 보셀. 가주 상속전에서 승리하고 보셀 령의 영주가 된 헤르마. 거기까진 좋습니다. 하지만 그때 카롤리느와 그 부하를 놓쳤죠. 결과 카롤리느는 산적을 지휘하에 흡수하여 우리 왕가의 직할령을 공격했습니다. 그 미흡함을 아직 추궁하지 않았습니다. 아스타테는 직할령에 들르는 김에 헤르마를 왕도로 연행해올 겁니다."

"……."

한나의 죽음에 충격을 너무 받아서 잊고 있었다.

그게 아직 남아있었나.

우리를 곤경에 몰아넣은 최대의 원인.

완전히 생각났다.

애초에 이번 원인인 지방 영주의 장녀 헤르마 폰 보셀에게 막대한 배상금—— 전쟁 비용 청구를 파우스트에게 의뢰받았다.

자기는 제 앞가림도 똑바로 못하는 영주 기사를 끔찍하게 싫어한다고.

그게 파우스트의 주장이었는데.

"물론 당신이 헤르마를 문책하는 건 아닙니다. 어머니, 리젠로테 여왕이 왕으로서 헤르마를 상대하죠. 하지만 당신은 관계자이자 그녀에게 피해를 받은 사람입니다. 결정에 불만이 있다면 의견을 제시할 자격이 있습니다."

"내…… 의견."

"그 죄와 벌의 심판은 알현실에서 법복 귀족과 제후, 혹은 그 대리인을 모은 자리에서 이뤄집니다. 바쁜 관계로 모든 사람이 참가하지는 못할 것 같지만요. 당신은 상담역인 파우스트와 동석하세요."

"알겠습니다."

마지막 발언을 마친 뒤 언니가 등을 돌려 복도를 걸어갔다.

나는 분노해야겠지.

그런 일이 없었다면 나는 평범한 산적 퇴치를 마치고, 아마도 친위대 전원과 함께 왕도로 귀환했을 것이다.

어디까지나 가정일 뿐, 전장에서는 무슨 일이 일어날지 알 수 없지만.

분노는 도무지 솟아나지 않았다.

그 증오의 대상이어야 할 카롤리느에게도 마찬가지다.

이미 모든 게 정리되고 말았다.

그런 기분이었다.

하지만 아직 끝이 아니다.

끝난 게 아니다.

"미안해, 파우스트. 영지에 돌아가고 싶을 텐데 미안하지만, 조금만 더 힘을 빌릴게."

나는 지금쯤 왕가에게 받은 저택에서 자기는 언제야 이번 보수를 받고 언제야 영지로 돌아갈 수 있는 거냐며 불평하고 있을 파우스트에게 마음속으로 사과했다.

제19화 헤르마 폰 보셀의 변명

알현실.

리젠로테 여왕이 옥좌에 앉아 있는 그 공간에서 법복 귀족과 제후들, 그리고 그 대리인들은 서로를 마주 보듯 서 있었다.

이 자리에는 헤르마 폰 보셀.

영지민 1천 명이 넘는 마을의 가주 상속전에서 승리한 지방 영주.

그 죄, 카롤리느를 놓친 실수를 처벌하기 위한 자리이다.

법복 귀족과 제후들은 파우스트의 견해로 말하자면 검찰과 변호인.

그런 입장으로 서 있었다.

법복 귀족은 이 기회에 문제를 일으킨 보셀 령을 없애고 싶다.

그리고 직할령으로 만들고 싶다.

그런 꿍꿍이였다.

법복 귀족들은 마치 검찰이다.

그 발언을 요약한다면 이렇다.

"보셀 령은 압수해야 합니다!"

제후들은 정반대였다.

아무리 주인이라고 해도, 아무리 군주라고 해도 리젠로테 여왕이 지방 영주를 없앤다.

과거에도 사례가 없던 건 아니나 전례를 늘리는 것만큼은 저지하고 싶었다.

자신들의 입장에서 생각해 본다면 이보다 더 막고 싶은 사태도 없다.

제후들은 마치 헤르마의 변호인이다.

그 발언을 요약한다면 이렇다.

"배상금을 폴리도로 경과 왕가에 지불하는 것으로 끝내야 합니다."

쌍방은 그런 서로의 입장을 인식하며 알현실에 마주 보고 서 있었다.

물론 그녀들의 생각을 리젠로테 여왕은 이해하고 있다.

"양측 모두 자중하라. 모든 것은 헤르마 폰 보셀의 변명을 들은 뒤에 결단하겠다."

위엄있는 목소리로 쌍방을 제지하는 리젠로테 여왕 폐하.

그 오른쪽에 서 있는 사람은 제1왕녀 아나스타시아, 그 상담역 아스타테.

그 왼쪽에 서 있는 사람은 제2왕녀 발리에르, 그 상담역 파우스트.

이로써 배우는 모두 모였다.

이제는 헤르마 폰 보셀의 등장을 기다릴 뿐이다.

어떤 변명을 내놓을 것인가.

어떤 말로 반론하여 영지의 피해를 막을 것인가.

기대됐다.

파우스트는 내심 은은한 희열을 느끼며 재판을 기다리고 있었다.

애초에 파우스트에게는 이번 군역은 마음에 안 드는 일투성이였다.

지방 영주인 헤르마가 놓쳐버린 카롤리느에 의한 첫 출진 규모 확대.

결과적으로 보면 어쩔 수 없었다고는 하나 자비네의 블루 블러드의 본분을 잊은 듯한 연설.

10명의 민병을 잃었고, 친위대 1명을 떠나보낸 전장의 결과.

무엇보다 카롤리느의 마지막 유언.

마르티나라는 이름이 누구인지는 사전에 아스타테 공작에게 들었다.

카롤리느의 외동딸이라고 했다.

불쾌했다.

역시 듣지 말았어야 했다.

지금쯤 교수형에 처해졌을 것이다.

아무것도 모를 어린아이가 죽는 것.

그게 블루 블러드의 아이라고 해도 그건 파우스트에게—— 전생의 가치관으로는 받아들일 수 없는 일이었다.

하지만 끝나버린 이상은 어쩔 수 없다.

자신은, 파우스트 폰 폴리도로라는 일개 변경 영주는 이미 아무것도 할 수 없다.

그렇게 생각했다.

역시 헤르마 폰 보셀은 심판을 받기에 걸맞은 인물이다.

아마도 제후의 변호로 영지 압수까지 가진 않을 테지만 나와 왕가에게 막대한 배상금을 내게 되겠지.
파우스트는 그런 결론을 내렸다.
"파우스트, 왜 웃는 거야?"
"이제부터 보셀 경이 물게 될 배상금, 그 보수를 기대하는 겁니다. 경멸하십니까?"
"아니, 파우스트에겐 그걸 원할 권리가 있어."
의외다.
발리에르 님은 내 생각을 선뜻 긍정했다.
조금 성장하신 모양이다.
첫 출진을 겪고 무언가 파악한 걸까.
그런 생각을 하는 사이에 마침내 이 심판의 자리에 당사자가 찾아왔다.
"헤르마 폰 보셀, 어전에 들라."
헤르마 폰 보셀.
카롤리느와 가주 계승 전쟁을 치르고 승리한 그녀의 모습이 나타났는데.
뭐라고 해야 하나── 병약.
그래, 딱 그런 모습이었다.
먼저 지팡이를 짚고 있다.
오른쪽 다리에 중상을 입은 상태였다.
아마 카롤리느의 공격으로 생긴 거겠지.
하지만 그것과는 별개로 헤르마의 모습은 병약함 그 자체였다.
얼굴은 창백하고 팔다리는 나뭇가지처럼 가느다랗다.

마치 죽음이 얼마 남지 않았을 때의 어머니 마리안느처럼.
이런 인간이 오래 살 수 있을 리가 없다.
그런 외모였다.
리젠로테 여왕도 그 외모를 보고 경악했다.
"헤르마여. 가주 계승 전쟁 때 카롤리느에게서 입은 상처가 아직 낫지 않은 것이냐?"
"……아닙니다, 폐하. 본래 이런 몸, 이런 외모였습니다. 실례했습니다."
헤르마가 그 병약한 모습으로 대답했다.
……용케 카롤리느의 손에서 도망칠 수 있었구나.
내가 느낀 의문을 리젠로테 여왕이 그대로 입에 담았다.
"너는 어찌하여 카롤리느에게서 도망칠 수 있었지? 보고로는……."
"죽어야 했습니다."
헤르마는 대답했다.
리젠로테 여왕 폐하는 그 대답에 경악했다.
"뭣?!"
"그대로 저 같은 건 동생── 카롤리느에게 죽어야 했습니다. 목숨이 아까웠던 나머지 저택에 설치해둔 세이프룸으로 도망쳐서 벌벌 떨며 가신들이 동생을 격퇴해주기를 기다렸습니다만."
헤르마가 그 병약한 몸과는 대비되게 열기가 깃든 말과 눈으로 중얼거렸다.
"저 같은 건 그대로 카롤리느에게 죽어버리는 게 최고의 결말이었습니다."

"잠깐, 헤르마. 나는 그대의 영지 사정을 모른다. 다른 자들도 마찬가지지."

리젠로테 여왕이 그대로 독백을 이어갈 것 같은 헤르마의 말을 막았다.

법복 귀족들이나 제후들, 혹은 그 대리인이 웅성거리는 소리가 들렸다.

"자세히, 더 자세히 사정을 듣고 싶구나. 보셀 령에 무슨 일이 있었지? 그것을 듣지 않고서는 판단할 수 없다."

"……그렇다면 제 영지, 그리고 제 수치를 말씀드리겠습니다."

헤르마는 여왕의 명에 따라 이야기하기 시작했다.

"애초에 제가, 이 장녀인 헤르마가 병약하게 태어난 것이 보셀 영지 최대의 불행이었습니다."

헤르마가 회상하듯 중얼거렸다.

"반면 차녀인 카롤리느는 튼튼한 몸으로 태어났습니다. 저 대신 영지민에게 사랑받았고, 영지민들 사이에 섞여서 통치해주었고, 그리고 16살 때부터 10년간 병약한 저 대신 종사들과 함께 군역을 수행해주었습니다."

카롤리느의 지휘로 있던 영지민의 충성심이 이상할 정도로 대단하긴 했다.

섬멸할 때까지 한 명도 도망치는 녀석이 없었다.

카롤리느를 빌렌도르프로 보내기 위해, 그것만 이뤄진다면 충분하다면서 필사적으로 싸웠다.

무심코 전장을 회상했다.
그리고 이해했다.
10년 동안 쌓은 관계.
그때 카롤리느를 뛰어난 인물이라고 느낀 건 착각이 아니었다.
"아마도 어머니도 본래는 카롤리느에게 가주를 물려주실 생각이셨겠죠. 저는 통치도 군역도 수행하지 못하니까요. 하지만 살아계실 때 그 생각을 공표하신 적은 없었습니다."
"어째서지?"
리젠로테 여왕의 물음.
정말이다.
왜 그랬지?
"지금 와서는 알 수 없습니다. 어머니는 갑자기 쓰러지시더니 그대로 돌아가셨기 때문입니다. 병약한 저를 불쌍히 여기셨던 건지, 카롤리느에게 저는 모르는 어떠한 문제가 있었던 건지. 생각해 보면 카롤리느의 군역에 가신들을 동행시키지 않고, 군역을 치르는 동안 영지를 통치하는 일을 맡기셨던 것도 신기했습니다. 저는 정말로 어머니의 마음을 이해할 수 없습니다. 생전에 후계자로 카롤리느를 지목하셨다면…… 이러한 일은."
공허하다고밖에 할 말이 없는 대답이었다.
모든 것은 미궁 속이라는 건가.
"저는 어릴 때부터 당연히 카롤리느가 가주를 이어받는다고 생각했습니다. 계승권은 파기하려고 했습니다. 거듭 말씀드리지만, 저는 통치도 군역도 수행하지 못하니까요. 하지만 카롤리느는 그렇다고 생각하지 않았던 모양입니다. 어디까지 자기는 스페어라고. 지금 와서는 아무리 후회해도 모자랍니다만, 그리 생각했던 모양입니다."

"가족 내에서 사전에 대화는 없었던 것이냐?"

또다시 리젠로테 여왕 폐하가 물었다.

"동생은, 카롤리느는 통치와 군역을 스페어인 자신에게 떠넘기는 병약한 장녀를 몹시 싫어했기 때문입니다."

헤르마가 슬프게 중얼거렸다.

외동아들이었던 나는 그런 사정은 모른다.

그런 식으로 느끼는구나 짐작할 뿐.

반대로 법복 귀족이나 제후 중 몇몇은 씁쓸함으로 가득한 표정이었다.

무언가 공감하는 점이 있는 걸까.

내 옆에 있는 발리에르 님도 같은 표정이었다.

……가주 싸움으로 인한 알력은 어느 집안에나 있다는 건가.

"어쨌거나, 지금 생각해 보면 카롤리느는 장래를 비관했던 모양입니다. 죽은 남편과의 사이에서 얻은 외동딸 마르티나의 앞날이 어떻게 될지. 카롤리느에게만 충성을 맹세하는 종사들과 영지민의 대우는 어떻게 될지. 영지민 1천── 그 이상인 보셀 령에서 그녀들은 정예이긴 했지만 소수파였습니다. 어쩌면 어머니의 죽음으로 인해 방해꾼은 제거당할 거라고 의심에 빠져버렸을 가능성도 있습니다. 어디까지나 추측에 불과합니다만."

"……."

리젠로테 여왕 폐하는 묵묵히 그 이야기에 귀를 기울였다.

헤르마의 독백이 끝나기를 그저 기다렸다.

"결국 제 어머니의 죽음과 함께 카롤리느는 폭발했습니다. 동생 카롤리느는 군역을 함께— 한솥밥을 먹으며 생사를 함께해 온 종사들, 영지민들과 힘을 합쳐 영주 저택을 공격했고."

"결과는?"

결과는 뻔히 알고 있지만 리젠로테 여왕 폐하가 물었다.

"먼저 말씀드린 바 그대로입니다. 저는 그때 죽었어야 했을 것을 목숨이 아까워 안전한 곳으로 도망쳤고, 이윽고 수적으로 우세한 가신 기사들과 병사들이 카롤리느의 세력을 어떻게든 밀어냈습니다."

헤르마가 진심으로 아쉽다는 듯 중얼거렸다.

"하지만 가신들의 그 행동은 충의가 아닙니다. 충의 같은 게 아닙니다. 그저 장녀가 뒤를 이어야 한다는 관례를 고집하고, 자신들 가신이 저 헤르마를 꼭두각시로 삼아 보셀 령을 자유롭게 지배할 수 있다는 욕망 때문이었습니다."

"……."

리젠로테 여왕 폐하는 더는 할 말이 없는 모양이었다.

그렇게 어리석을 수가.

그런 표정이었다.

그 앞에 어떤 미래가 있다는 말인가.

보셀 령의 인구는 결국 100명이 넘게 줄어들었다고 들었다.

군역을 수행해 온 정예 종사들과 영지민들.

그녀들을 잃고 앞으로 어떻게 군역을 수행할 생각이었나.

카롤리느를 밀어냈으니 가신들이 앞으로 담당하는 것도 불가능하지는 않겠지만.

그렇다고 해도 군역 경험자가 거의 제로에서 시작하는 셈이고, 무엇보다 70명이라는 인적자원을 잃었다.

반란이 일어난 시점에서 솔직히 막막했다.

보셀 령에 밝은 미래가 존재하는가?

리젠로테 여왕 폐하는 그런 표정을 짓고 있었다.

그걸 헤르마도 민감하게 감지한 듯했다.

병약하기는 해도 우둔하지는 않은 모양이었다.

"그곳에 미래는 없습니다. 하지만 사람이란 급한 상황이 닥치면 눈앞에 있는 것밖에 보지 못하는 법이라고 생각합니다."

헤르마의 발언.

실제로 보셀 령에서는 그런 일이 일어났다.

이야기는 계속된다.

"카롤리느는 저희 보셀 령에서 쫓겨났습니다. 그때 영주 저택에서 종사들과 영지민이 금품을 빼앗고, 마차를 두 대 빼앗아 군역을 함께한 종사와 영지민 70명이 보셀 령에서 도망쳤습니다."

"그 후 산적 30명을 흡수했다는 말인가."

"이야기를 들은 바로는 리젠로테 여왕 폐하께서 말씀하신 대로입——쿨럭."

헤르마가 기침했다.

쿨럭쿨럭 울리는 소리가 한눈에도 고통스러워서, 그 기침에 피가 섞여있다고 해도 나는 놀라지 않을 것이다.

실제로 비슷한 모습이었던 내 어머니 마리안느가 기침했을 때 피가 섞여 나왔으니까.

"실례했습니다."

"신경 쓰지 마라. 계속 말해 보아라. 천천히 해도 괜찮다."

"알겠습니다."

헤르마가 말을 이었다.

"산적을 흡수한 카롤리느는 그 후 참으로 변명의 여지가 없는 행위를 저질렀습니다. 적국 빌렌도르프에게 바칠 선물로서 감히 왕가의 직할령을 공격하여 남자와 소년들을 납치했습니다."

"……그 다음부터는 파우스트 폰 폴리도로의 보고서를 통해 알고 있다. 그 약탈은 성공했고, 그대로 빌렌도르프로 망명하려고 했었지."

"네. 모든 것을 잃어버린── 적어도 제 동생인 카롤리느는 그렇게 생각했습니다. 그 마지막 종착점은 망명 말고는 아무것도 없었던 것이겠죠."

이로써 이야기가 이어졌다.

"카롤리느를 추격할 군대를 보내지 않은 이유는?"

"가신들이 영지 밖으로 출진하는 것을, 목숨을 걸고 추격하는 것을 거부했습니다. 한번 영지 밖으로 나가면 군역 경험자인 카롤리느의 영역입니다. 목숨이 위태롭다고 생각한 것이겠죠. 저 헤르마는 직할령에 도망치도록 사자를 보내는 게 최선이었습니다."

"네 가신들의 저능함에 기가 막혀서 말도 안 나오는구나."

결론부터 말할까.
즉 네가 죽어야 했다, 헤르마.
나는 싸늘한 판단을 내렸다.
너 자신도 인정하는 바이지.
하지만 차마 그 말을 입에 담을 수는——.
"헤르마여."
리젠로테 여왕 폐하가 말을 마친 헤르마에게 물었다.
"왜 너는 죽지 않은 거냐."
직구였다.
파우스트조차 직접 말하지 못한 말을 리젠로테 여왕은 바로 입에 담았다.
카롤리느가 승리했다면 적어도 직할령은 공격받지 않았다.
10년이나 되는 시간 동안 군역을 수행하며 국가에 공헌한 카롤리느가 죽을 일도 없었다.
가신들도 헤르마가 죽은 이상은 카롤리느를 따랐을 것이다.
헤르마의 목숨 같은 건 도외시하고 있었다.
죽어야 할 때 죽어라!
그것이 블루 블러드의 삶이 아닌가.
그것이 리젠로테 여왕 폐하가 내린 결론이었다.
하지만 헤르마의 대답도 그 기준을 따르는 내용이었다.
"……처음에 수치라고 말씀드렸습니다. 이것이 전부입니다. 지금 생각해 보면 제가 죽었어야 했습니다."
긴급 사태였기 때문에 무심코 목숨이 아까워 그런 행동을 해버렸다는 말인가.
그건 어쩔 수 없다.
나는 무의식중에 혀를 찰 뻔했지만 참았다.
이 알현실에서 그건 아무래도 적절하지 않다.
모든 것을 솔직하게 고백한 헤르마에게도.
"리젠로테 여왕 폐하. 간청이 있습니다."
"말해보아라."
리젠로테 여왕 폐하는 주변에 언짢음을 흘리기 시작했다.
주군의 노기를 감지한 법복 귀족도 제후들도 아무 말도 하지 못하고 있다.
그런 분위기 속에서.
헤르마는 피를 토하는 듯한 목소리로 절규했다.
"동생이, 카롤리느가 남긴 아이, 마르티나의 가주 상속을 인정해주십사 부탁드립니다. 이제 저희 영지에는, 보셀 가에는 그 길밖에 남아 있지 않습니다!"
그 절규와 같은 탄원은 경악스러운 내용이었다.
카롤리느의 외동딸, 마르티나가 아직 살아있다고?
왜?
이미 교수형을 당했어야 하는 거 아닌가?
당황하는 분위기가 알현실을 채우는 가운데 헤르마는 계속 외쳤다.
법복 귀족과 제후들의 웅성거림을 무시하면서.
"부디── 부디, 마르티나에게 삶을 허락해주시고 가주 상속을 허락해주십시오. 저희 영지, 보셀에는 이제 그것 말고는 다른 길이 없습니다!"

매국노이자 반역자이자 가주 계승 전쟁의 패배자인 카롤리느가 남긴 아이, 마르티나를 보셀 령의 후계자로 삼겠다는 모순된 발언을.

보셀 령 가주 계승 전쟁의 승리자, 아니, 실수로 살아 남아버린 헤르마는 피를 토하는 심정으로 소리쳤다.

제20화 궁조입회(窮鳥入懷)면 인인소민(仁人所憫)이라

리젠로테는 의도적으로 분노를 흩뿌렸다.

그렇게 법복 귀족과 제후, 그 대리인들을 침묵하게 했다.

하지만 머리는 냉정했다.

그 머리에서 나온 결론은—— 압수다.

상대는 지방 영주, 보셀 령의 토지는 어디까지나 보셀 가의 것이다.

하지만 알 바 아니다.

실수에 실수를 거듭해서 내 딸 발리에르를 정말로 죽기 직전까지 몰아넣었다.

그것을 기회 삼아 발리에르는 첫 출진에 생각지도 못한 성장을 보인 모양이지만.

하지만 그건 지금은 상관없다.

지금 내 딸은 상관없다.

이 자리에 있는 나는 안할트 왕국에 군림하는 리젠로테 여왕이다.

피해를 입은 딸조차 계산의 일부에 불과하고, 지금 생각하는 건 우리 왕가가 어떻게 보셀 령을 압수해서 직할령으로 넣을 것인가.

그 결론으로 가져갈 것인가가 과제였다.

다만 과제를 달성하는 건 쉬울 것 같았다.

너무도 어리석다.

따라서 보셀 가를 없앤다.

그것이 리젠로테가 내린 결론이었다.

"안 된다."

그렇게 말을 뱉었다.

"카롤리느는 죄를 저질렀다. 그 아이도 같은 죄다. 아직도 교수형에 처하지 않았다는 사실에 놀랐을 뿐. 그 아이, 마르티나라고 했던가? 그자를 차기 보셀 령의 가주 후계자로 삼겠다? 잠꼬대는 침대에서 해야지."

"저는 보시다시피 병약합니다. 영지 내에서는 숨기고 있지만 남편이 있긴 해도 아직 이 몸이 쓸만했을 때 낳은 아이는 사산했습니다. 이미 이렇게까지 병에 잠식된 몸으로는 다시는 아이를 낳을 수 없을 테죠."

헤르마가 또 억지를 부렸다.

그걸 숨기지 않았다면 이런 일이 일어나진 않았을 텐데.

장래에는 카롤리느의 아이, 마르티나가 후계자가 된다.

그것만 알고 있었다면 카롤리느는 반역을 일으키지 않았다.

"이제 보셀 가를 이어받을 핏줄은 마르티나밖에 없습니다."

그런 걱정을 할 필요는 없다.

네 걱정은 무의미하다.

보셀 가는 사라진다.

마음속 차가운 부분으로 그렇게 생각했다.

"결론부터 말하지, 보셀 령은……."

제후와 그 대리인들은 반대할 테지만 이 상황에서 짓누르는 건 쉽다.

빨리 끝내버리자.

"기다려주십시오. 리젠로테 여왕 폐하. 결단을 내리시기 전에 한 명 더, 만나게 해드리고 싶은 자가 있습니다."

오른쪽 옆에 서 있던 아스타테 공작의 목소리가 알현실에 울렸다.

그 얼굴은 진지함 그 자체였으나── 이 자리에서는 쓸데없는 짓일 뿐이었다.

"만나게 하고 싶은 자?"

"카롤리느의 아이, 마르티나를 연행했습니다. 부디 한 번 만나주십시오."

무엇을 이제 와서.

반역자이자 망명을 꾸민 블루 블러드의 아이 같은 건 당연히 교수형이다.

이제 와 만나서 어찌하란 말인가.

하지만 아스타테의 말이다.

만나보는 것도 여흥인가.

"좋다. 불러라. 시간은 걸리는가?"

"이미 대기실에서 기다리고 있습니다. 시간은 걸리지 않습니다."

그렇게 대답한 아스타테가 위병에게 명령하여 대기실에서 기다렸다는 마르티나를 불렀다.

어디, 어떤 아이일까.

그동안 겪은 아스타테의 성격으로 보아.

"……."

위병이 수갑을 찬 8살~9살쯤 되는 소녀를 알현실로 끌고왔다.

눈동자는 어린아이로 보이지 않을 만큼 영리함이 느껴져서 확실히 아스타테가.

그 재능광이 마음을 줄 만하다고 생각했다.

아무래도 이 아이의 목숨만큼은 살려달라는 건가.

"……."

그나저나 이 아이는 왜 침묵하고 있지?

살려달라고 빌지 않는 건지 잠시 고민했다가 문득 깨달았다.

"허락한다. 발언을 허락하마, 마르티나."

"감사합니다, 리젠로테 여왕 폐하."

무릎을 꿇고 수갑에 묶인 채로나마 예를 갖춘 마르티나가 대답했다.

발언 허가를 기다리고 있었나.

정말로 똑똑한 모양이다.

"리젠로테 여왕님, 부끄럽지만 청이 하나 있습니다."

"말해보아라."

이 정도면 이 아이의 목숨만큼은 살려줄 마음도 들었다.

평민으로 신분을 낮추고 이빨을 뽑아서 최소한의 생활 지원만 해주게 되겠지만.

크게 번거로운 일은 아니다.

하지만 그 마르티나에게서 나온 말은 놀라운 부탁이었다.

"제 처형은 파우스트 폰 폴리도로 경의 참수로 부탁드립니다."

"……뭐?"

나는 여왕으로서 쓰고 있던 가면을 나도 모르게 집어던지고 무의식중에 말이 튀어나왔다.

"제 어머니의 죄는 명백합니다. 왕가에 반역했고 망명을 꾀한 여자입니다. 그런 이상 제 사형도 당연한 일. 하지만 죄인이라고는 해도 어머니는 어머니입니다. 하다못해 어머니와 같은 방식으로 죽기를 원합니다. 하다못해 마지막은 블루 블러드로서 명예롭게 죽고 싶습니다. 교수형은 수치지만 그 분노의 기사, 파우스트 폰 폴리도로 경이 목을 쳐서 어머니와 같은 운명을 함께 하였다면 수치가 아닙니다."

이미 명예를 바라는 모습조차 수치일지도 모르겠습니다만.

고작 9살밖에 안 될 마르티나는 그렇게 중얼거렸다.

총명한 아이다.

정말로 총명한 아이다.

죽이기에는 아깝다.

아스타테 녀석.

재능을 사랑하는 나쁜 습관이 나왔구나.

"어쩌면, 같은 방식으로 죽는다면 황천에서 어머니와 재회할 수 있을지도 모릅니다. 부디 관대한 자비를 베풀어주십시오."

아스타테는 마음속 어딘가에서 이 아이를 구해주기를, 블루 블러드로서 살려주기를 바라고 있을 테지.

하지만 그렇게 뜻대로 될 리가.

이 아이는 오히려 너무 똑똑하다.

재기하여 왕가에 반역할 위험성이 있다.

위험은 전부 없애는 게 내 방식이다.

“위병. 폴리도로 경에게 무기를 허가한다. 폴리도로 경에게서 받았던 검을 지금 당장 가져와라.”

“네, 넵! 알겠습니다.”

나를 우습게 보지 마라, 아스타테.

이 아이의 블루 블러드의 명예는 지켜주마.

하지만 죽인다.

이 아이에게도 그것이 행복이다.

리젠로테는 그렇게 생각했다.

그게 무엇보다 큰 착각이었다.

리젠로테는 파우스트의 그 모습에는 집착했으나 그 성격을 자세히는 몰랐다.

분노의 기사, 전장에서 용맹하고 과감한 그 모습을 그린 영웅시, 전후 보고로밖에 모른다.

하지만 아스타테는 빌렌도르프 전쟁을 함께 했고, 왕도에 있는 저택에서 보내는 생활을 감시했으며, 그 본성을 속속들이 이해하고 있었다.

그 차이가 이곳에서 드러났다.

※

미쳤냐.

"폴리도로 경. 알현실이긴 하지만 귀경의 무기 휴대를 허가합니다."

진짜 미친 소리 하지 마라.

나는 조용히 빡쳤다.

이 손으로 고작 9살 정도인 어린아이의 목을 치라고.

이게 남 일이었다면 괜찮았다.

파우스트 폰 폴리도로는 방관자일 수 있었다.

파우스트는 솔직히 평범함과는 거리가 멀다.

울퉁불퉁하게 단련한 근육질, 죽은 어머니에게서 받은 기사 교육.

안할트 왕국의 여자에게는 추남이라 멸시당하지만 블루 블러드로서의 명예.

그것을 구현화한 인간이었다.

하지만 출생에는 다소 불순물이 끼어들었다.

아무래도 전생에서 쌓은 불순물이 섞인다.

이게 그냥 방관자였다면 나는 그나마 참을 수 있었을지도 모른다.

어차피 남 일이라며 못 본척 할 수 있었다.

블루 블러드로서, 죄인의 아이인 소녀가 죽음으로 향하는 모습을 진심으로 불쌍하게 여기면서도, 그 시체를 최소한 평온하게 애도하자고 제안.

그 정도에서 끝낼 수 있었을지도 모른다.

하지만 당사자가 되어버린 이상은 사정이 전혀 달라진다.

뇌에 피가 끓어올랐다.

미친 소리 하지 마라, 리젠로테 여왕.

"완강히 거부한다. 이 파우스트 폰 폴리도로에게 이런 어린아이의 목을 치라는 말씀입니까! 모욕하는 겁니까!"

격양되어 소리쳤다.

위병이 두려움에 떨다가 그레이트 소드를 바닥에 깔린 양탄자 위에 떨어트릴 뻔할 만큼 격양된 외침이었다.

내 얼굴은 분노의 기사라는 이름답게 새빨갛게 물들어 있겠지.

그 자리에 있는 전원.

리젠로테 여왕 폐하, 법복 귀족, 제후와 그 대리인.

아나스타시아와 발리에르, 헤르마와 마르티나.

다들 경악한 얼굴이었다.

오직 한 명, 아스타테 공작이 이 자리에 어울리지 않는 표정으로 휘파람을 불었다.

아스타테 공작, 이 여자가 미쳤나.

당신이라면 내가 격양할 것도 알고 있었을 텐데.

"리젠로테 여왕 폐하, 단연코 거부합니다. 아니, 그것만으로는 참을 수 없습니다! 제가 아닌 다른 사람이라고 해도 저 아이를 죽이는 건, 아무도 용납할 수 없습니다!!"

나는 얼토당토않은 요구를 입에 담았다.

죽은 어머니에게서 받은 기사 교육과 블루 블러드, 그리고 전생에서 받은 도덕적 가치관이 절묘한 균형을 유지하며.

아슬아슬한 선에서 형성되었던 인내심의 분수령이 완전히 망가졌다.

이 세계의 블루 블러드에게는 뭐가 뭔지 잘 이해할 수 없는 이유로 완강한 분노의 기사가 되어있었다.

"폴리도로 경! 진정하게!!"

제후 중 누군가가 소리쳤다.

"이 상황에 진정할 수 있는 말인가! 왜 아무도 저 아이를 구하려 하지 않는 거지!! 왜 이토록 어린아이의 목이 날아가려고 하는데도 불구하고 아무도 막지 않으려는 거냐!!"

막무가내다.

스스로도 그걸 이해하면서── 본인조차 못 본 척하려고 했던 주제에.

그런 마음속 어딘가에 있는 싸늘한 자신, 방관자의 말과는 다르게 억지를 뱉었다.

이건 이미 이성이 아니라 감정에서 나오는 말이었다.

"이 아이 본인이, 마르티나가, 무슨 죄를 저질렀다고. 어미의 죄를 자신의 죄라고 오해하고 속죄하려는 불쌍한 소녀가 아닌가!! 블루 블러드로서 나의 명예는 그것을 용서할 수 없다!!"

그래, 이건 명예다.

블루 블러드와 지금은 흐릿해진 전생의 도덕 관념이 한데 엉켜 비뚤어진 명예가 되었다.

그것을 이 이상 더럽히는 건 파우스트 폰 폴리도로의 존재 자체를 뒤흔드는 행위였다.

나는 걸었다.
선조에게서 물려받은 마법의 그레이트 소드를 안아 든 위병을.
옆에 있는 발리에르를.
전부 무시하고, 그저 걸어가, 이윽고 수갑을 찬 마르티나에게 다가가서.
나의 이 초인적인 힘으로 수갑을 뜯어냈다.
"파우스트!"
경악했다가 정신을 차린 발리에르 님의 외침이 울렸다.
발리에르 님, 용서해주십시오.
이미 저는 이대로 있을 수는 없습니다.
마음속으로 그렇게 사과했다.
내가 지금 어떻게 하고 싶은지.
스스로도 모르지만.
알지 못하지만.
감정이 시키는 대로, 그 기묘한 블루 블러드의 명예는 그곳에 형상을 띠고 표현되었다.
무릎을 꿇고 예를 갖추며 리젠로테 여왕 폐하에게 말씀을 올린다.
"리젠로테 여왕 폐하."
"……왜 그러느냐, 파우스트. 무언가 내 결정에 이의라도 있는가?"
"지금 말씀드린 그대로입니다. 마르티나를 살려주십시오."
리젠로테 여왕 폐하는 굳어있었다.

지금 그녀가 무슨 생각을 하는지는 모른다.
하지만 내가 할 일은── 해버린 일은 변함이 없다.
"파우스트여, 아니. 파우스트 폰 폴리도로여. 지금 네가 무슨 짓을 하려는 건지 알고 있는 건가? 왕명을 거역했다. 네가 죽이고 싶지 않다면 그건 괜찮다. 하지만 그 아이의 죄에 내린 판결에도, 내가 왕명으로 내린 결정에도 침을 뱉었다."
"설령 주군이라 해도. 제 명예와 관련된 일이라면 저는 단연코 거부합니다."
조용히 대답했다.
폐하가 중얼거렸다.
"앞으로 그 아이에게 행복이 있다고 생각하는가? 영지의 반역자이자 매국노의 딸이다. 이미 블루 블러드는커녕 그 의무를 버리고 평민으로서 행복조차 바랄 수 없을지도 모르지. 손가락질당하며 살아가게 될 것임이 틀림없다. 지금 명예롭게 죽여주는 것이 그 아이의 행복일지도 모른다."
"저는 블루 블러드로서 죽어야 할 때 죽지 않는 것은 평생의 수치이나, 살아있기에 다음 가능성도 있다고 생각합니다. ……이것으로는 대답이 부족합니까."
내가 듣기에도 억지를 부리고 있다.
이런 말로 리젠로테 여왕을 설득할 수 있을까.
못하겠지!
그런 것쯤은 어리석은 나조차 이해하고 있다!!
"그 아이가, 마르티나가, 장래에 너를 원망할지도 모른다. 왜 그때 죽여주지 않은 거냐고 원망을 뱉으며 칼을 들이댈지도 모른다. 너는 어떻게 할 생각이지?"

"모릅니다. 마르티나를 베어버릴지, 그 칼을 말없이 받아낼지. 그것조차 모릅니다."

애매모호한 말을 돌려주었다.

솔직하게 모르겠다고 대답한다.

"하물며, 만약에── 만약이다. 마르티나가 보셀 령을 이어받는다고 해도 어찌 될 것 같으냐. 100명이 넘는 사망자를 낸 카롤리느의 자식을 향하는 원한은 사라지지 않는다. 제대로 통치할 수 있을 리가. 그 점은 어찌 생각하지?"

"……."

도저히 대답할 말이 없었다.

그 통치적 판단에 대해서는 나 같은 녀석의 말이 미칠 바가 못 된다.

아니, 허황된 말이라면 뭐든 대답할 수 있다.

하지만 그건 기만이다. 그야말로 블루 블러드의 명예가 추락한다.

리젠로테 여왕 폐하의 말은 일관적으로 옳다.

그렇게 생각하고 말았다.

그런 이치는 잘 알면서 행동한다.

하지만 이미 나는 나 스스로를 제어할 수가 없다.

방관자라면 괜찮았다.

하지만 궁지에 몰린 새가 품에 날아들면, 나는 마르티나를 못

본 척 버리는 건 불가능했다.

"파우스트 폰 폴리도로. 네 명예는 더없이 맑다. 눈이 부실 정도군. 하지만 그 명예만으로는 세상을 다스릴 수 없음을 알아라."

리젠로테 여왕이 말을 마쳤다.

아아, 내 말은 닿지 않는가.

하지만.

그래도 나는.

"리젠로테 여왕님."

무릎을 꿇은 자세에서 두 다리를 모조리 접고 머리를 바닥에 댔다.

넙죽 엎드렸다.

법복 귀족들과 제후, 그 대리인이 모여있는 자리에서.

완전히 머리를 박았다.

이 안할트 왕국 최강이라 불리는 기사가 보이는, 모든 사람의 연민을 불러일으키듯 구걸하는 듯한 모습이었다.

이젠 이거 말고는 방도가 떠오르지 않는다.

쿵.

머리를 바닥에 찧는 소리가 그 자리에 있는 전원의 귀에 들렸다.

"파우스트, 멈춰라. 그러한 짓을 해도 아무것도 변하지 않는다."

리젠로테 여왕이 무심코 옥좌에서 일어나 그만하라고 타일렀다.

"너는 우리나라 최강의 기사다. 제 명예를 어찌 생각하는 것이냐. 범죄자의 자식을 구해봤자 네게 아무런 의미도 없다. 아무런 이득도 없다. 너는 선조 대대로 쌓아 올린 폴리도로 가의 신뢰를 모욕할 생각이냐?"

대답은 하지 않았다.

쿵.

머리를 바닥에 찧는 소리만이 다시 울렸다.

나는 아무 말도 하지 않았다.

그렇게 해야 한다고 생각했기 때문이 아니다.

리젠로테 여왕의 말에 이론적으로 아무런 항변도 할 수 없기 때문이다.

그래서 그저 머리를 바닥에 뭉갰다.

마찰 때문에 이마의 피부가 찢어졌다.

이마에서 흐른 피가 바닥을 살짝 더럽히고 있었다.

"한 번 내린 결정을 바꿀 마음은 없다. 이해해라, 폴리도로 경."

엎드려 절을 해도, 바닥에 머리를 박아 이마에서 피를 흘려도.

결정은 흔들리지 않는다.

내 궁지 같은 건 리젠로테 여왕 폐하의 판단을 좌우하기에는 부족하다.

왕으로서 한 번 내린 결정을 틀어버리는 건 머리를 숙여봤자 불가능한 일이었다.

하지만, 어떻게든.

어떻게든 밀어붙여야만 하는 게 내 본성이다.

"폐하, 드리고 싶은 말씀이 있습니다."

"무익하다. 그만하라. 대화는 이제 끝이다. 어서 그 머리를 들라!"

못마땅한 듯 시선을 돌리고 밀어내는 여왕 폐하에게.

나는 모든 걸 다 무시하고 머리를 박은 채 조용히 입을 뗐다.

"제가 빌렌도르프 전쟁에서 세운 공적을 두고 아나스타시아 전하께서 보내주신 편지, 그와 동시에 보내주신 한 장의 양피지를 저는 항상 가지고 다닙니다."

딱 하나, 방법이 있다.

나는 이 상황을 뒤집을 방법을, 내 본성이 낳은 어린아이 같은 애원이 받아들여질 방법을 딱 하나 갖고 있었다.

"파우스트 폰 폴리도로라는 기사가 목숨을 걸고 대결해서 이룩한 공적을 주군으로서 치하한다는 명분으로 폐하께서 내려주신, 딱 한 번뿐인 자비가 있습니다."

주군을 섬기는 기사로서 비겁한 미련이 허용되는 수단이다.

주군의 머리를 짓밟는 무례조차 딱 한 번만은 용서해준다는 수단이었다.

빌렌도르프 전장에서 세운 전공으로 내가 리젠로테 여왕 폐하에게서 받은 감사장이다.

이건.

설령 봉건 영주로서 살아가는 몸이라고 해도, 이것만큼은 내가 직접 쟁취해낸 것이니까, 내가 내 긍지를 위해 써버려도 괜찮은 것이다.

"제가 폐하께 받은 자비를 이 자리에서 반납——."

나는 가슴에 손을 넣어 양피지를 꺼내려고 했으나——.

"멈춰라!"

그 손을 막는 여왕 폐하의 목소리가 울려 퍼졌다.

경악으로 가득한 목소리, 내 어리석은 짓을 비난하는 듯한 목소리였다.

"——알았다! 멈춰라! 네 명예는 충분히 이해했으니! 그러니 그 모습을 지금 당장 거둬라, 파우스트!! 기사로서 영지의 모든 명예를 짊어지고 있다는 사실을 자각해라!!"

리젠로테 여왕이 말을 철회했다.

마르티나의 참수를 철회했다.

두 무릎을 접은 채 지시를 따라 머리를 들고 묵묵히 리젠로테 여왕 폐하와 시선을 마주쳤다.

"파우스트여, 너란 녀석은……. 무엇을 위해 널 그렇게까지."

리젠로테 여왕은 말을 채 잇지 못했다.

여왕이 무슨 말을 하고 싶은 건지 나는 알 수 없었다.

이것으로 모든 문제가 해결된 게 아니라는 건 잘 알고 있다.

어쩌면 리젠로테 여왕의 주장이 전부 옳은 건지도 모른다.

아니, 상식적으로 말하자면 리젠로테 여왕이 옳다는 건 누가 봐도 명백했다.

하지만 적어도 마르티나의 생존만큼은 성공했다.

내 명예는 그럼으로써 만족했다.

참으로 촌스럽고, 아무도 이해해주지 않겠지만.

멋진 영웅시와는 거리가 먼 명예라는 건—— 누구보다도 이해하고 있다.

이마에서 피가 흘러—— 입술 위를 구르는 게 느껴졌다.

긍정적으로 생각하자.

이 일로 파우스트 폰 폴리도로에게 빚이 하나 생겼다.

파우스트는 의리가 강한 성격이다. 이 빚은 무의미하지 않다.

목줄을 하나 채웠다고 생각하면 똑똑한 어린 것 하나를 살려놓는다고 해도 손해는 아니다.

보호 계약에 속하는 군역 말고도, 제2왕녀 상담역이라는 입장 말고도 파우스트에게 부탁할 수 있게 되었다.

리젠로테 여왕은 긍정적으로 생각하기로 했다.

그렇지 않으면 견딜 수 없었다.

왜 내가 이런 일을── 리젠로테 개인이, 좋다고 어린아이를 죽이고 싶어 할 리가.

여왕이니까 어쩔 수 없이 하는 일이다.

그나저나.

"네게 그 감사장을 준 건 이런 하찮은 일에 쓰기 위해서가 아니다."

작게 중얼거렸다.

황당했다.

죽기 살기로, 그야말로 이길 수 있을지 알 수 없는 적장과의 일대일 대결에서.

지옥 같은 전장을 헤쳐 나온 대가로서 얻은, 딱 한 번뿐인 주군의 자비를.

내 감사장을 이런 곳에서 처음 만났을 뿐인 아이의 목숨을 살리기 위해 쓰려 하다니, 용서할 수 있을 리 없었다.

"그야말로 정말 목숨을 걸어서 얻은 영예에 내려준 보수를. 이 자리에서 버리듯이 내놓았다가는── 내 도량이 의심받게 될 터이거늘."

스스로에게 들려주듯이 아주 작게 중얼거렸다.

파우스트의 공적에 내려준 감사장이 고작 어린아이 한 명의 목숨과 동등할 리 없다.

감사장과 교환해서 탄원을 들어주었다간 파우스트가 아니라 주군이 융통성이 없고 속이 좁은 셈이다.

이 리젠로테가 제삼자의 관점에서 판단했다면 그렇게 외쳤을 것이다.

이미 이 상황에서는 허락할 수밖에 없었다.

파우스트의 탄원에, 머리를 바닥에 찧어가면서까지 간청한다면 어쩔 수 없다며 관대한 자비를 보여줄 수밖에 없었다.

물론 파우스트는 나를 협박하겠다는 생각은 조금도 없었겠지만.

아마── 감사장의 가치를 이해하지 못했기 때문이겠지.

"그 감사장은 폴리도로 가의 자손이 설령 전장에서 배신한다고 해도 딱 한 번만이라면 눈을 감고 용서해줄 수 있을 정도의 가치를 지녔다."

그만한 가치를 부여했거늘.

빌렌도르프 전쟁에서 세운 공적이 그 정도로 거대했기에 내려준 감사장이거늘.

——왜 그리 중요치도 않은 일에 선뜻 쓰려고 한단 말인가.

그렇게나 아이의 목이 날아가는 것을 보는 게 싫으냐.

자신이 얻은 모든 영예와 맞바꿔서라도 구하고 싶으냐.

파우스트의 성격 깊숙한 부분을, 그 명예를 간파하지 못했던——아스타테의 책략에 넘어간 내 잘못인가?

아니지.

절대로 아니다.

이건 전부 아스타테 잘못이다.

목숨을 구하고 싶다면 네가 나서면 되는 게 아니냐.

아스타테가 그 권한과 공작이라는 지위로 마르티나와 얽힌 모든 책임을 지겠다고 말한다면 나는 받아들였다.

굳이 파우스트를 쓰지 마라, 이 맹랑한 것!

개인으로서의 리젠로테가 마음속으로 불평을 토했다.

작은 목소리로 중얼거리던 것을 멈추고 상황을 파악했다.

파우스트의 탄원으로 인해 어지러워졌던 분위기는 조용함을 되찾았고, 지금은 내가 다시 판정을 내리기를 기다리는 중이다.

그리 오래 끌 마음도 없다.

상황은 조금 바뀌었지만, 결론부터 말해버리자.

"헤르마 폰 보셀, 결단을 내렸다. 각오하고 들어라."

"네."

"보셀 령은 전부 접수하여 직할령으로 삼는다. 이 결정에 변경은 없다."

헤르마는 고개를 숙이고 지팡이를 떨어트렸다.

이 부분만큼은 양보할 마음이 없다.

"여왕님, 외람되오나 보셀 령은 저희 선조 대대로 이어받은 땅……."

"변경은 없다고 말했다. 그런 말이 통하는 상황이라고 생각하는가?"

나는 헤르마에게 물었다.

"종사와 영지민이 100명 넘게 죽었고, 군역 측면에서 뛰어난 가신은 전부 카롤리느가 끌고 갔다가 내 딸인 제2왕녀 발리에르의 손에 모두 죽었다. 남아있는 가신은 네 말에 의하면 너를 꼭두각시로 삼고 싶어 하는 간신배뿐. 이 상황에서 죽지 못해 살아있는 네가 영지를 제대로 운영할 수 있다고? 대놓고 말하마. 보셀 령은 궁지에 몰렸다. 황폐해진 보셀 령에서 어떤 재앙이 튀어나올지 알 수 없다. 좌시할 수 없지."

"……제가 죽는 건 상관없습니다. 바라신다면 이 자리에서 목숨을 끊겠습니다. 제발 마르티나에게 영지를 물려줄 수 있도록 자비를."

네 목숨 같은 건 어찌 되든 전혀 상관없다.

파우스트가 바닥에 찧었던 머리와 비교하면 정말 아무런 가치도 없다.

혀를 한 번 찼다.

하지만——.

균형을 생각했다.

"처음에는 보셀 령을 직할령으로 삼고 마르티나는 사형시키려고 했다. 보셀 가는 후계자가 사라져서 미래는 없었지. 하지만 폴리도로 경에게 감사하도록. 그러한 추태를 보이면서까지 그 목숨을 구걸하였으니. 미래 정도는 보장해주마."

솔직히 제후들이나 대리인을 짓누르는 건 쉬운 일이지만.

균형을 생각하자.

가문까지 없앨 필요는 없다.

"보셀 가에 관료 귀족── 세습 귀족의 지위를 내리마."

이 정도가 딱 좋은 균형이다.

가문까지는 없애지 않는다.

이러면 제후들도 가까스로 수긍할 수 있겠지.

본심으로는 마음에 들지 않을 테지만.

"……."

헤르마는 말없이 고개를 숙이고 있다.

수긍은 못 하고 있겠지.

영주 기사 중에는 영지를 압수한다고 하면 마지막 병사 한 명까지 저항하며 싸우는 자들도 있다.

하지만 지금 보셀 령에는 저항을 위한 군사력조차 미약하다.

반발하는 가신들을 살짝 밟아주고 끝.

그 정도다.

"받아들였는가?"

헤르마에게 물었다.

긍정이 아닌 대답은 안 듣겠다.

"……알겠습니다. 앞으로 보셀 가를, 마르티나를 잘 부탁드립니다."

"아직 마르티나에게 맡길 수는 없지. 가문을 이어받는 건 너다."

이렇게 병약한 모습으로 보아 곧 죽을 테지만.

이제 해야 할 일이 두 가지 남아있다.

"그리고 이번 제2왕녀 첫 출진의 공적에 대해서── 폴리도로 경."

"네."

왼쪽 옆에 발리에르와 함께 서 있는, 지금은 침착함을 되찾은 파우스트에게 말을 걸었다.

"네가 보셀 령에게서 배상금을 기대하고 있었던 것은 안다. 그건 왕가가 대신 내주마. 일괄이 좋은지, 10년에 걸쳐 나눠주는 것이 좋은지 추후에 정하도록. 분할이 총액은 더 많다."

"……리젠로테 여왕님, 저는 지금 막 왕명을 거역한 몸입니다."

"공적은 공적으로서 인정해야만 하지. 나에게 수치를 줄 생각이냐?"

그래, 공적은 공적으로서 인정해야 한다.

하지만──.

"그리고 죄는 죄로서 문책해야지. 파우스트여, 너는 왕명을 거역했다. 죽이기 싫다는 것만이라면 모를까 살려달라는 청은 내가 내린 판결에 대한 명확한 반항이지."

"……네."

"네게는 벌을 하나 주어야만 한다. 아쉽게도."

자, 어떻게 할까.

솔직히 무거운 벌을 내려서 파우스트가 진 빚을 덜어주고 싶지는 않다.

그래.

마침 잘 됐군. 눈앞의 골칫거리를 처리하자.

"마르티나를 네 견습 기사로 거둬라. 마르티나가 가주를 이어받을 때까지 왕가에 충성을 맹세하는 기사로서 훌륭하게 키워내도록."

"네?"

파우스트가 어안이 벙벙한 표정을 지었다.

그 얼굴은 뭐냐.

오히려 당연한 흐름이 아니냐.

"리젠로테 여왕 폐하, 실례지만 저는 카롤리느를 죽인 남자입니다. 마르티나에게는 어머니의 원수입니다. 부디 아스타테 공작께 맡기시는 게."

파우스트는 내 오른쪽 옆에 선 아스타테의 얼굴을 힐끗 쳐다봤다.

설마 너, 마르티나를 살리기 위해 나를 이용한 건 아니겠지?

그런, 새삼스럽게 무언가를 깨달은 의혹의 시선이었다.

그래, 파우스트.

너는 어리석지 않으니까 나를 미워하지도 않고, 사실은 누가 나쁜 건지도 눈치챌 테지.

원인은 아스타테다.

더 노려봐라.
마음속에 있는 리젠로테 개인이 응원했다.
뭐, 그건 됐고.
아스타테가 앞으로 어떻게 파우스트의 마음을 풀어줄지 기대되는군.
틀림없이 고생하겠지.
"그렇다면 마르티나에게 직접 물어보마. 마르티나, 솔직히 너는 문제가 딸린 애물단지다."
"알고 있습니다."
마르티나는 냉정하게 대답했다.
"총명한 네게 새삼 말할 필요도 없고—— 애초에 조금 전 파우스트에게 전부 말했지만. 영지의 반역자이자 매국노의 딸이다. 손가락질받으며 살아가게 되겠지. 그런 너를 견습 기사로서 거둬줄 곳이라고는 너를 여기에 데려온 아스타테 공작이나 너를 살려달라 간청한 폴리도로 경 정도일 것이다."
"그렇겠죠."
마르티나는 역시나 냉정하게 대답했다.
말하지 않아도 이미 다 안다는 얼굴도 아니다.
완전한 무표정이었다.
은발 벽안, 제 죽음마저 무표정으로 호소하던.
그런 9살 아이의, 어딘가 인생을 내던지고 만 듯한 표정.
무슨 생각을 하는 건지 알 수 없어서 조금 징그러웠다.
파우스트는 용케 이런 찜찜한 아이를 살리고 싶단 생각이 들었구나.

"그렇다면 그런 마르티나에게 묻겠다. 너는 누구 밑에서 견습 기사가 되고 싶으냐."

"폴리도로 경—— 파우스트 폰 폴리도로 경에게 부탁드리고 싶습니다. 폐가 되지 않는다면요."

……마르티나는 그렇게 판단하는가.

예상했었다.

파우스트는 이해하지 못하는 모양이지만.

"마르티나, 아니, 마르티나 양. 나는 독신 남성. 심지어 남자로서 가정교육을 받지 않고 기사 교육에 전념한 남자다. 너를 충분히 돌봐주기에는……."

"오히려 그것을 위한 견습 기사일 테죠. 제가 당신을 돌보겠습니다."

마르티나가 파우스트의 눈을 똑바로 응시하며 말했다.

"솔직히 말씀드립니다. 저는 이 자리에서 죽을 생각이었습니다. 당신이 제 명예를 더럽혔다고 할 수 있죠."

"……그런가."

"솔직히 저는 당신의 명예를 잘 모르겠습니다. 제 목숨 같은 걸 구해봤자 당신에게 어떠한 이득도 없는데."

파우스트가 어깨를 움츠리며 작게 중얼거렸다.

"민폐였나."

"그렇습니다. 하지만 마음이 바뀌었습니다."

마르티나는 무표정하던 얼굴을 살짝 부드럽게 풀면서 중얼거렸다.

"어차피 붙든 목숨이라면, 그 목숨을 건져준 상대에게 일단 따라가 보겠다고. 그렇게 마음이 바뀌었습니다."

"……그러니."

파우스트는 어딘가 기뻐 보였다.

자신의 행동을 이기적인 민폐가 아니라 긍정해주었다.

그게 기뻤던 거겠지.

생각보다 더 성가신 남자다.

내가 멋대로 상상했던 이미지와는 다른, 생각보다 더 복잡한 남자였다.

하지만 싫지 않다.

여왕으로서는 절대 인정할 수 없지만, 순수한 나 개인으로서는.

리젠로테는 그렇게 생각했다.

그리고 입을 열었다.

"그럼 정해졌군. 마르티나는 폴리도로 경이 거둔다. 무언가 반론은 있는가? 제후들과 법복 귀족들."

일단 의견을 구해야 한다.

물론 돌아올 답은 정해져 있지만.

"영지를 잃는다고 하나 가문을 남겨주신다면 저희는 충분합니다. 오히려 적확한 판단이십니다. 역시 리젠로테 여왕님이십니다."

제후 중 한 명이 선두에 서서 나를 칭찬했다.

"적절한 타협점이었다고 봅니다. 역시 리젠로테 여왕님이십니다."

법복 귀족 중 한 명이 대답했다.

양측 모두 하고 싶은 말은 더 있을 테지만, 적당히 받아들인 결말이겠지.

마르티나를 사형하고 보셀 령은 직할령으로 몰수.

그게 왕가에게는 가장 큰 이익이었지만.

뭐, 세습 귀족 작위 하나 정도는 내려줄 수도 있다.

그보다 보셀 령 재건이 중요하다.

제대로 이익을 뱉을 때까지 얼마간 시간이 걸릴 테지.

인재와 투자가 얼마나 필요할까.

그건 동시에 할 일이 없는 법복 귀족의 자리를 마련해주는 일이기도 하지만.

아무튼 법복 귀족에게 맡길 일이다.

나는 명령할 뿐.

그것으로 충분하다.

"이것으로 판결은 종료다. 전원 알현실에서 물러가도록. 헤르마와 마르티나는 당분간 아스타테 공작이 돌보도록 해라. 때를 보아 왕도에 새 거주지를 마련하고, 마르티나를 견습 기사로서 폴리도로 경에게 보내도록."

"알겠습니다."

누군가의 대답이 알현실에 울렸다.

※

복도.

제1왕녀 아나스타시아와 그 상담역 아스타테.

제2왕녀 발리에르와 그 상담역 파우스트.

네 명이 함께 걷고 있다.

아나스타시아는 파우스트가 머리를 바닥에 찧게 만든 아스타테에게 극도로 화난 상태였다.

이후 단둘이 거실에 가서 문책할 것이다.

아스타테는 파우스트와 눈을 마주치지 않으려고 했다.

우선 시간을 두어야 한다고 판단했기 때문이다.

발리에르는 파우스트를 걱정하며 바라보았다.

그 행동 원리가 항상 냉정한 파우스트에게 너무 안 어울렸기 때문이다.

그리고 파우스트는──.

"……."

넋이 나간 듯 그저 걸었다.

실수했다.

실수했다.

실수했다.

나는 실패했다.

그렇게 반복했다.

마르티나를 살려달라고 간청한 건 후회하지 않는다.

블루 블러드로서 받은 기사 교육과 전생에서 배운 현대인의 도덕 관념이 악마합체한 결과인 이 명예에 후회는 없다.

그 자리에서 움직이지 않았다면 자신의 아이덴티티가 붕괴했다.
하지만.
하지만 말이다.
방식이 문제잖냐, 등신아.
스스로를 욕했다.
너는 작은 마을이라고는 해도 300명의 목숨과 명예를 맡은 영주 기사라고.
뭐 하는 거냐.
폭주하지 말고, 냉정하게 마르티나의 참수를 거부하며 목숨을 구해달라고 청했어야 했다.
신경에 거슬렸다고 해서 충동적인 기세에 맡겨 저질러도 되는 행위가 아니었다.
후회가 쏟아진다.
나는 절대 세간에서 말하는 영웅이 아니다.
유복하지도 않고 인구수도 300명 정도인 변경지를 다스리는 일개 약소 영주 기사일 뿐이다.
하지만 동시에 300명의 목숨과 명예를 짊어지고 있다.
나는 혼자서 폭주하고 죽는 게 허락되는 입장이 아니다.
반성해라! 파우스트 폰 폴리도로!!
그렇게 스스로를 향해 소리쳤다.
하지만── 동시에 이런 생각도 했다.
"뭐, 딱히……."
잃은 것도 딱히 없지.

그렇게 마음을 편히 먹었다.
받을 예정이던 배상금도 받게 되었다.
이로써 그리 유복하지 않은 우리 영지민의 식탁에 앞으로는 메뉴 하나가 더 추가되겠지.
마르티나가 견습 기사로 오게 되는 건 조금 껄끄럽지만, 카롤리느의 유언도 있다.
나와 일대일 대결 끝에 죽은 그녀의 마지막 미련을 지켜주자.
그건 결코 싫은 일이 아니다.
무엇보다 나 파우스트 폰 폴리도로에게는 잃을 것이 별로 없다.
그 구걸로 잃어버린 것이 없다.
원래도 귀족 파티 같은 곳에 초대받은 적이 없으니까 앞으로 귀족으로서 활동하는 데 영향은 없다.
귀족으로서 내 폭주가 얕보이는 오점이 될지도 모르지만, 애초에 나는 약소 영주 기사다.
개인의 무용은 별개지만, 영주 기사로서는 처음부터 약소 귀족이라며 무시당했다.
눈물이 날 정도로 영향이 없었다.
그걸 생각하면 파우스트는 모든 게 다 아무래도 상관없어졌다.
파우스트는 모른다.
귀족 파티에 초대받지 못하는 건 아스타테 공작이나 아나스타시아 제1왕녀가 파우스트에게 괜한 날파리가 꼬이지 않도록 노려보기 때문임을.
파우스트는 모른다.

제후나 법복 귀족 일부에게선 약소 영주 기사라며 무시당하기는커녕 장래의 여왕 아나스타시아나 아스타테 공작의 정부 후보로 꼽히고 있다는 사실을.

세상에는 모르는 게 더 행복한 일도 있다.

파우스트는 아무것도 눈치채지 못한 채 쭈욱 기지개를 켠 뒤, 성문 앞에서 대기하고 있던 종사장 헬가와 만나 왕성을 떠났다.

사랑하는 영지민이 기다리는 왕도 저택을 향해.

이제 내 영지, 폴리도로 령에 돌아갈 수 있다.

그런 생각을 하면서.

제22화 너 진짜 바보지?

아나스타시아의 거실.

보셀 가의 결말이 정해지고 파우스트와 헤어진 뒤.

“뒤지고 싶냐? 너.”

“아니.”

제1왕녀, 아나스타시아의 거실에서 아스타테 공작은 추궁을 받고 있었다.

개인의 무력으로는 아스타테가 유리하다.

하지만 그런 문제가 아니다.

지금 완전히 극대노 모드에 들어간 아나스타시아에게 아스타테는 승산이 조금도 보이지 않았다.

우리 핏줄의 분노, 그 피가 극대노 모드에 들어갔을 때의 전투력은 비상식적이다.

극대노 모드에 들어간 아나스타시아는 그 핼버드로 빌렌도르프의 정예를 일격에 세 명씩 베어버렸다고 한다.

14살의 몸으로.

나도 분노하면 대항할 수 있지만 지금은 그런 심경이 아니다.

“왜 파우스트에게 그런 짓을 하게 만들었지? 네 목적은 뭐냐.”

“중간에! 중간에 끼어들어서 도와줄 생각이었어!!”

아스타테는 변명했다.

중간에 끼어들어서 거들려고 했다.

아스타테의 계획으로는 그랬다.

"설마 파우스트가 그렇게 화낼 줄은 몰랐단 말이야!!"

"파우스트잖아! 분노의 기사잖아!! 그걸 예상을 못 했다고."

"예상하지 못했다고!!"

테이블을 쾅 두드리면서 변명을 이어갔다.

이건 아스타테의 책략이었다.

파우스트는 절대 9살짜리 어린아이의 목을 치지 못할 것이다.

다정한 남자다.

철저한 영주 귀족이라고는 해도 다정한 남자임은 변함이 없다.

방관자로서라면 블루 블러드로서 마르티나의 죽음을 넘어갔을 것이다.

하지만 궁지에 몰린 아이가 자신을 의탁한다면 죽일 수 없다.

오히려 아이를 지키고자 아이를 살려달라고 할 게 틀림없다.

그렇게 예측했다.

그 예측은 정말 들어맞았다—— 하지만.

"살려달라고 하는 것까지는 예상했어. 하지만 그렇게 살벌하게 화낼 줄은 몰랐다고!! 머리를 땅에 박으면서까지 부탁하다니 누가 상상할 수 있었겠어!!"

"애초에 너는 왜 그런 짓을 한 건데?! 마르티나를 살리기 위해?!"

쾅. 아나스타시아가 테이블을 두드리며 외쳤다.

그것도 있지만.

"맞아. 그런 재능 덩어리인걸. 나로서는 꼭 구하고 싶었어. 내 수중에 넣고 싶었어. 가신으로, 측근으로 키우려고 했지. 하지만

그건 공작가의 권한으로도 할 수 있었어."

"그야 그렇지. 네 지위라면, 네가 전부 책임을 지겠다고 하면 어머니도 용인하셨을 테니."

"그건 알아. 그렇게 할 수도 있었어. 하지만 내 마음에 악마의 속삭임이 들었다고!!"

변명을 이어갔다.

아스타테는 아나스타시아에게 계속 변명했다.

그렇게 하지 않으면── 절대 그럴 리 없다는 걸 알아도, 진짜로 죽을 것 같은 분위기였다.

"악마의 속삭임?"

"아, 이거 파우스트의 호감도 상승에 이용할 수 있지 않을까? 하고."

"이런 얼간이가 다 있나."

아나스타시아의 분노가 꺾였다.

아스타테는 멍청하지 않다.

오히려 지략으로 두각을 보이는 여자다.

하지만──.

"뭘 어떻게 하면 파우스트가 널 좋아하게 된다는 거지."

"먼저 처음 깨달은 건 파우스트가 마르티나의 이름을 물어봤을 때였어. 아무래도 카롤리느가 유언으로 마르티나의 이름을 말한 모양이야. 파우스트에게 그렇게 들었어. 나는 솔직하게, 사전에 받아본 자료에서 본 대로 대답했지. 그건 카롤리느 딸의 이름이라고."

카롤리느의 유언.

마지막 말은 그저 딸의 이름뿐이었나.

"그래서?"

"다음으로 그 마르티나를 우리 마차로 연행하다가 그 똑똑함이 싹을 보였을 때 머리를 스쳤지!!"

눈앞에 있는 여자는 성욕에 빠진 한 여자에 불과한 것처럼 보이기도 했다.

아나스타시아는 아스타테의 평가를 조금 깎은 뒤 대화를 이어갔다.

"마르티나가 어머니를 누가 죽인 거냐고 물어보길래, 파우스트의 대단함과 아름다움을 이야기하던 도중에 악마의 속삭임이 스쳤어. 아, 마르티나를 유도해서 파우스트에게 목을 치게 해달라고 시키자."

"아무리 똑똑하다고 해도 9살 아이의 생각을 유도하는 것쯤은 네겐 쉬운 일이었겠지. 그리고 그건 파우스트도 지금쯤 눈치챘을 테고. 파우스트는 정치적인 측면에서는 시야가 좁지만 절대 아둔한 남자가 아니다. 오히려 현명하지. 그래서? 다음은?"

"……."

아스타테는 머리를 부여잡고 신음했다.

아무래도 '파우스트도 지금쯤 눈치챘을 것'이라는 말이 회심의 일격이었던 모양이다.

파우스트는 어리석지 않다.

냉정해지고 나면 누군가가 마르티나의 생각을 유도해서 그런 발언을 하게 만들었다는 것쯤은 바로 눈치챌 것이다.

이렇게 되면 이미지는——.

"파우스트, 화났겠지?"

"당연히 났겠지. 네 인상은 이미 최악이다."

파우스트는 벌까지 받았다.

아니, 그것만이 아니다.

리젠로테 여왕은 파우스트를 상대로 빚을 하나 지웠다.

파우스트도 어머니도 그렇게 이해하고 있을 것이다.

그 빚을 나에게 양도해주지는 않으려나.

……무리인가.

"우선 무언가 환금성이 뛰어난 선물이라도 보내야겠어. 바로 팔아치울 테지만, 파우스트라면 영지민의 식사에 메뉴를 하나 추가할 수 있다며 기뻐하겠지. 아니, 저택에 찾아가 직접 사과도 할까? 무언가 그럴싸한 변명도 만들어야…… 아니, 차라리 솔직하게 말하는 게 더 나으려나?"

"네가 앞으로 어떻게 수습할지는 관심 없고. 그래서 뭐가 어떻게 굴러가면 파우스트가 널 좋아하게 되리라 생각했지?"

솔직히 파우스트가 아스타테에게 품는 인상이 나빠지든 말든 아나스타시아에겐 상관없다.

중요하지 않다.

알고 싶은 건 아스타테가 무슨 생각을 했냐는 점이다.

"마르티나가 파우스트에게 목을 쳐달라고 떼를 씀. 파우스트 난감. 파우스트는 절대 안 함."

"그래, 확실히 난감해지지."

어째서인지 아스타테는 기묘한 말투로 떠들어댔다.

"궁조입회(窮鳥入懷). 착한 파우스트는 못 본 척할 수 없음. 살려 달라 부탁."

"정이 많은 파우스트라면 그리 하겠지."

아나스타시아가 그 말에 대답했다.

"하지만 절대 인정하지 않는 비정한 리젠로테 여왕, 마치 악마 같은 여자. 너네 엄마 쓰레기."

"네가 훨씬 더 심하다고 말하고 싶다만, 됐다. 다음."

어머니, 지금쯤 마음속으로는 아스타테에게 몹시 화를 내고 계시겠지.

나중에 이 녀석에게 사과하라고 보내야겠다.

"막막해서 한탄하는 파우스트. 나는 공작가로서 개입. 파우스트의 마음을 구원."

"그래, 도와주면 기뻐하겠지."

그 시점에서 하도 유치한 나머지 파우스트에겐 다 들킬 것 같은 느낌도 들지만.

"나는 마르티나를 살려줌. 감동하는 파우스트. 파우스트, 눈물을 흘리며 기뻐함."

"그래, 분명 다정한 파우스트라면 크게 기뻐하겠지."

너 언제까지 그런 말투를 쓸 생각이냐.

아나스타시아는 살짝 진저리를 치면서도 끈기 있게 들어줬다.

"나중에 나한테 고맙다고 인사하러 오는 파우스트. 호감도 업.

내 가랑이는 애액으로 축축."

"그래, 거기까지는 알겠어. 네 가랑이가 애액으로 젖는지 아닌지는 알 바 아니다만."

다소 망상에 빠진 전개이기는 하지만, 말도 안 되는 수준은 아니다.

"내 친절함에 감동해서 고추를 세우는 파우스트. 내 가랑이는 애액으로 축축. 합체."

"너 진짜 바보지?"

너 진짜 바보지?

육성으로도 마음속으로도 똑같은 말이 튀어나왔다.

이 자식, 진짜 바보다.

왜 평소에는 짜증 날 정도로 똑똑하면서 파우스트와 엮이면 이렇게 성욕직결형이 되는 거냐.

언젠가는 파우스트의 영지민들 앞에서 파우스트의 엉덩이를 주물러 배상금을 냈었지.

그건 파우스트가 물러서 혐오까지 가진 않았지만.

이번 일은――.

"너, 이번 일로 틀림없이 파우스트에게 미움받았을걸."

"어째서야. 어째서 이렇게 꼬여버린 건데! 왜 파우스트는 그렇게 화낸 거지?! 거기까지는 괜찮아, 왜 바닥에 머리를 박으면서까지 살려달라고 한 거야? 심지어 그거 빌렌도르프 전쟁 때 받은 감사장까지 꺼내려고 한 거지?!"

"그건 모르지. 나도 전장 밖에 있는 파우스트는 온화한 인물이라고 생각하지만…….”

전장에서 무슨 일이 있었나?

파우스트가 카롤리느를 일대일 대결로 꺾었을 때 그녀가 남긴 유언.

만약 살아있다면 외동딸인 마르티나를 필사적으로 부탁했다거나.

그런 게 아니라면 파우스트가 그렇게까지, 처절할 정도로 움직인 이유가── 아니, 그래도 부족하다.

파우스트가 머리를 바닥에 박으면서까지 살려달라고 간청한 이유는 오직 파우스트의 명예를 위해.

그 기준은 다른 사람이 알 수 없다.

“하지만 그때 파우스트──.”

“뭐.”

아스타테가 부끄러운지 발을 버둥거리며 중얼거렸다.

“아름다웠지. 나도 모르게 휘파람을 불었어.”

“…….”

그 말에는 동의하며 그때 파우스트의 모습을 떠올렸다.

어린아이가 떼를 부리듯이 마르티나의 참수를 거부하는 파우스트.

마르티나의 죽음조차 용서할 수 없다고 많은 이들 앞에서 선언한 파우스트.

어머니에게 무릎을 꿇고 무모한 청원을 하염없이 반복하는 파우스트.

끝내 말이 궁해지자 수치도 체면도 벗어던지고 머리를 바닥에 박는 파우스트.

그 모든 것이——.

"꼴불견으로 느껴지지 않았다. 이건 사랑 때문이겠지."

아나스타시아가 저도 모르게 제 사랑을 입에 담았다.

아스타테는 대답했다.

"사랑 때문이지. 파우스트의 그 모습은 법복 귀족이나 제후, 그 대리인을 통해 사람들에게 널리 퍼질 거야."

"……평판이 떨어지려나."

"단순한 귀족이 한 행위라면 꼴사납다고 딱 잘라 치워 버리겠지."

아스타테는 버둥거리던 다리를 장의자로 되돌리고 냉정하게 대답했다.

"하지만 파우스트는 달라. 안할트 왕국 최강의 기사이자 눈부신 무공을 지닌 기사. 그런 영웅이 한 행동이야."

"저마다 다양한 반응이 나오겠군. 찬반양론으로."

머리를 바닥에 박으며 애원했다.

피가 흐를 정도로 머리를 박으면서 여왕 폐하의 자비를 구걸했다.

그것을 꼴사납다고 느낄지.

그렇게까지 하면서 소녀를 구하고 싶었던 것이라 느낄지.

왕명에 반발한 것을 불경하다고 볼지.

설령 왕명이라고 해도 양보할 수 없는 게 있다고, 명예롭다고 볼지.

평범한 기사였다면 꼴불견으로 끝난다.

파우스트가 했다면, 영웅이 그 명예를 걸고 머리를 바닥에 찧으며 간청했다면 사정은 달라진다.

정말로 가치관은 사람마다 다를 것이다.

토론의 씨앗이 되고, 파티에서 언쟁하는 귀족이나—— 술집에서 다투는 평민의 모습이 뇌리에 떠오르는 듯했다.

아무래도 어린아이의 목을 친다는 건 사실 다들 싫어하니까.

그것이 왕명이자, 목이 날아가는 아이에게는 명예로운 행위라고 해도.

각자 입장이나 사상적 차이 말고는 결론이 나오지 않는다.

"우리 안할트 왕국에서는 그럴 거야. 빌렌도르프에서는?"

"야만족이라면—— 그 나라라면, 그야말로 전면 긍정이겠지."

가장 강한 자가, 어린 소녀 한 명, 그것도 일대일 대결 상대의 딸을 살리기 위해 왕명을 거스르고 아무리 꼴사납다고 해도 결정을 뒤집게 했다.

그게 그 나라에서 명예가 아니라면 무엇일까.

"귀찮은 녀석들이군."

"귀찮은 녀석들이야."

아스타테가 본래의 모습을 되찾은 건지 깔깔 웃었다.

"빌렌도르프와 평화 교섭이 아직도 성립되지 않았지. 너무 과하게 역침공했어. 너 때문이다, 몰살의 아스타테."

"아니거든요. 그건 당한 걸 갚아준 것뿐이니까 저는 하나도 잘

못한 거 없거든요."

아나스타시아는 아스타테에게 투덜거렸지만 여유로운 반응이다.

빌렌도르프 평화 교섭.

빌렌도르프 전쟁 후에 맺어져야 하는 부전조약(不戰條約) 체결.

아직 체결되지 않았다.

북방에 붙어있는 왕국군을 빌렌도르프의 국경선으로 돌릴 수는 없다.

또 공작군 500명과 친위대만 이끌고 그 강력한 야만족을 상대한다?

첫 출진은 최악이었다.

뭐가 서러워서 1천의 적군을 상대로 싸워야만 하는가.

그걸 한 번 더 반복한다고 생각하면 등에 소름이 돋는다.

"……빌렌도르프 평화 교섭은 반드시 성공시켜야만 해."

"그 야만족들, 계약만은 죽어도 준수하니까. 평화 교섭만 맺어지면 그 화평 기간에는 절대 전쟁을 안 벌여."

"그러기 위해서는."

아나스타시아는 잠시 머뭇거리더니, 이 말만큼은 하고 싶지 않았다는 표정으로 다시 입을 열었다.

"최악의 경우 화평 교섭 사자로서 파우스트를 보내야만 한다."

"……농담이지?"

아스타테 또한 그것만은 싫다는 얼굴로 대답했다.

"100% 덮칠걸? 빌렌도르프의 변태 짐승들이 틀림없이 덮칠

걸? 파우스트."

"빌렌도르프는 야만족이라고 해도 강자 앞에서 보이는 태도만큼은 봐줄 만해. 파렴치한 짓은 하지 않을 거라고 본다만……."

그래도 안전하다는 보장은 없다.

그래서 이건 최후의 수단이다.

정말로 최후의 수단이다.

빌렌도르프가 최대의 경의를 보이는 남자, 몰살의 아스타테라고 불리는 눈앞의 변태 짐승과는 다르게 빌렌도르프 역침공에도 가담하지 않은 기사.

그녀들이 지금도 자랑으로 여기는 레켄베르 기사단장을 정정당당히 일대일로 쓰러트렸고, 그 결과 붙은 이명은 '아름다운 야수'.

그 파우스트 폰 폴리도로를 화평 교섭 사자로 보낸다.

아나스타시아는 그 최종수단에 착수해야 할지 진지하게 고민하고 있었다.

제23화 자비네의 유혹

싸구려 술집.

왕도에 있는, 변두리에 가까운 싸구려 술집에 지금 파우스트 폰 폴리도로가 있었다.

"흠."

의자에 앉아 나무컵을 채운 에일을 바라보았다.

얼마 전 이번 카롤리느 토벌 공적으로 제2왕녀 친위대의 승진식을 치렀다.

자비네는 두 계단 상승, 다른 친위대원은 한 계단 상승하게 되었다.

이 싸구려 술집 모임은 그걸 축하하기 위해서가 아니다.

죽은 친위대원, 한나를 위한 모임이었다.

나는 그 자리에 부름을 받았다.

"잔이 15개 맞춰지지 않으면 쓸쓸하니까. 아무리 봐도 쓸쓸해서. 하지만 발리에르 님을 싸구려 술집에 모실 수도 없지. 영지로 돌아가는 준비에 바쁜 가운데 정말 미안하지만, 한나의 죽음을 추도한다고 생각하고 와 주지 않겠나?"

승진식이 끝나고 돌아가는 길에 자비네가 그렇게 말을 걸었다.

거절할 이유는 없었다.

이쪽은 제2왕녀 상담역으로서 한나의 장례식에 참석했던 몸이기도 하고.

……한나는 친위대의 역할을 다했다.
이번 발리에르 님 첫 출진에서 그 책무를 다한, 틀림없는 영웅이었다.
“제군, 우리의 동포인 한나는 떠났다. 발리에르 님의 방패가 되어. 발리에르 님 대신.”
자비네가 신발을 벗고 테이블 위에 올라가 연설을 시작했다.
술집에서 불평은 없었다.
이 술집은 오늘 친위대가 통째로 빌렸다.
술통 하나, 15명 전원의 지갑을 모아서. 사들였다.
왕가에서 배상금도 나오기로 했으니 내가 내겠다는 말도 했지만, 이건 친위대의 약속이라고 했다.
한나도 지금까지 그렇게 했으니까── 이번에도 꼭, 그렇게 하고 싶다고.
그렇게까지 말하니 할 말은 아무것도 없다.
“참으로 부러운 죽음이지 않은가. 그 죽음을 결코…….”
자비네가 연설하던 도중에 멈췄다.
울고 있었다.
자비네는, 그 위험인물은 울고 있었다.
내 견해가 틀렸던 걸까.
그 위험인물은, 인간으로서 정을 이해하는 사람이었던 모양이다.
“결코, 잊지 않겠다.”
자비네는 도중에 연설 내용을 바꾸기로 한 모양이다.

그게 노골적으로 느껴지긴 했지만, 전원── 자비네를 제외한 친위대 13명과 나, 파우스트는 묵묵히 경청했다.

"잊을 수 있을 리가. 시동의 탈의실을 다 함께 훔쳐보러 갔다가 결국 실패해서 발리에르 님께 혼나고. 내 정강이를 실컷 차대면서 너 때문에 발리에르 님께 혼났다고 화를 내던 한나를. 그 발차기는 참 아팠지. 아주 아팠다. 자기도 동의했으면서."

뭐 하냐, 제2왕녀 친위대.

"음담패설에 가장 관심을 보이면서, 내가 남자의 몸 구조를 자세히 이야기할 때마다 다음은? 다음은? 하고 재촉하는 눈으로 쳐다보던 한나를. 그 녀석은 음담패설을 정말 좋아하는 녀석이었다. 우리 중에서 가장 변태였다."

정말로 뭐 하는 거냐, 제2왕녀 친위대.

"잊지 않겠다. 그 녀석, 지금쯤 발할라에서 명예로운 전사였다며 에인헤랴르로서 발키리의 부름을 받고 있겠지. 하지만 우리는 잊지 않겠다. 그 녀석이 우리와 마찬가지로 터무니없이 어리석다는 것을. 주변 사람들에게, 법복 귀족들에게 비웃음을 당하던 사람 중 하나였음을. 죽을 때까지 잊어주지 않을 거다."

제2왕녀 친위대장.

자비네 님은 울면서 연설하고 있었다.

"명심해라, 우리도 언제 죽을지 알 수 없다. 우리 제2왕녀 친위대는 앞으로도 발리에르 님을 위해 일한다. 죽으라고 하신다면 죽으러 가고, 살라고 하신다면 무슨 짓을 해서라도 살아남는다."

자비네 님은 그저 하염없이 울고 있었다.

눈물을 내버려 둔 채 연설을 이어간다.
세간에서는 이번 전투의 주역.
민병을 고무하고 지원자를 모아 발리에르 님의 첫 출진을 승리로 이끈 영웅시의 주인공으로 떠받들어지고 있는데 말이지.
본인에게는 고통스러운 영광일 뿐이겠지만.
평생, 잊지 않을 테지.
자비네의 평가를 수정하기로 했다.
예전에 헬가에게 투덜거렸던 말을 철회하기로 했다.
이미 자비네는 싫어할 수 있는 상대가 아니다.
"발리에르 님께 허락도 안 받고 마음대로 죽지 말라고, 멍청한 자식."
마지막은 연설조차 아니었다.
이를 가는 듯한, 그러면서도 최고의 친애를 담은 말이었다.
"됐다! 지루한 연설은 끝! 한나의, 앞으로 발할라에서 거인을 상대로 하는 싸움에 영광 있으라! 건배!"
"건배!"
자비네의 연설이 끝나자.
나를 포함한 나머지 14명의 '건배!'라는 외침이 허공을 춤췄다.
나는 한나라는 인물을 잘 모른다.
그저 발리에르 제2왕녀 전하를 몸을 날려 지킨, 훌륭하게 의무를 다한 여자라는 지식뿐이다.
하지만 그 인생은, 아마도 제2왕녀 친위대로서 살아가는 동안은 적어도 행복했을 테지.

그렇게 느꼈다.
나는 에일을 쭉쭉 들이키기 전에.
"자비네 님."
"아아, 폴리도로 경. 오늘은 정말 와 줘서 고맙다."
자비네와 서로 잔을 부딪쳤다.
"그리 즐거운 자리는 아니지. 억지를 부렸군. 오늘은 정말로, 와 줘서 고맙다."
"아뇨, 저도 한나 님의 장례식에 참석한 몸이니까요."
멋진 여자였다.
아쉽구나.
살아있었다면 결혼하고 싶었는데.
이젠 이뤄지지 않는 소원이고, 발리에르 님 대신 죽지 않았다면 이런 생각을 할 일도 없었겠지만.
아무튼.
이번에는 사실 종사장인 헬가가 '제2왕녀 친위대에서 제일 좋은 여자를 살펴보고 오십시오. 저는 자비네 님을 가장 추천합니다'라며 등을 떠밀어서 왔는데.
완전히 그런 분위기가 아니다.
그리고 나도 그런 기분이 들지 않는다.
오늘은 한나 님을 추도하는 자리다.
그거면 충분하다.
내 신부 찾기는 올해는 포기하자.
"여기 앉아도 될까?"

"물론."

자비네가 맞은편에 앉았다.

제2왕녀 친위대는 각자 한나에 대한 추억을 떠들고 있었다.

……자비네는 섞이지 않아도 괜찮은 걸까.

"자비네 님, 나는 혼자 있어도 괜찮아. 나를 상대할 필요 없이 다른 친위대와 함께 한나 님 이야기를 하는 게……."

"저 녀석들과는 언제든 말할 수 있어."

자비네는 에일을 한 모금 마신 뒤 푸하 숨을 뱉은 후 이쪽을 보았다.

"폴리도로 경은 이제 영지로 돌아가 버릴 테지?"

"그래, 영지로 돌아가야지."

군역은 끝냈다.

발리에르 님의 첫 출진도 훌륭하게 마쳤다.

영지의 보호 계약에 따른 의무도, 제2왕녀 상담역으로서 맡은 역할도 완전히 끝났다.

이제 왕도에 볼일은 없다.

영지민도 가족이 기다리고 있다.

빨리 돌아가서 영지의 생산활동에 전념해야 한다.

우리 영지는 빈말로도 유복하지 않지만, 이번에 왕가에서 보셀가 대신 지불해준 포상금 덕분에 앞으로 10년은 윤택해졌다.

그 기간에 감세 정책을 펼치고 영지민을 부려서 밭을 조금이라도 넓혀야지.

시야 가득 아름다운 황금색으로 물든 밀밭이 눈앞에 선했다.

"하나 묻고 싶은 게 있다. 카롤리느의 딸, 마르티나를 살려달라고 한 이유가 무엇인지."

"……불만인가?"

"아니, 한나의 복수는 발리에르 님께서 그 자리에서 원수에게 갚아주신 시점에 끝났다. 불만은 없지."

자비네가 질문하더니 내 대답에 고개를 저었다.

이번 첫 출진을 최악의 전개로 만든 원인, 카롤리느의 딸을 왜 구했는가.

그게 마음에 들지 않은 줄 알았는데 그건 아닌 모양이다.

확실히 복수는 발리에르 님이 직접 손을 쓴 시점에 끝났다.

"내가 묻고 싶은 건 폴리도로 경의 명예에 대해서다. 도저히 모르겠더군. 이해할 수 없다. 이번에 폴리도로 경에게 무슨 이득이 있었지? 오히려 왕가에 빚을 하나 지지 않았나?"

"……."

침묵을 돌려주었다.

역시 자비네는 어리석어 보이지만 똑똑하다.

뭐, 아무런 교양도 없는 멍청한 연설가 같은 건 거의 없나.

이 녀석, 왜 집에서 추방당해 제2왕녀 친위대에 들어온 거지.

지금 냉정한 상태로 이렇게 대화해보면 도저히 어리석은 여자로는 안 보이는데.

역시 성격이 너무 악독해서?

이젠 그런 인상도 흐릿해졌지만.

그녀도 이번 첫 출진에서 성장한 걸까.

"……대답해주지 않는 건가."

"아니, 대답하지."

내 침묵을 자비네는 묵비로 간주한 모양이지만.

솔직하게 대답하자.

어차피 술자리다.

솔직하게 대답해도 내가 어떠한 손해를 보는 건 아니다.

"……부모의 죄를 어린아이가 대신 짊어지는 세상은, 설령 블루 블러드라고 해도 이상하다고 생각하지 않나?"

"……."

결국 그게 전부다.

마르티나가 어린아이만 아니었다면 나는 그 목을, 오히려 기사의 온정으로서 베어줬을 테지만.

어머니에게서 기사 교육을 받은 블루 블러드의 명예와 전생에 배운 현대인의 도덕 관념이 악마합체한 결과 나온 대답은.

그 명예의 결론이 내린 답은, 그것뿐.

"그게 도저히 마음에 들지 않았다. 그뿐이지."

"그뿐인가."

"그뿐이다."

자비네는 어리둥절한 눈으로 중얼거렸다.

"역시 폴리도로 경은 기묘한 남자군."

"내 생각도 그래."

이 세상에서 미친 건 내 쪽이다.

그런 상식은 있다.

하지만 그 순수한 블루 블러드의 세계에서는 도저히 살 수 없다.
뭐, 적당히 타협하면서 살아가면 되지.
나는 가볍게 생각했다.
"하지만 싫지는 않군. 의외로 우리는 마음이 맞을지도 모르겠어."
"유혹하는 건가?"
자비네의 말에 놀리듯 대답했다.
마치 유혹하는 말처럼 들렸으니까.
"그렇다고 한다면?"
"……."
나는 굳었다.
설마 진짜로 나를 유혹하는 건가?
이 세상── 적어도 안할트 왕국에서는.
근육질에 키도 큰 나 같은 건 여성의 주류 취향에서 벗어난 존재일 텐데.
설마.
"내 재산이 목적인가? 미리 말하는데, 손에 넣을 수 있는 건 인구가 300명도 안 되는 작은 마을의 작은 영주 기사다."
"그건 일대 기사에서 드디어 막 2단계 상승한 나에게는 눈이 돌아갈 법한 지위이긴 한데. 이번엔 그게 아니야. 순수하게 폴리도로 경이 마음에 든다는 소리지."
이 녀석 진심인가?
나는 생각지도 못한 대답에 굳었다.
헬가, 나의 종사장 헬가.

뭔가 나, 네 추천 후보를 유혹하기는커녕 오히려 유혹당하고 있는 것 같은데.

유혹당하는 건 처음은 아니지만.

아스타테 공작에게서는 그야말로 매일같이 듣고 있다.

단 정부 포지션으로서.

그래, 아스타테 공이 나와서 말인데, 이번 일.

그 여자, 아마도 마르티나가 나에게 목을 잘라 달라고 호소하게끔 생각을 유도했겠다.

머리까지 박은 건 내 책임이지만, 내가 마르티나를 살려달라고 할 것도 예측했겠지.

마르티나를 살리기 위해서였다고 해도 방식이 너무 더럽다.

빌렌도르프 전쟁 때부터 함께한 사이인 나를 잘도 함정에 빠트렸겠다.

나는 피도 땀도 함께 흘린 전우라고 생각했는데.

이 굴욕은 잊지 않겠다.

하지만 그 폭유는 아깝기도 해.

그건 전생의 감각을 지닌 남자이기 때문이니 어쩔 수 없지.

뭐 됐고, 지금은 그건 잊자.

"폴리도로 경은…… 나 같은 여자는 취향이 아닌가?"

"……."

애초에 저는 육감적인 여자라면 전부 취향입니다.

가슴사랑맨이라서.

자비네처럼 옷의 실루엣을 봐도 알 수 있는 모양 좋은 로켓 가슴의 주인이라면 완전 취향입니다.

이 세상은 얼굴이 쓸데없이 예쁜 여자밖에 없다 보니 가슴만 크다면 누구든 올 오케이.

그렇게 솔직하게 말하고 싶었지만, 이 세계에서는 기겁하겠지.

완전한 색정광으로 볼 것이다.

게다가 입장도 있다.

영주 귀족의 아내로서 나 대신 군역을 수행해줄 수 있는 수준의 인재일 필요가 최소한의 조건이다.

어라? 지금의 자비네라면 나쁘지 않은데?

헬가에게도 추천받았고.

고민하면서도 적당히 말을 흐렸다.

"싫지는 않습니다."

"다행이군. 진심으로 기뻐, 폴리도로 경."

뭐지 이거.

무슨 상황인 거냐. 이거.

왜 나는 한 번은 악마라고 간주했던 자비네에게 유혹당하고 있지?

그리고 나는 왜 그 유혹에 흔들리는 거냐.

누가 좀 가르쳐줘.

나는 뭐라고 대답해야 해?

나는 어떻게 해야 해?

이 상황에서 적절히 대처하는 법을 동정에게 요구해봤자 난감할 뿐이라고.

"폴리도로 경. 나는 가장 사랑하는 친구 한나를 잃었다. 하지만 제2왕녀 상담역으로서 당신과 인연을 맺었지. 이건 한나가 이어 준 인연인 건지도 몰라. 제2왕녀 친위대장으로서, 그리고 자비네 개인으로서도 앞으로 잘 부탁한다."

"어, 어어. 나야말로. 앞으로도 잘 부탁한다."

자비네와 악수했다.

그 손은 검과 창을 쥐면서 생긴 굳은살 때문에 둘 다 우둘투둘했지만, 신기하게도 자비네의 손은 부드러운 느낌이 들었다.

틀렸다.

나는 자비네에게 마음을 조금 빼앗기기 시작했다.

"바라건대, 여자와 남자로서 가까운 관계도."

이글거리는 자비네의 눈동자가 내 심장을 꿰뚫었다.

이건 평소에 전혀 인기가 없기 때문이다.

그런 거다. 분명.

혹은 아스타테 공의 심한 배신으로 마음에 상처가 생긴 직후라 그런가.

그 폭유는 나를 배신했다.

나는 고뇌하면서도 자비네의 유혹에, 그리고 옷의 실루엣을 보고 뚜렷하게 알 수 있는 로켓 가슴에 마음을 빼앗겨.

금속 정조대 속에서 고간이 부풀어 오르는 걸 느꼈다.

마음속으로 조용히, 늘 읊는 기도문을 중얼거렸다.

고간의 통증을 지우기 위해 하소연하는 기도문.

고추 아파라.

외전 엉덩이 주무르기를 좋아하는 공작님

빌렌도르프와 안할트의 국경선, 그곳에서 조금 떨어진 본진.

게오르기네 폰 아스타테가 누워있었다.

얻어맞았기 때문이다.

범인은 커다란 몸집으로 난처한 표정을 짓고 있는 파우스트 폰 폴리도로가 아니다.

엉덩이 주무르기를 좋아하는 공작님을 때린 사람은 엉덩이를 만져진 피해자가 아니라 그 부하인 헬가라는 이름의 종사장이었다.

"죽여버립시다. 더는 한계입니다."

헬가는 가래를 뱉으며 그렇게 이를 갈았다.

아스타테 공작 주변에는 창을 든 폴리도로 영지민이 에워싸고 있는데, 당장에라도 찔러 죽일 것 같았다.

한창 전쟁하는 도중이었다.

안할트라는 나라와 빌렌도르프라는 나라.

그 두 개의 선제후 국가가 뒤로 물러날 곳이 없는 영지 경계선을 두고 죽기 살기로 싸우는 전쟁을 벌이는 도중이었다.

그런 상황에서, 헬가는 말했다.

아군인 아스타테를 때리고 그 몸에 침을 뱉었다.

이유는 단 하나.

게오르기네 폰 아스타테라는 여자가 엉덩이 주무르기를 좋아하는 공작님이기 때문이다.

"아니, 이해해. 전부 다 아스타테가 잘못했어. 하지만 진정해줘."
변명하는 사람은 아나스타시아 폰 안할트.
전쟁 중인 양국 중 하나, 안할트의 제1왕녀다.
그 블루 블러드, 고귀한 핏줄의 최고봉이 고작 평민인 레드 블러드에게 이해심을 보이고 있었다.
전부 다 아스타테가 잘못했다고 사과하고 있다.
그녀의 잘못에 대해.
헬가가, 그 폴리도로라는 땅의 영지민이 사랑하는 영주이자 폴리도로 가의 단 하나뿐인 후손의 엉덩이를 주무른 것에 대하여.
당연하지만 도저히 숙녀의 행동이라고는 부를 수 없었으며, 귀족 남자에게 할 행동도 아니다.
파우스트의 엉덩이를 매춘숙의 매춘부처럼 주물러서 폴리도로 영지민의 자긍심 전부를 모욕한 문제는 하나부터 열까지 다 아스타테 잘못이다.
그건 누가 봐도 명백했다.
"엉덩이를 주물러서는 안 되지. 기사에게 그런 행동은, 상대가 짊어진 영지, 영지민, 선조를 모욕하는 행위다."
아나스타시아는 몇 번이나 타일렀다.
공작가, 왕족의 피를 이어받은 아스타테를 타일렀다.
절대 하면 안 된다고.
그런 말을 하지 않아도 인간으로서 이성만 있다면 당연히 알 수 있을 내용을 이미 몇 번이나 아스타테에게 들려주었다.
아스타테는 알았다고 했다.

엉덩이 주무르기를 좋아하는 공작님은 잘 안다고 대답했다.
아나스타시아는 안심했습니다.
"지금은 전쟁 도중이라고. 이해하고 있는 거냐."
하지만 아스타테는 엉덩이를 주물렀습니다.
이 전쟁에서 최고의 공헌자이자 최대의 전력이기도 한 파우스트의 엉덩이입니다.
이미 양군의 사망자는 세자릿수가 넘었고, 어느 쪽도 절대 물러설 수 없습니다.
피해가 너무 많이 나오는 바람에 승리하지 않으면 체면이 무너지기 때문입니다.
그런 상황이기 때문에 아나스타시아가 그토록 타일렀는데, 압도적으로 불리한 상황에서 죽기 살기로 노력해주는 파우스트의 엉덩이를 주물러댔습니다.
이건 귀족의 명예 상 용서받을 수 없는 일입니다.
살해당해도 항의할 수 없습니다.
"어쩔 수 없었다고."
아스타테가 변명했습니다.
"거기에 엉덩이가 있었단 말이다."
변명이란 해명, 핑계입니다.
불리한 일이나 과실 등을 수습하기 위해 설명하는 것이자, 거기에 딱히 정당성은 없습니다.
"엉덩이가 있었다. 파우스트의 엉덩이가 있었다. 무방비한 엉덩이가 있었단 말이다."

정당성이 너무 없었습니다.

"뭐가 잘못이라는 거지? 적어도 내 잘못은 아니잖아."

아스타테는 무방비한 파우스트의 엉덩이가 잘못한 것이라고 주장했습니다.

"무방비한 파우스트에게 책임은 없었나?"

그건 헬가를 비롯해 파우스트를 존경하는 폴리도로 영지민의 분노를 초래했습니다.

"이만 죽여도 되겠습니까?"

안할트라는 왕국의 제1왕녀에게, 본래는 직접 말을 거는 것조차 허락되지 않는 헬가가 대표로 물었습니다.

전시이기 때문에 파우스트의 종사장인 그녀에게도 어느 정도 발언권이 허락되었기 때문입니다.

아스타테 공작의 관리자는 아나스타시아 제1왕녀라고 간주하고 있습니다.

완전한 날벼락입니다.

일단 친척이기는 하지만, 아나스타시아는 내심 아스타테와 피가 이어진 게 맞는 건지 조금 의심하고 있습니다.

하지만 두 사람의 선명한 빨간색 머리카락은 서글플 정도로 핏줄임을 증명했습니다.

"잠깐 기다려줘."

헬가의 행동을 말로 막았습니다.

순간 아나스타시아도 죽여도 괜찮지 않나는 생각이 들었습니다.

논리로 따지자면 죽여도 됩니다.

다들 어쩔 수 없었다고 넘어가 줄 것이라 생각했습니다.
아스타테 공작의 가문에서도 사정을 알면 '제 딸은, 장녀는, 빌렌도르프를 상대로 한 전쟁의 최전선에서 진두지휘를 맡아 용감하게 싸우다가 숨을 거뒀습니다'라고.
그렇게 넘어가 주지 않을까.
그런 생각이 문득 머리를 스쳤습니다.
전부 다 거짓말인 것도 아닙니다.
이 게오르기네 폰 아스타테라는 여자는 전장에서 공작군 500명의 최고 지휘관으로서 항상 앞장섰으며, 파우스트 다음이라고 해도 될 만큼 용감하게 싸워 전과를 올렸습니다.
특히 공작군의 일개 병사에게도 말을 걸어 '네 전투는 마지막 순간까지 내 눈에 새겨넣었다'라고.
그 말에는 거짓 하나 없이, 제대로 전후 보수를 약속하며 전사자의 시신 한 명 한 명의 손을 잡고 전우들에게 반드시 시신을 데리고 돌아가 매장하겠다고 약속해주었습니다.
참으로 훌륭한 행동거지였습니다.
"지금은 전쟁 중이라 아스타테가 필요하다는 건 너희 폴리도로 영지민들도 잘 알고 있을 테지."
귀족으로서, 군인으로서, 상관으로서.
확실히 훌륭한 인물이기는 했습니다.
하지만 파우스트의 엉덩이를 주물렀습니다.
그건 슬픈 사실입니다.
이렇게 훌륭한 귀족은 안할트 전체를 뒤져도 없는 게 아닐까.

그런 식으로 생각하던 병사들조차 환멸을 느꼈습니다.
왜 이런 훌륭한 귀족이 이런 성벽을 지닌 걸까 생각했습니다.
아나스타시아는 어떻게든 아스타테의 변호를 시도했습니다.
"아스타테는 정말로 훌륭한 전선지휘관이자 병사를 교묘하게 잘 다룬다. 이 여자가 없으면 전쟁에 질 거야."
"설령 엉덩이를 주물러도요?"
헬가는 싸늘하게 중얼거렸습니다.
헬가와 폴리도로 영지민에게는 상관없는 일입니다.
자신들의 하나뿐인 영주이자 안할트의 미적 감각으로는 추남이라며 멸시까지 당하는 파우스트가, 피와 진흙으로 범벅이 되면서도 눈앞의 병사를 한 명도 죽이지 않도록 기염을 토하며 압도적 열세 속에서 싸우고 있습니다.
초인적 무인이라고 해도 한계는 있습니다. 다치기도 하고 피를 흘리기도 합니다.
판금 갑옷은커녕 조잡한 체인 메일밖에 없는 파우스트의 몸은 상처로 가득합니다.
아무도 죽지 않은 걸 확인한 뒤 안도하며 영지민의 활약을 한 명 한 명 칭찬하는 파우스트의 모습을 볼 때마다 영지민들은 다들 눈물을 삼킵니다.
그런 사람의 엉덩이를 주물렀습니다.
터무니없는 모욕입니다.
자신들이 죽어도 괜찮으니까 이 엉덩이 주무르기를 좋아하는 공작님을 죽여버리고 싶어 하는 것도 당연합니다.

"아스타테, 사과해라. 이미 귀족이나 평민이나 그런 문제가 아니야."

아나스타시아는 이렇게까지 오면 성의가 담긴 사과 말고는 용서받을 수 없다고 생각했습니다.

"대답에 따라서는 죽이겠습니다."

헬가는 다른 영지민들보다 조금 냉정해서, 아무튼 파우스트의 명예와 자신들의 심리적 안정을 위해 어떠한 사과의 말을 끌어내려고 했습니다.

전쟁이라는 광기 어린 상황에서는 조금쯤 머리가 이상해지는 녀석도 있다고 생각했기 때문입니다.

실제로 아스타테 공작은 파우스트 옆에서 변태처럼 하악하악 숨을 몰아쉬는 일이 드물지 않았습니다.

하지만 지금까지는 어떻게든 억눌러왔습니다.

"……."

엉덩이 주무르기를 좋아하는 공작님은 상반신을 벌떡 일으켰습니다.

하반신만 바닥에 붙인 채 입을 엽니다.

"몇 번이든 말하지! 파우스트에게 문제는 없었는가!"

아스타테는 변명했습니다.

"파우스트가 먼저 끌어안았다! 서로의 피와 땀이 뒤섞이는 것도 아랑곳하지 않고 갑주를 입은 채, 아직 너는 살아있었냐며 나를 끌어안고 서로의 생존을 확인했다!"

파우스트와 아스타테는 최전선에서 행동을 함께했습니다.

하지만 아스타테는 전술적 판단으로 초인인 파우스트로 빌렌도르프의 병사를 묶어놓고, 기병으로 측면을 돌파해 괴멸.

그런 소규모 망치와 모루 전술을 제안했고 훌륭히 성공해냈습니다.

엉덩이 주무르기 사건은 작전 성공 후 돌아온 본진에서 일어났습니다.

"전술에 조금만 실수가 있었다면 한쪽이, 혹은 양쪽 모두 죽었겠지! 내 본능은 한없이 생존으로 기울어졌고, 필사적이었다! 그런 상황에 훌륭한 엉덩이를 지닌 데다 반한 남자가 내가 살아있음을 진심으로 기뻐하며 달라붙었다!"

아스타테의 변명은 이어졌습니다.

"지금 말한 대로 내 본능은 생존을 위해 고양되어 있었다! 그런 상황인 나를 끌어안은 파우스트에게도 문제가 있었던 게 아닌가!"

변명이란 해명, 핑계입니다.

불리한 일이나 과실 등을 수습하기 위해 설명하는 것이자, 거기에 딱히 정당성은 없습니다.

"멋진 엉덩이를 지닌 파우스트에게 정말로 문제는 없었는가! 나는 묻겠다!"

나는 잘못하지 않았다.

하나도 잘못하지 않았다.

아스타테는 가슴에 매달린 무의미한 폭유를 치켜들며 외쳤습니다.

애 죽겠네. 아나스타시아는 그렇게 생각했습니다.

"창으로 찔러라. 더는 사양할 필요 없다."

성추행을 저질러놓고 저렇게 말하면 안 됩니다.

헬가는 뒷일 같은 건 알 바 아니니까 이 자식을 죽여야겠다고 마음먹었습니다.

폴리도로 영지민은 분노가 극에 달한 얼굴로 엉덩이 주무르기를 좋아하는 공작님을 찔러 죽이려고 했습니다.

"멈춰!"

지금까지 소외되고 있던, 성추행의 피해자 파우스트가 막았습니다.

충성을 맹세한 폴리도로 영지민으로서 행동을 멈추지 않을 수는 없습니다.

"내가 조심성이 부족했다. 전장이기 때문에 아스타테 공작이 흥분했던 거야. 본능이라면 어쩔 수 없지."

아나스타시아, 아스타테 공작 휘하의 공작군, 그리고 폴리도로 영지민은 깜짝 놀랐습니다.

이 사람은 대체 얼마나 선량한 거지.

다들 그런 얼굴입니다.

"하지만 내가 몰래 용서할 수 있는 건 공론화되지 않았을 경우이고, 공작군과 영지민 앞에서 이런 행위가 일어났으니 내가 용서하고 끝낼 수도 없다."

지당한 말이었습니다.

엉덩이 주무르기를 좋아하는 공작님의 행위는 명백한 귀족 간의 모욕 행위였습니다.

아무리 공작가가 하급 영주 기사에게 저지른 행위라고 해도 허락되는 일과 허락되지 않는 일이 있습니다.

“따라서 반성문과 배상금을 요구합니다.”

체면을 유지할 필요가 있는 파우스트가 용서했으니까 끝! 하고 넘어갈 수는 없습니다.

타협점으로서는 나쁘지 않았습니다.

“미안, 흥분되는데.”

아스타테 공작은 작게 중얼거렸습니다.

엉덩이를 주물렀는데 그걸 상냥하게 용서해준 파우스트의 행동에 고양된 것입니다.

그 중얼거림이 들린 아나스타시아 제1왕녀는 이 자식 진짜 안 죽는 걸까 생각했습니다.

정말로 화가 나는 일이지만, 진짜 죽었다간 아나스타시아가 입장상 가장 곤란해지므로 실현할 수는 없습니다.

전쟁에서 질지도 모르기 때문입니다.

아무튼 파우스트의 제안은 정말로 나쁘지 않았습니다.

공작군의 회계를 담당하는 문장관이 바로 튀어와 배상금을 마련했습니다.

바로 계산을 마쳤습니다.

비용

엉덩이 터치 요금

1. 은화 30닢

이런 용지와 펜을 문장관이 내밀었습니다.

거액이기 때문에 공작군 지휘관인 아스타테 공작의 사인이 필요했기 때문입니다.

그나저나 '엉덩이 터치 요금'은 뭡니까.

아나스타시아는 눈썹을 찌푸리며 친척으로서 이 종이가 후세에 남지 않길 바랐습니다.

아나스타시아가 부모고 자식이 이런 회계 용지를 내밀었다간 후계자에서 쫓아낼 게 틀림없습니다.

하지만 아스타테 공작은 16살의 나이에 이미 공작가를 이어받았습니다.

이미 늦었습니다.

아스타테 공작은 펜을 들고 침착하게 사인한 뒤 중얼거렸습니다.

"돈을 냈다는 것. 돈을 내고 주물렀다는 사실은, 그건 그거대로 흥분되는군."

정말 답이 없습니다.

그 목소리는 다른 사람들의 귀에도 들렸지만, 이쯤 되니 화가 나지도 않고 왜 이런 몬스터가 공작가에 태어나고 말았는지.

그 사실이 슬퍼졌습니다.

"은화 30닢!"

성직자를, 속죄주(贖罪主)를 팔아치운 금액!

13번째 사도가, 배신자가 속죄주를 팔아치운 대가로 은화 30닢을 받았고, 그 돈으로 밭을 샀다.

그런 사실이 떠오르자 엉덩이 주무르기를 좋아하는 공작님은 몹시 흥분했습니다.

정말이지 답이 없습니다.

"다음은 반성문을."

문장관이 종이를 내밀었습니다.

"어쩐지 조금 즐거워졌는데!"

아무튼, 거듭 반복해서 말하는 거지만, 답이 없습니다.

엉덩이 주무르기를 좋아하는 공작님은 아무튼 답이 없는 사람이었습니다.

능력이 있고, 재능만 보여준다면 평민이라고 해도 기사로 세우고, 훌륭하게 일한 사람에게는 진심으로 칭찬합니다.

나쁜 사람은 아닙니다.

실제로 공작군 병사들에게는, 때에 따라선 삼녀 이하인 평민마저 섞인 그녀들에게는 정말로 모시는 보람이 있는 주군입니다.

공작만 올린다면 모든 것을 인정해주는 좋은 상관. 그건 다들 인정하고 있습니다.

훌륭한 기사님입니다.

"다 썼다!"

그렇다고 해서 남의 엉덩이를 주물러도 될 리는 없지만요.

상반신만 일으키고 앉았던 아스타테 공작이 자리에서 일어나 힘차게 반성문을 읽었습니다.

"반성문!"

쓸데없이 힘만 넘치는 게 아나스타시아의 불안을 자극했습니다.

"먼저 사과하기 전에 파우스트에게 사랑을 고백하겠습니다. 저는 어릴 때부터 아나스타시아의 아버지이자 삼촌인 로베르트의 엉덩이를 보면서 좋다고 느꼈습니다. 지금 생각해 보면 그게 제 원체험이었던 것 같습니다."

처음은 잽입니다.

아나스타시아의 죽은 아버지이자 자신의 삼촌에게 성적인 흥분을 느꼈다는 이야기입니다.

알고는 있었지만, 아나스타시아는 솔직히 듣고 싶지 않았습니다.

"저는 여자로서 남자에게 무척 평범한 성욕을 느끼며, 가끔 시동의 엉덩이를 바라보기도 합니다. 하지만 어떤 엉덩이를 봐도 공작가를 계승할 저에게 달려드는 모든 남자의 엉덩이를 보고도 무언가가 아니라고 생각했습니다. 이상적인 엉덩이가 아니었습니다."

역시 알고는 있었지만, 그 성벽에 대해서도 듣고 싶지 않았습니다.

"시간은 흐르고 이윽고 16살이 되었습니다. 저는 그 무렵엔 이미 이해했습니다. 지금 생각해 보면 로베르트 삼촌은 키가 크고 근육질인 남성이었으니, 그렇게 탄탄한 엉덩이는 그리 흔치 않으리라는 것을."

아나스타시아는 문득 주변을 둘러보았습니다.

다들 어딘가 서글픈 눈을 하고 있었습니다.

점점 아무래도 상관없어졌기 때문입니다.

"그때 파우스트라는 남자가 나타났습니다. 2m가 넘는 키에 몸무게는 130kg. 강철처럼 단련된 근육질을 지닌 초인 기사입니다. 저는 처음 본 순간 호감을 느꼈고, 이것은 운명의 만남이라고 생각했습니다."

엉덩이 주무르기를 좋아하는 공작님은 취지를 잊어버렸습니다.

반성문이 아니라 그냥 성벽 서술이었습니다.

"언젠가 제 다리 사이에서 허리를 흔들게 만들고 싶어졌습니다. 이 멋진 엉덩이를 지닌 남자의 허리를 흔들게 만들고 싶어졌습니다."

두 번이나 말하지 않아도 되지 않냐.

완전한 피해자인 파우스트는 조금 진저리를 쳤습니다.

"이 전쟁만 끝나면 공작가의 모든 권력을 동원해서 실현할 생각입니다. 그런 마음을 품고 있는 저에게 조심성 없이 달라붙은 파우스트도 경솔했으며, 엉덩이 터치 한 번에 은화 30닢을 받은 남자로서 자부심을 갖고 앞으로는 제 정부가 되어 살아가는 것이 모든 사람에게 행복한 결말이라고 생각합니다."

엉덩이 주무르기를 좋아하는 공작님은 파우스트의 엉덩이에 속죄주와 같은 가치를 인정했습니다.

그러한 선언이자, 이미 반성문도 뭣도 아니었습니다.

"이상! 게오르기네 폰 아스타테!"

말을 마치자마자 옆에서 맹렬한 주먹이 날아왔습니다.

아나스타시아의 인내심이 한계에 도달했기 때문입니다.

"그냥 죽어!"

안할트의 왕족이자 제1왕녀 아나스타시아의 외침이 허망하게 울려 퍼집니다.

결국 엉덩이 주무르기를 좋아하는 공작님은 마지막 순간까지 제대로 사과하지 않았습니다.

하지만 이미 다들 답이 안 나온다면서 포기했습니다.

그 자리에 있는 모두가 이렇게까지 처참하면 오히려 대단하다고 생각했습니다.

사람들은 완전히 감탄했습니다.

계기는 사소한 일이었던 것 같다.

정확하게 흐르던 악곡의 박자가 무너져버리듯, 나비의 날갯짓이 폭풍을 일으킨 것처럼 무언가 미래가 바뀌어버린 것 같다는 생각마저 든다.

아마도 그때.

발리에르 님의 첫 출진에서 사망자와 함께 왕도로 돌아오는 길, 나는 들꽃 군생지를 발견해 꽃을 조금 꺾었다.

소박하고 평범한, 한 송이에 동화 1닢조차 되지 않을 것 같은 카밀레였다.

커다란 손가락으로 야금야금 뜯으며 소소하게 피어있는 꽃들에게 미안한 기분을 느끼면서도.

나는 사과와 비슷한 향기가 나는 들꽃을, 친위대로서 역할을 훌륭하게 마친 저 주근깨가 난 여성의 소박한 관에 정중히 바쳤다.

그리고 자비네 님에게 말을 건 뒤 다시 발리에르 님 곁으로 돌아간 순간.

그때 발리에르 님의 목소리가 들렸다.

작아서 그야말로 나처럼 초인적인 청각을 지녀야만 들을 수 있을 정도였지만.

"고마워."

무언가 모든 것에 대한 감사가 담긴 듯한 음색.

내 행위를 무척 고귀한 것이라는 듯 인정하고 슬픈 미소를 지으며 인사하는 발리에르 님의 얼굴이 인상에 남았다.

아마도 그렇게, 정말로 사소한 일.

계기는 그런 사소한 일이었는데, 나비의 날갯짓이 폭풍을 일으키고 말았다.

그 슬픈 미소를 보고 내 마음은 '두근거리고' 말았다.

그래서 세상이 뒤집혔다.

나는 그런, 완전히 의미 없는 생각을, 예상한 적도 없는데 눈앞에 일어난 현실을 보며 생각했다.

한 여성이 젖먹이를 안고 있다.

140cm도 되지 않는 여성이다.

콩알만 하다고 해도 될 만큼 아담하며, 그녀의 언니나 어머니와 비교하면 미성숙하다고 해도 될 만큼 가슴도 작다.

하지만 다른 부위는 묘하게 육감적이며, 고생을 모르는 어린아이 같은 피부라고 해도 될 정도로 반들반들했다.

이미 20살을 넘겼는데도.

아니, 솔직히 내가 보기에는.

14살 때부터 조금도 성장하지 않았다.

인간으로서는 꽤 많이 성장했다고는 생각하지만, 가슴도 엉덩이도 빈약한 게 서러울 정도로 소녀 같은 체형이었다.

내 여자 취향—— 폭유와 성숙미와는 정반대인 소녀 체형이다.

그 리젠로테 전 여왕 폐하의 딸이자 아나스타시아 여왕 폐하의 동생이니까 조금 더 어떻게 안 되는 거였냐고 푸념하고 싶다.

핏줄의 영향은 아름다운 붉은 머리카락 말고는 아무것도 보이지 않았다.

"한나는 오늘도 신났네."

아이를 낳았는데도 내 눈앞에 있는 여성—— 내 아내이자 안할트 제2왕녀 전하였던 발리에르의 외모는 무엇 하나 바뀌지 않았다.

그녀를 보고 출산 경험이 있다는 걸 알아채는 인간은 한 명도 없을 거다.

아기를 달래는 모습을 보면서 그런 생각을 했다.

거듭 말하지만 인간으로서는 많이 달라졌다.

6년 전 첫 출진 이후 리젠로테 여왕 폐하에게서 왕가의 업무를 일부 맡게 되었으며, 무슨 일이든 의욕적으로 임하게 되었다.

군역과 세대교체 말고는 왕도에 인사조차 하러 오지 않는 고집불통 영주 기사를 상대로 만나러 오기도 하고.

수십 명의 산적을 상대로 한 자잘한 전투, 영주 기사 사이의 영토 문제 조정, 그런 작은 문제를 해결하기 위해 이 파우스트도 자주 동원되었다.

"한나는 항상 기분이 좋지."

나는 장녀인 한나를 따뜻하게 지켜보았다.

머리를 쓰다듬으려고 하지는 않았다.

한나는, 발리에르의 첫 출진에서 전사한 기사와 같은 이름을 지닌 내 장녀는 굳은살로 울퉁불퉁한 손을 별로 좋아하지 않는 모양이었다.

쓰다듬으면 칭얼거린다.

포기하고 과거를 계속 추억하기로 했다.

나쁘지 않았다.

나는 발리에르 님이 절대 싫지 않았고, 제대로 왕가에서 특별 수당도 나오고 있으니 그녀가 첫 출진 이후 제2왕녀 전하로서 정치력을 발휘해나갔던 건 하나도 문제가 없었다.

어느새 다른 영지의 영주 기사도 함께 임무에 동원되면서 조금이지만 귀족 전우도 늘어났다.

안할트 왕국에서 내 지위도 조금씩 개선되었다.

그래서 이 파우스트로서는 작은 폴리도로 령이라는, 나에게 더없이 소중한 것을 지키기 위해 발리에르 님과의 관계는 전혀 문제가 없었다.

하지만 거기에도 끝이 있다는 건 이해하고 있었다.

언제까지고 계속할 수는 없다.

"슬슬 결혼하고 싶습니다."

이 파우스트, 발리에르 님의 첫 출진으로부터 2년 동안 섬기면서 24살이 되었을 때 흘린 푸념이었다.

애초에 내가 왕도에 나가 귀족들과 관계를 구축했던 건 딱히 왕가나 발리에르 님에게 부려 먹히기 위해서가 아니다.

신부다.

신부 찾기다.

발리에르 님이 정치력을 행사할 수 있게 되었으니 내 아이를 낳아줄 신부를 찾는 것쯤은 해도 되지 않을까.

가능하면 미인이 좋다.

그리고 모델 체형인 장신의 여성이 좋다.

더 욕심을 부리자면 거유가 좋다.

더욱 욕심을 부리자면 폭유가 좋다.

솔직히 말하라면 나는 허벅지가 풍만한 여자, 그리고 아무튼 가슴이 큰 여자가 좋다.

요컨대 너와는 전혀 다른 여자가 좋다는 말은 조금도 드러내지 않고 발리에르 님에게 호소했다.

내 취향과 정반대의 외모인 발리에르 님(빈유 아담 큐트타입 당시 16살)은 대답했다.

"그래, 슬슬 적기지."

"오."

드디어 들어주는 건가.

나는 한숨을 쉬면서 열심히 쌓아 올린 정치력을 내 신부 찾기에 써주려는 발리에르 님에게 고마워하다가.

"나와 결혼하자, 파우스트. 제2왕위계승권을 포기하고 네 영지에 갈게. 친위대원들도 제대로 승진시켰고, 자비네도 세습 기사가 되었으니까 앞으로 다들 안심할 수 있겠지."

뭔가 이상한 말을 했다.

얘 뭔 소리 하는 거냐?

그때는 확실히 그렇게 생각했다.

"어, 아니……."

싫습니다.

그때는 무심코 솔직히 대답하려고 했는데.

어째서인지 그 말이 나오지 않았다.

어? 나 정말 싫은가?

확실히 눈앞의 어린이는 내 성벽에 스치지도 않는 불쌍한 존재라고 생각했다.

아예 여성으로 보고 있지도 않았다.

그런 가치가 느껴지지 않았으니까.

하지만 발리에르 님이라는 인간에게는 호감이 있었다.

발리에르 님이 14살 때부터 쌓아 올린, 인간적인 호감이 있었다.

"언니와 약속했거든. 제2왕녀 친위대는 내가 떠난 뒤에도 제대로 일을 주고, 뒷방으로 쫓아내지 않겠다고. 언니는 이제 여왕 폐하가 될 거고, 스페어로서 내 역할은 끝. 그러니까 앞으로 어떻게 할지 생각해야만 해. 파우스트의 신부가 되어서 내가 발리에르 폰 폴리도로라는 영주 기사로 살아가겠다면 그걸 막을 생각은 없대."

뭘 마음대로 정하는 거냐 왕가.

나는 영주 기사로서 무엇 하나 허락한 적 없다.

"물론 발리에르를 받아주는 파우스트에게 폴리도로 령에도 자본 지원을 약속해. 당연히 그렇다고 해서 영지 경영에 간섭하지도 않아. 이건 단순히 왕가에서 보내는 생활비라고 생각해도 된대. 그러니까 파우스트는 아나스타시아가 이렇게 친절한 여자라는 걸 잘 이해해 달랬어."

하지만 매력적인 조건이었다.

영지 경영에 영향을 주지 않으면서 지원만 해준다고 한다면 환영할 일이다.

그리고 뭔가 일부 이상한 문장이 섞여 있었다.

당시 아나스타시아 님을 식인할 것 같이 생겼다며 무서운 여자라 생각했었다.

지금은 전혀 그럴 성격이 아니라는 걸 알지만.

"나는 싫어? 파우스트."

잠시 고민했다.

솔직히 내 성벽에는 전혀 들어맞지 않는다는 점을 제외하면 좋은 조건이었다.

계승권을 포기했다고 해도 왕가의 피가 폴리도로 가에 섞이게 된다.

귀족 사회에서 고귀한 피에는 가치가 있다.

발리에르 님 본인도, 미덥지 못하던 첫 출진 때와는 다르게 지금 그녀는 고등교육을 받고 실전 경험을 쌓은 여성이다.

첫 출진으로부터 2년이나 지나면서 다양한 귀족과 안면을 텄고 사교 부분에선 나보다 명확하게 우위를 선점한다.

영주 기사로서 종합치를 따져보면 나보다 유능하다.

내가 전장에서 싸우고 발리에르 님이 영지를 경영한다.

두 사람이 함께 일하면 영지는 더 발전할 것이다.

그건 명확했다.

"……."

잠시 고민했다.

하지만 결론은 나와 있었다.

발리에르 님의 손이 겁먹은 고양이처럼 떨고 있는 게 보였다.

아, 틀렸네.

그것만으로도 이미 틀렸다.

나는 이 사람을, 발리에르라는 한 명의 소녀를 결국은 좋아하는 거다.

싫지 않다, 성벽과 안 맞는다, 빈유 꼬마 같은 건 안 좋아한다.

그런 말을 머릿속으로 자꾸 중얼거리며 얼버무리려고 한다.

하지만 스스로를 끝까지 속일 수는 없다.

옛날과는 달라졌지만, 근본은 겁쟁이인 그녀가 얼마나 용기를 쥐어짜서 고백했을지.

그걸 생각하면 더는 아무런 핑계도 댈 수 없었다.

"발리에르 님, 아니. 발리에르라고 부르겠습니다."

"왜, 파우스트."

결국 나는 무슨 일이 있어도 이 소녀를 못 본 체할 수가 없다.

죽으라고 한다면 죽을 테고.

그녀가 곤경에 처하면 불 속이든 물 속이든 뛰어들 것이다.

수천의 적병 속이든, 그야말로 지옥 밑바닥이라도 해도 상관없었다.

그러한 일을 해버릴 정도라면 그냥 계속 곁에 두고 싶었다.

그야말로 무덤 속까지.

"저 파우스트 폰 폴리도로와 결혼해주실 수 있겠습니까? 당신 곁에서 살고 싶습니다. 무덤까지 함께 잠듦으로써 영원을 보내고 싶습니다."

그런 생각이 들었다면, 여성에게 고백하게 두지 말고 내 쪽에서 부탁했어야 했다.

이 정조 역전 세계에서도 양보할 수 없는 내 자긍심이다.

발리에르는 내 고백을 받아들이고 두 사람은 결혼하게 되었다.

그렇게 벌써 4년이 흘렀다.

발리에르라는 아내가 생겼다.

폴리도로 가의 후계자이자 내 피를 이어받은 한나가 태어났다.

영지 경영은 순조롭고, 지금도 황금빛 밀밭이 반짝인다.

나는 행복으로 가득하다.

행복하다.

하지만 딱 하나.

딱 하나, 이 말만큼은.

"비겁한 미련이지만."

확실히 나는 발리에르를 아내로서 사랑하고, 무덤에서도 영원을 함께할 파트너라고 인정한다.

하지만 빈유 꼬맹이다.

그건 그렇다고 해도, 빈유 꼬맹이란 말이다.

나는 허벅지가 두툼하고 가슴이 큰 여자를 좋아한다.

이 성벽만큼은 고쳐지지 않는다.

거듭 말하지만, 나는 행복하다.

그건 인정한다.

하지만 나는 신의 은총을 받고 싶었다.

가슴신의 은총을 받고 싶었다.

"파우스트, 물어보고 싶은 게 있는데."

발리에르가 생각났다는 듯 입을 열었다.

나는 고뇌하며 내답했다.

"뭐지?"

"최근에 태어난 언니와 아스타테 공작의 아이들 말인데, 어쩐지 파우스트를 닮지 않았어?"

그야 닮았겠지.

진짜 내 아이들이니까.

무심코 고백할 뻔했지만, 그럴 필요조차 없이 이 질문이 나온 시점에서 들켰다.

발리에르는 이 문제에 대해선 딱히 화내지 않는다는 걸 안다.

결국 남자의 수가 적은 이 세계에서는 한 남자를 여러 명의 여성이 공유하는 일이 드물지 않다.

본처의 허락만 있다면 딱히 불륜은 아니다.

"나는 그 두 사람에게는 파우스트에게 손대지 말라고 말해놨었는데. 아니, 권력 관계상 어쩔 수 없다는 건 알지만. 제대로 저항은 했지?"

발리에르도 이미 상황은 알고 있는 모양이다.

나는 왕도에서 군역을 수행하러 갔을 때, 발리에르가 사랑하는 영지를 지키는 동안 두 사람의 침실에 불려 갔다.

도저히 거절할 수 없었다.

아니, 가슴에 굶주린 나란 남자가 거절할 수 있을 리가 없었다.

『계속 너를 좋아했다. 지금까지 너무 우회적이었지. 이젠 겉치레는 필요 없다! 우리에게 안겨라!!』

미유 미녀와 폭유 미녀가 그렇게 외치며 들이대는데 거절할 수 있다면 그건 내가 아니었다.

권력관계 같은 건 뇌에서 쏙 빠져있었다.

이해해달라.

그렇게 말했다.

"아니, 그 두 사람이 파우스트를 좋아하는 건 알고 있으니까 뭐…… 그건 아슬아슬 괜찮다고 치고, 어째 자비네에게도 아이가 생겼다는 편지가 왔는데. 아니, 그거 자체는 아주 기쁜 일이지만. 일단 물어보는데, 왜 자비네 딸의 이름이 마리안느인 거야? 선대 폴리도로 경의 이름이잖아? 이렇게까지 오면 나도 상황을 알거든?"

자비네는 나와 만든 아이에게 내 어머니의 이름을 붙였다.

이것도 어쩔 수 없었다고 해야 할까, 그 금발 로켓 가슴이 문제라고 할까, 그야 로켓 가슴에는 질 수밖에 없다.

가슴신께서 신앙심 깊은 나에게 은총을 내려주기 위해 나를 굽어보셨다.

나는 나쁘지 않다.

침실에 끌려가서 '발리에르 님을 살짝 배신하지 않을래? 분명 용서해주실걸'이라고 속삭여대니 어떻게 할 수가 없었다.

두 사람 모두 발리에르에게 느끼는 배덕감으로 머리가 터져버릴 것 같았다.

서로 인생에서 가장 강렬한 성적 흥분을 느꼈다.

이건 정말 어쩔 수 없는 일이었다.

그렇게 말했다.

"때려도 되지? 아니, 진짜 때려도 되는 거지? 지금 자비네는 임신 중이라 때릴 수 없으니까 파우스트를 흠씬 두들겨줄 건데 용서해줄 거지!!"

"죄송합니다, 때려주세요."

확실히 잘못했다.

결국 비겁한 미련은 좋지 않다.

모든 것을 밝혀 그 세 아이가 내 피를 이어받았다는 걸 공식적으로 인정하고, 특히 자비네 일은 내가 그녀 몫까지 사과하자.

얌전히 발리에르에게 얻어맞자.

신나게 두들겨 맞자.

"하지만 그 전에 한마디만 하게 해 줘, 발리에르."

"뭔데!"

발리에르는 종가장인 헬가를 불러 아직 젖먹이인 한나를 맡겼다.

그리고 이쪽을 돌아보더니 내 얼굴을 노려보았다.

나는 어딜 봐도 땅딸막한 빈유 꼬맹이이자 14살 때부터 조금도 성장하려고 하지 않는 내 사랑스러운 아내를 향해 말했다.

"그래도 발리에르를 사랑하는 건 진짜야."

"그것만큼은 믿어. 같은 무덤에 들어가서 영원을 함께해줄게."

발리에르는 화가 난 듯한, 웃는 듯한.

복잡한 표정으로 그것만큼은 인정해준 후.

"그것과는 별개로 때릴 거야."

"네, 그렇죠."

나를 끊임없이 두들겨댔다.

정조
역전세계의
동정
변경영주
기사

후기

먼저 이 책을 읽어주신 독자 여러분께 정말로 감사드립니다.

옛날부터 응원해주시는 분께선 알고 계실 테지만, 이 작품은 Web판에서 발전해서 단행본으로 나온 작품입니다. 애초에 출판하는 건 물론이고 인기가 생기는 것조차 꿈에도 몰랐기 때문에 완전히 취미와 성벽이 시키는 대로 플롯 없이 쓴 작품입니다.

물론 책을 내는 것도 처음이므로 아무것도 아는 게 없어서 혼란스러워하는 가운데 끈기 있게 도와주신 담당 편집자님, 출판 및 광고에 관여해주신 출판사 분들, 그리고 아마 거절하실 거라고 생각하면서 의뢰했는데도 불구하고 흔쾌히 일러스트를 맡아주신 '메론22' 선생님에게 이 자리를 빌려 깊은 감사 인사를 드립니다.

정말 감사합니다.

자 그럼, 내용을 꽉꽉 눌러 담은 바람에 후기가 1페이지입니다.

인사만 드리고 끝나버렸지만, 이 책이 나오는 시점에서 Web판은 스토리가 많이 앞서가고 있으니 궁금하신 분은 부디 읽어봐 주세요.

만약 운 좋게도 다음 권도 나올 기회가 생긴다면, Web판에서 대폭 추가되고 수정된 파우스트 폰 폴리도로 경의 기사 인생을 함께 해주셨으면 좋겠습니다.

정조
역전세계의
동정
변경영주
기사

정조 역전 세계의 동정 변경 영주 기사 1

2024년 2월 15일 1판 1쇄 발행

저 자 미치조
일 러 스 트 메론22
옮 긴 이 현노을
발 행 인 유재옥
이 사 조병권
출판본부장 박광운
담 당 편 집 정영길
편 집 1 팀 박광운 최서영
편 집 2 팀 정영길 조찬희 박치우 정지원
편 집 3 팀 오준영 이해빈 이소의
디자인랩팀 김보라 박민솔
디지털사업팀 박상섭 김지연 윤희진
라이츠사업팀 김정미 맹미영 이윤서
영업마케팅팀 최원석 박수진
물 류 팀 허석용 백철기
경영지원팀 최정연
인쇄제작처 ㈜코리아피엔피
발 행 처 ㈜소미미디어
등 록 제2015-000008호
주 소 서울시 마포구 토정로222, 403호 (신수동, 한국출판콘텐츠센터)
판매 및 마케팅 (070) 8822-2301

ISBN 979-11-384-2531-5 04830
ISBN 979-11-384-2530-8 (세트)